KB006480

만다라

대한민국 스토리DNA 02

만다라

초판 1쇄 발행 | 2015년 2월 13일
초판 2쇄 발행 | 2022년 10월 5일

지은이 김성동
발행인 한명선

편집 김수경 **마케팅** 김예진 **관리** 박미실 **디자인** 모리스

주소 서울시 종로구 평창길 329(우편번호 03003)
문의전화 02-394-1037(편집) 02-394-1047(마케팅)
팩스 02-394-1029
전자우편 saeum98@hanmail.net
블로그 blog.naver.com/saeumpub
페이스북 facebook.com/saeumbooks
인스타그램 instagram.com/saeumbooks

발행처 (주)새움출판사
출판등록 1998년 8월 28일(제10-1633호)

ⓒ 김성동, 2015
ISBN 978-89-93964-96-7 04810
      978-89-93964-94-3 (세트)

이 책은 저작권법에 따라 보호받는 저작물이므로 무단전재와 무단복제를 금지하며,
이 책 내용의 전부 또는 일부를 이용하려면 반드시 저작권자와 새움출판사의
서면동의를 받아야 합니다.

• 잘못된 책은 바꾸어 드립니다.
• 책값은 뒤표지에 있습니다.

대한민국
스토리DNA
002

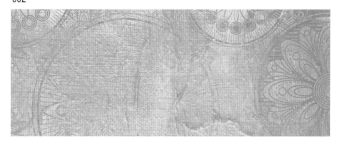

만다라

김성동 장편소설

새움

영원한 납자, 지효 스님

1

『만다라』가 활자로 박혀 나온 것은 1978년 11월 20일쯤이었다. 중편이었던 그것이 장편으로 고쳐 쓰여 나온 것은 다음 해 11월 10일이었으니, 이 중생한테 소설가라는 고통과 형벌의 관을 씌워 준 문학 잡지사와 여러 사람의 강권을 뿌리치지 못하였던 때문이었다.

"소위 작가라면 적어도 김 형 정도의 이력쯤은 되어야지."

『만다라』가 막 당선되고 나서였다. 이른바 '스카이' 대학을 나온 어떤 선배 소설가한테서 들은 말이었으니, 12년 절집 생활을 말하는 것이 아니라 '학력 별무'라는 말 때문이었다. 그때에 그 문예지 편집장은 이제 한국시인협회 회장이신 김연균 시인이었는데, 전정(前定)된 인연이었던가. 당선소감을 써다 주고 돌아서는데, "잠깐!" 하고 가까이 오라는 손짓을 하는 것이었다. 학력을 왜 안 썼느냐는 것이었고, 학력 이야기만 나오면 언제나 그러하듯이 등짝이 축축하게 젖어 오는 느낌이었다.

"저 거시기…… 학력이…… 별루 읎넌디."

나는 식은땀을 흘리며 더듬거렸는데, "아" 하며 당선소감 원고에 뭐라고 써넣는 것이었다. 나중에 잡지가 나온 뒤 보니 '학력 별무'라고 적혀 있었다. 그리고 그때부터 이 중생의 별호가 되어버린 '학력 별무'였다.

중편 때도 그랬지만 장편으로 책이 되어 나오고부터는 당최 낯을 들고 다닐 수 없는 것이었으니, 김아무라는 이름자 자리에 차고 들어앉아 버린 『만다라』였던 것이다. 어느 만큼이었냐 하면 다방이든 술집이든 거의 공짜였다. 잡지와 책, 그리고 온갖 매체에 끊임없이 실리는 인터뷰 기사를 보고 이 치룽구니 낯을 알아본 '음료수 업계' 주인과 손님들이 내 자리로 술과 안주를 날라다 주는 것이었다. 올 초에 서둘러 열반함으로써 많은 야술(예술) 동네 사람들을 안타깝게 한 여운(呂運) 화백이 더구나 그러하였으니, 음료수 업계 마담과 미희(美姬)들에게 "이 양반이 누구신지 아느냐?"며 흰목을 쓰는 것이었다. 조닐로 비노니 그러지 말라며 짐짓 골부림을 하기까지 했으나 소용없는 일이었다. 그래서 여운 화백과의 만남을 피하기까지 하였는데, 그럴 필요가 없게 되었다. 광주 피바다를 거친 다음이었다. 잡지부터 치면 한 3년 동안 이어진 낯 뜨거운 박수갈채였는데, 1981년 말이나 1982년 초쯤이었을 것이다.

"아가씨, 이 양반이 누군지 모르지?"

5

여 화백을 비롯한 야술가들이 물었을 때 음료수 업계 종사자인 미희들이 나를 마슬러보았다.

"누구신데요?"

"『만다라』 쓴 작가 아무개 선생이야."

"그래서요?"

나는 시방 나라는 많이 모자라는 중생 이야기를 하는 게 아니다. 문학을 머리로 한 야술가들을 바라보는 우리 사회의 문화의식을 말하는 것이다. 조선왕조 때까지는 그만두더라도 1980년 초까지, 오카모토 미노루(명성황후를 시해한 일본 낭인)의 법통을 받은 군사깡패들이 광주를 피바다로 만들기까지, 이 땅 사람들은 책을 읽고 글을 쓰는 이들을 존숭하는 '존경의 념'을 가지고 있었다.

병인양요 때 강화도를 짓밟았던 프랑스 육전대 장교 하나가 귀국하여 어디에 쓴 글이라고 한다. 무슨 은금보화라도 있나 하고 집뒤짐을 하는데, 게딱지 같은 초가집이라도 꼭 여러 권 서책들이 있더라는 것이다. 문명 개화인을 자부하던 프랑스 병정들이 미개한 야만인으로 알고 쳐들어 왔는데, 정작으로 미개한 야만인은 저희들이고 조선 인민들은 문명 개화인이었다는 것.

영어, 프랑스어, 독어, 불가리아어, 스페인어로 번역 출간된 『만다라』인데, 인세 명색으로 70만 원인가 받은 것은 프랑스 필립 피키에 출판사가 유일하니, 이것은 또 무슨 도리인가.

동네 서점들이 죄 없어지고, 인문학이 판을 걷어야 될 판이라고 한다. 문학 또한 개념이 바뀌어 버린 오늘이다. 누가 자꾸 묻기 전에는 이른바 작가 명색이라는 말을 안 하고 살아온 지 어언 30년이 넘었다.

2

무성하게 줄기를 뻗치고 있는 등나무 그늘 아래 그 노승(老僧)은 반듯이 척추를 펴고 두 손을 모아 배꼽 근처에 댄 전아(典雅)한 자세로 앉아 있었는데, 눈을 내리깔고 있는 것으로 봐서 깊은 명상에 잠겨 있는 것 같았다. 약간 야윈 듯한 노승의 얼굴은 늦가을 고춧대 위에 앉은 잠자리의 날개처럼 투명하게 맑아서 차라리 슬퍼 보였고, 내 것의 두 배나 되어 보이는 짙은 눈썹은 서리가 앉은 듯 백미(白眉)였으며, 반듯한 콧날과 단정한 입매, 그리고 귀밑에서 턱으로 흐르는 선이 우아하게 아름다워서 마치 청솔 위에 올올히 좌정하고 있는 한 마리의 학을 연상하게 하였다.

많이 모자라는 소설 명색 『만다라』에서 감히 그려 본 바 있는 스님을 처음 뵈옵게 된 것은, 이 하늘 밑에 벌레가 열아홉 살 나던 해 찔레꽃머리였다. 1965년, 저 상원사 한암(漢巖) 노사한테 계를 받은 신심 깊은 우바이였던 왕고모 반성행(般省行) 보살님

7

댁에서였는데, 1950년대 초 정화불사(淨化佛事) 당시 할복하셨던 자리가 덧나서 무문관(無門關) 6년 결사 중에 잠깐 치료차 나오신 것이라고 하였다.

20년 전 범어사 평생수도원에서 열반에 드신 성운당(聖雲堂) 지효(智曉) 대선사. 정상적인 사회 생활을 해나갈 수 없는 출신성분임을 알고 가출과 귀가를 되풀이하며 괴로워하던 끝에 다니다 말다 하던 고등학교에 자퇴서를 던진 채 불근닥세리 마음밭을 헤매고 있던 열아홉 살짜리 어린 넋한테 스님께서는 이렇게 말씀하셨다.

"삼난봉(三難逢)이라. 대저 중생에게는 세 가지 어려움이 있으니, 첫째 사람으로 태어나기 어렵고, 둘째 사람 가운데서도 사내로 태어나기 어렵고, 셋째 사내로 태어났다고 하더라도 부처님 정법을 만나기 어려운 것이 그것이다. 맹귀우목(盲龜遇木)이니…… 그대가 사람 몸을 받아 이 세상에 나오게 된 것은 눈먼 거북이 저 태평양 한가운데 모자지만 겨우 들어갈 만한 구멍이 뚫려 있는 나무 판때기를 만나는 것처럼 지극히 어려운 일이거늘, 금생 한평생이 얼마나 된다고 닦지 않고 게으름만 피우겠는가. 사람으로 태어나기도 어렵지만 부처님의 올바른 법을 만나기는 더욱 어려운 일이구나. 금생에 놓쳐 버리면 억만 겁을 지나도 다시 만나기 어려울 것인즉, 어떻게 하겠는고?"

나는 스님을 따라갔다. 마지막 조선인이신 할아버지 장탄식과

8

애잡짤한 홀어머니 한숨 소리가 눈에 밟히지 않는 것은 아니었으나, 스님을 따라 산길을 톺아 오르는 내 가슴은 마구 두방망이질 치던 것이었다. 아, 나도 부처가 될 수 있다.

스님은 다시 무문관으로 들어가시고, 나는 큰절에서 행자 생활을 시작하였다. 여섯 달이 지났을 때 십계(十戒)를 받은 나는 정각(正覺)이라는 불명(佛名)과 함께 스님의 상좌가 되어 무문관 시자실(侍者室)로 가게 되었다. 계룡산 무문관인 대자선림(大慈禪林)에서 격외도리(格外道理) 하나로 중생들과 그 도를 함께하다가 2007년 몸을 바꾸신 정영(淨影) 스님께서 세운 무문관 아래층에는 시자실이 딸려 있고, 천장에 조그만 구멍이 뚫려 있어 그곳으로 공양을 올려 드리게 되어 있었다.

스님께 받은 공안(公案)은 '뭇자(無字)'였는데, 『만다라』에서 마루도리로 삼았던 것처럼 그것은 '병 속의 새'였다. 산이었고 바다였으며 도저히 뛰어넘을 수 없는 벽이었다. 세상 그 어떤 학문이나 과학, 또는 제아무리 날카로운 상상력으로도 접근이 불가능한 수수께끼였다. 위층에서 면벽 중이신 스님한테서는 기침 소리 하나 들려오지 않는데, 나는 오직 새가 힘차게 깃을 치며 하늘 높이 날아오르는 환각이며 환시 또는 환청에 시달리느라 끙끙 신음 소리를 내는 것이었다.

새는 여전히 움직이지 않는다. 영원히 날지 않을 것처럼 두 다리를 굳건히 딛고 서서, 시간과 공간을 외면한 채, 날개를 파닥이기를 거부하는 완강한 부동의 자세로, 날아야 한다는 자신의 의무를 포기하고 있는 것 같다. 이따금 살아 있음을 확인하듯 *끄윽끄윽* 음산하고도 절망적인 울음소리만 낼 뿐.

무문관을 나오신 스님을 모시고 서울역으로 갔다. 해인총림(海印叢林)으로 내려가는 기차 안에서 스님은 많은 이야기를 해주셨다. 중으로서 해야 될, 무엇보다도 첫째이며 그리고 또 마지막 길인 참선 공부하는 법이며, 중노릇 하는 법이며, 대중처소에서 살아가는 법도며……. 그렇게 나는 '중'이 되어 가고 있었다.

관생(冠省).
서신을 접견하였으며 문구 중 회의 운운하는 구절이 유하니 무엇을 회의하는지는 몰라도 별첨 지각(智覺) 선사 법문을 적어 보내니 심찰(心察)하여 공부를 지어 나가되 일구월심하다 보면 필연코 확철대오(確澈大悟)할 터이니 참구(參究)하도록.

해인총림 소림원(少林院)에 주석(柱錫)하고 계신 스님의 하서(下書)를 받잡게 된 것은 두류산 동국선원에서였던가. 할아버지한테 떼를 쓰고 응석 부리는 어린 손자아이처럼, 막막하기만 한 심사를 글월로 적어 올렸던 것이다. 법(法), 곧 진리라는 것이 말과 글에 있는 것이 아니라는 것을 알게 되었을 때 마침내 가 닿을 수밖에 없는 언덕이 '방황'이라는 것은, 그리하여 만고불변의 진리로 되지 않겠는가. 이제까지 사려를 먼저 정리하여 몸으로써 처음부터 다시 시작하여 보겠다는 각오 아래 찾아낸 형식이 이른바 '소설'이었으니, 이것은 또 무슨 업보인가.

스님께서는 나라는 중생의 업보를 익히 알고 계셨던 듯하다. 신원적(新圓寂)에 드시는 그 마지막 순간까지 오로지 대중에 처하여 지내며 화두를 놓지 않은, 왈 수좌(首座)였던 스님께서 이 많이 모자라는 제자 명색한테 차라리 문자 공부나 시켜 보고자 하셨던 것이 그것을 웅변하여 주고 있다. 여태도 줄 대어 찔러 오고 있는 냉전시대 독침인 이른바 '신원조회'에 걸려 성사되지는 못하였으나, 이 어리석은 반거충이 비인(非人)을 일본에 있는 유명한 고마자와 대학에 보내고자 애를 쓰셨던 것이다. 스님이 보여 주신 그러한 마음씀은 이 치룽구니 같은 물건이 하산한 다음에도 한 번 더 있었는데, 아 이것은 또 무슨 도리란 말인가. 종이때기로 된 이른바 '쫑'을 포기한 자가 비벼 볼 수 있는 언덕으로 거의 유일한 것이 바로 '문학'이었던 것이었으니.

언제나 나는 스님의 시자(侍者)였고 또 그것을 큰 영광과 보람으로 여겼다. 스님께서는 언제나 서릿발 같은 운수납자 풍모가 넘쳤으니, 간혜(乾慧)도 못 되는 견처(見處)를 가지고 법상에 올라 저 천 년 전 중국 선승들 어록이나 되뇌는, 세상에도 흔한 이른바 '큰스님'들과는 그 유와 격이 달랐다. 스님께서 오직 한 분 인정하고 존숭하였던 큰스님은 무문관 조실이었던 전강 영신(田岡永信) 선사였는데, 스님을 시봉하고 갔던 용화선원(龍華禪院) 뜨락에서 조실 스님이 돌멩이로 써 보여 주시던 '판치생모(板齒生毛)' 네 글자가 어제인 듯 새롭게 떠오르니, 모두가 금생에는 다시 뵈올 수 없는 어른들인 탓인가.

무너진 절터만 남은 사자산 법흥사 적멸보궁에서 홀로 정진하시던 스님을 찾아뵈었던 것은 1976년 여름이었다. 업 갚음이었겠지만 소설 한 편 써보았다는 죄로 만들지도 않았던 승적을 빼앗긴 채 황토먼지 숨 막히는 불볕의 황야를 헤매고 있음을 익히 알고 계심에도 스님께서는 오로지 참선 공부 말씀만 하셨다. 머리터럭을 기르고 물들인 옷을 걸친 속인의 몰골로 내복 한 벌 사가지고 다시 찾아뵈었던 1978년 겨울에도 또한 똑같은 말씀만 하셨다. "화두는 성성한고?"

퇴설당(堆雪堂)에서 용맹정진 대중과 함께 처하여 계시던 스님께서는 이른바 소설이며 환계(還戒)에 대하여서도 아무런 말씀이 없으셨다. 그때에 이 치룽구니는 자못 섭섭한 마음이었으니, "저잣거리에 내려가 사느라고 고생이 많겠다. 그래 당선되었다는 소설은 내용이 뭐냐?"며 '인간적'인 말을 하실 줄 알았다. 그런데 그런 인간 냄새 나는 말은 한 마디도 없이 '화두' 이야기만 하시는 것이었다. 삼배를 드리고 나서 가야까지 삼사십 리 길을 걸어 내려가는 내 눈에서는 축축한 것이 볼을 타고 흘러내렸다. 가야면사무소 앞 정거장에서 대구행 버스에 올랐던 나는 날카로운 정으로 골을 찍힌 듯 부르르부르르 온몸이 다 떨려 오는 것이었으니, 아! 스님께서는 여태도 이 못난 제자 명색을 중으로 보고 계시는구나. 화두를 들고 침음하는 선방 수좌 명색으로. 범어사에서 있었던 49재에 참례하여 큰절을 올리는데 스님의 '할' 소리 귀청을 찢는 것이었다. "정각 수좌! 뭣을 하고 있는고?"

　다음은 스님의 마지막 시자였던 동초(東初) 사제한테 들은 이야기다. 임자생(壬子生)으로 1912년에 태어나 연랍(年臘) 84세였던 스님은 입적의 그 마지막 순간까지 은사 스님에 대한 입에 발린 칭송이나 문학적 수사가 아니라 참으로 그러하였으니, 스님과 마지막 철을 함께 정진하였던 범어사 선방 스님들이 증명하고 있다. 입적하시기 얼마 전부터는 대중들이 거동이 불편한 스님께 당신 방사에서 와선(臥禪)을 하시도록 권하였으나 시자 부축을 받아서라도 반드시 대중들과 함께 좌복 위에 앉아 계시던 스님이었다고 한다. 그러다가 몸을 바꾸게 될 즈음에서는 할 수 없이 와선을 하시게 되었는데, 의사가 절레절레 도머리를 쳤다고 한다. 세속에서 말하는, 이른바 의학적 소견으로는 이미 사망 선고를 내려야 마땅한 정황인데 아직도 살아 계시다는 것이 도무지 불가사의한 일이라며, 혼백이 다 떠나 버린 육신 가운데서 살아 있는 것은 오직 '눈' 하나뿐이라고 하더라는 것이었다. 이뉘와

작별하게 되는 청정(淸淨)의 마지막 일순까지 살아 계시던, 갓난아이의 그것처럼 갓맑은 눈동자가 꿰뚫어 놓치지 않고 있던 것은 빡빡이 화두였을 것이라고 하였다. 다비(茶毗)를 저쑤시던 날 금정산 일대에는 비가 내렸다고 하였다. 등산객들 증언을 곁들여 그곳에서 발행되는 〈국제신문〉엔가 났었다고 하는데, 다비장에만 비가 오지 않았다는 것. 다비장 위 하늘에 걸려 있는 것은 그리고 세갑쎤무지개였다는 것.

스님께서는 일체 상(相)을 드러내지 않던 어른이시다. 세상에서도 그 유례가 없는 세갑쎤무지개 이야기와 함께 신문에 났었다는 말을 들었기에 처음으로 해보는 말이지만 평안북도 정주(定州)에서 태어나 오산학교를 나와 일제 때 만주에서 독립운동을 하던 스님이시다. 스님은 물론 이 중생한테 아버지 말을 입 밖에 낸 적이 없었으나 어떤 깊은 교류가 있었던 듯하다는 것이 왕고모 할머니 말씀이었다. 독립운동 선상에서 평안도 또는 만주 운동권과 충청도 운동권 그리고 조공 중앙과 어떤 선을 대고 있었던 것으로 짐작만 될 뿐. 그러고 보면 아버지가 20대의 젊은 날에 해서(海西)와 서북(西北) 쪽을 자주 다녔다는 할아버지 말씀이 떠오른다.

스님께서는 단 한 차례도 법상에 올라가 본 적이 없는 순정한 납자였으므로 어록 또한 없다. 투명하게 맑은 백사리(白舍利) 7과(顆)를 남겨 중생들한테 감당할 수 없는 번뇌를 안겨 주신 스님

14

의 「행장기」를 정리하여 보라던 것이 49재 때 모였던 문도들 합의였다. 오직 화두 하나로 살다 가신 스님 발자취를 찾아 모아, 그러니까 무슨 생각으로 무문관으로 들어가셨다가 어떠한 마음으로 그 문 없는 관문을 나오셨는가. 아니 무문관은 과연 무엇인가를 찾아내어 이 중생한테 건네주기로 한 지 스무 해가 되는 이제까지. 그러나 무슨 까닭으로 아무런 개구(開口)가 없으니 스님의 삼십방(三十棒)을 각오하고 이런 망상을 피워 보게 되는 소이연이다. 옴남. 옴남. 옴남.

스님을 생각하면 이 많이 모자라는 물건한테 분에 넘치는 영광과 부끄러움을 안겨 주었던 처녀소설 명색 『만다라』는 그야말로 배암발에 지나지 않으니, 이 중생은 여태도 선방 수좌인가.

2015년 2월. 김성동

갓맑다: 아무 잡된 것이 섞여 있지 않아서 깨끗하다.
마루도리: 주제.
마슬러보다: 짯짯이 훑어보다.
불근닥세리: 불모지.
비인(非人): 중.
세갑션무지개: 세쌍무지개.
애잠짤하다: 가슴이 미어지게 안타깝다. 안타까워서 애가 타는 듯하다.
야술: 감히 '예술'이라는 말을 쓸 수 없어 '야술'이라고 비틀어 말함.
조닐로: 남에게 사정할 때에 제발 빈다는 뜻으로 이르는 말.
찔레꽃머리: 찔레꽃 필 무렵.
청정(淸淨): 수학에서 말하는 가장 작은 수.
치룽구니: 바보.
하늘 밑에 벌레: 사람.
흰목 : 터무니없이 자기 힘을 뽐냄. 또는 희떱게 으스대며 잔뜩 빼어 휘두르는 목.

차례

일러두기

1. 원본 : 1979년 한국문학사에서 출간된 『만다라』초판을 원본으로 삼아 작가의
   최종 교정을 거쳤다.
2. 표기는 작품의 원형을 해치지 않는 선에서 2015년 현재의 원칙에 따랐다. 다만,
   작가의 의도가 담긴 일부 표현, 방언이나 속어, 대화체의 옛 표기 등은 가능한
   한 원본을 살렸다.
3. 외국 인지명 등 외래어는 현재의 표기법에 따랐다. 기타 외국어가 쓰인 경우 우
   리말 음으로 표기하고 ( ) 안에 뜻을 밝혔다.
4. 현재는 잘 쓰이지 않는 우리말이나 한자어, 전문적인 불교 용어는 해당 페이지
   아래 간략한 설명을 붙였다.

풀리지 않는 화두(話頭)의 비밀을 바랑(鉢囊)에 담아 지고 역마(驛馬)처럼 떠돌다 경기도 S군에 있는 벽운사(壁雲寺) 객실의 문을 열자, 독한 소주 냄새가 코를 찔렀다. 나는 잠시 망설이다가,

"객승(客僧) 문안입니다."

하고 내키지 않는 한마디를 던지며 객실로 들어갔다.

객실에는 비쩍 마른 30대의 승려가 벽을 의지하고 앉아 소주병을 기울이고 있었는데, 그 승려는 내가 바랑을 벗어 한쪽 구석에 놓고 자리에 앉을 때까지 내게 일별(一瞥)도 던지지 않은 채 손에 든 술잔만 바라보고 있는 것이었다. 객승의 존재 따위는 안중에도 없다는 듯한 오연(傲然)한 자세였다. 나는 심히 기분이 나빠,

"개판이군!"

하고 잔뜩 경멸을 담아 쏘아붙이며 자리를 털고 일어났다.

"세상이 개판이지."

비로소 내게로 눈길을 던지며 그 승려는 혼잣말처럼 말했다. 길쭉하게 야윈 얼굴이 묵은 한지처럼 창백했고 눈 언저리가 꺼멓게 꺼져 있는 것으로 봐서 알코올에 젖어 사는 땡추임이 분명했다. 나는 바랑끈에 손을 대면서 싸늘하게 내뱉었다.

"세상이 개판이라구요? 그래서 수도(修道)를 하는 게 아니던가요? 개판인 세상을 정화(淨化)하기 위해서 우선 나를 정화하고, 사회를 정화하고……"

그때 그가 아아 그만둬, 하는 표정으로 손을 내저으며 나를 바라보았는데, 뜻밖에도 땡추답지 않게 눈매가 깊고 서늘했으며, 그 눈매 속에는 또 뭐라고 말하기 어려운 비애와 함께 많은 이야기를 담고 있는 것 같았다. 나는 바랑끈을 손에 쥔 채 엉거주춤하게 서 있었다.

"나를 정화하고 사회를 정화한다…… 그리하여 이 땅을 부처의 나라로 만들자는 말이지. 그것이 우리 사문(沙門)들의 지상 목표가 아니냐는 말이지."

그는 잠시 말을 끊더니 손에 들고 있던 잔을 뒤집어 입에 털어 넣었다. 그리고 병을 기울였다. 잔을 반쯤 채우고 술은 더 이상 나오지 않았다. 그는 미간에 주름을 모으며 딱, 소리가 나게 빈 병을 내려놓았다.

"좋은 말이야. 당신은 좋은 말만 하고 있군. 당신은 중이 술 마시는 게 아주 못마땅한 모양인데. 그만둬. 술 마시는 자로 하여금 술을 마시게 하라."

그는 숫제 반말이었다. 그런데 우습게도 나는 처음과는 달리 불쾌하지 않았고, 오히려 야릇한 호기심마저 일어나는 것이었다. 너무나도 태연자약해서 차라리 당당해 보이기까지 하는 그의 짓거리는 대낮부터 술이나 퍼마시고 있는 땡추라고 한마디로 경멸해 버릴 수 없는 그 무엇이 있어 보였기 때문이었다.

"잡승(雜僧) 지산이야. 알 지 자, 뫼 산 자. 서른두 살이고."

나는 슬그머니 자리에 앉았다.

"법운(法雲)입니다. 스물다섯이고요."

그는 잔을 털어 입에 넣더니 부르르 진저리를 쳤다.

"산을 안다? 산을 어찌 알아? 산을 알면 생(生)을 알게? 산은 비밀이야. 영원한 비밀…… 어쩌면 비밀이기 때문에 산에 사는 건지도 모르지만…… 모른다는 건 어떤 의미에선 행복과도 통하니까 말이지."

그는 의외로 다변(多辯)이었다.

"그런 의미에서 내겐 벅찬 이름이지. 지금 내가 마시고 있는 술도 모르는데 어찌 생을 안단 말인가…… 법운…… 좋은 이름이군. 사람은 누구나 제 얼굴에 어울리는 이름을 가져야 되는 건데…… 내 얼굴을 봐. 이게 어디 사람의 얼굴이야? 술에 한이 맺힌 아귀(餓鬼)의 얼굴이지…… 아아 관세음보살."

그는 엉뚱하게도 이름을 들먹이며 괴로운 듯 머리를 흔들었다.

그때 행자가 밥상을 가지고 왔다. 밥은 한 사람 몫이었다. 내가 행자에게 밥을 한 그릇 더 가져오라고 하자 지산(知山)이 손을 내저었다.

"그만둬. 이건 법운 수좌(首座) 몫이니까."

"스님은 공양(供養) 안 하십니까?"

"나야 술이 공양이지. 한번 발작이 났다 하면 오래가니까. 그건 그렇고, 어이 행자님."

열댓 살 되어 보이는 소년 행자는 부은 목소리로,

"왜 그래요?"

하고 퉁명스럽게 대답했다. 대낮부터 술이나 퍼마시고 있는 당신이 중이냐, 하는 경멸의 빛이 역력했다. 그런 행자의 불손한 태도에도 지산은 아무렇지도 않은 듯 태연한 얼굴이었다.

"주지(住持) 스님 좀 오시라고 해."

"알았어요. 어휴 술냄새……."

행자는 지산을 한 번 흘겨보고 나서 방을 나갔다. 지산은 벽에 상체를 기대더니 눈을 감았다.

내가 공양을 끝냈을 때 주지가 들어왔다.

"객스님이 계시구먼."

나는 자리에서 일어나 합장을 하며 허리를 꺾었다.

"예, 지나던 객입니다. 인사드리겠습니다."

내가 큰절을 하려고 하자 주지가 손을 내저었다.

"아아, 우리 그냥 앉읍시다. 서로 보면 인사지. 어디서 오시오?"

"예, 해인사(海印寺)에서 하안거(夏安居)를 보냈습니다."

"학인(學人)이신가?"

"선방(禪房)에서 났어요."

"아, 수좌 스님이시구먼. 그래, 어디로 가시는 길인가요?"

"그냥 만행(萬行) 중입니다."

"만행…… 좋지요. 바랑 하나 등에 지고 구름 따라 물 따라…… 수좌 스님들이 부럽습니다."

그때 지산이 말했다.

"그렇게 부러우면 주지 스님도 바랑 지고 떠나시지. 주지 사표 내고 말야."

주지의 미간에 주름이 잡혔다가 이내 펴졌다. 그는 필요 이상으로 호탕하게 웃었다.

"헛헛…… 우리네 살림하는 사판(事判)*들이야 어디 떠나고

* 절의 모든 재물과 사무를 맡아 처리하는 살림 중.

싶다고 맘대로 떠날 수 있남. 그저 가람 수호나 하고 공부하는 수좌들 외호(外護)나 하면서 복이나 짓는 게지…… 헛헛."

주지는 지산과는 대조적으로 체격이 우람했고 얼굴은 혈색이 좋았다. 지산이 말했다.

"주지 스님, 나는 밥 안 주나?"

주지의 얼굴에 웃음기가 사라졌다.

"지산이 너 제발 이러지 마라. 너 때문에 내가 쫓겨날 형편이야. 신도들이 난리라구."

"쫓겨나게 됐다구? 그거 잘됐구먼. 바람 따라 구름 따라 돌아다니고 싶다고 그랬잖아? 당장 떠나자구. 길 안내는 해줄 테니까. 밥 먹여 주고 술 먹여 준 옛 도반(道伴)의 의리로써 말야."

"지산이 너 또…… 무슨 얘길 하려고 그러는 거지?"

"왜, 몰라서 묻나?"

"너 몸이 이래 가지고…… 건강도 좀 생각해야지. 벌써 며칠째야?"

지산이 입술을 비틀며 묘하게 웃었다.

"건강 생각해 주려거든 고기 사줘. 보약 달여 주든지."

주지의 얼굴에 일순 당혹의 빛이 흘렀다.

"어어, 이놈의 중이 말하는 것 좀 보게."

"왜? 돈이 아까운가? 그러면 술 가져와. 보약은 너 혼자 먹구. 그래서 한 서른 관 나가는 돼지가 되구."

26

"알았다 알았어. 갖다줄 테니 제발 얌전히만 마셔라. 객스님도 계신데……"

주지는 끌끌 혀를 차며 방을 나갔다.

잠시 후 행자가 2홉들이 소주 두 병을 가져왔다. 지산은 밥상에서 내려놓은 고추 조린 것을 안주 하여 자작으로 잔을 기울이기 시작했다.

"법운 수좌도 한잔해."

나는 범계(犯戒)가 두려워 사양했는데 그는 더 이상 권하지 않았다.

"여기 주지 스님과는 도반인 모양이죠?"

"그렇지. 그런 셈이지. 행자 생활을 함께 했으니까."

"어디서 했는데요?"

"수덕사(修德寺)."

"아, 수덕사. 일엽(一葉) 스님 있던 데 말이지요?"

"일엽 스님은 큰절 위 암자에 있었지."

"제가 입산하기 전에 그 스님이 쓴 책 읽었어요. '청춘을 불사르고'란 제목이었지요."

"그 책 읽고 입산했나?"

"그런 건 아니지만……"

"시시한 얘기야. 내겐 애초부터 불살라 버릴 청춘도 없었으니까."

"자학(自虐)인가요?"

"자학이 아니라 자애(自愛)지."

법당 쪽으로부터 종소리가 들려오고 있었다. 종소리는 처음에 뎅~ 하고 한 번 크게 울더니, 이어 조금씩 빠르게 그리고 작게 울어서 마침내 바람 소리밖에 들려오지 않았다. 바람 소리에 섞여 염불 소리가 들려왔다.

문종성번뇌단(聞鐘聲煩惱斷)

지혜장보리생(智慧藏菩提生)

이지옥출삼계(離地獄出三界)

원성불도중생(願成佛度衆生)

나는 바랑 속에서 가사(袈裟)를 꺼내어 어깨에 드리웠다.

"지산 스님, 예불(禮佛) 모시러 안 가십니까?"

지산은 대답이 없었다. 내 말을 들었는지 못 들었는지 결가부좌(結跏趺坐)를 튼 오연한 자세로 내리간 눈길을 술잔에 고정시킨 채, 그린 듯이 앉아 있었다.

방을 나서는데 지산이 말했다.

"법운 수좌, 지금 어디로 가나?"

"법당으로 갑니다."

"법당엔 무엇하러 가나?"

"예불을 모시려고요."

"예불은 뭣하러 모시나?"

나는 문고리를 쥔 채 고개를 돌렸다. 지산은 아까와 똑같은 자세로 앉아 있었다. 나는 웃음이 나왔다.

"원 스님도…… 나도 부처님처럼 되자고 그러는 거지요."

"지금 그대가 가고 있는 법당에 부처님이 계실까?"

"……."

"그대에겐 이것이 무엇으로 보이나?"

지산은 손에 쥐고 있던 술잔을 자기의 이마 높이로 들어 올렸다. 나는 대답하지 않았다. 그는 지금 술에 취한 것이라고 생각했다. 지산이 말했다.

"그대의 눈에는 이것이 술잔으로 보일 테지. 그러나 내겐 부처로 보인다…… 이거야. 바로 이것이 부처와 중생의 차이야. 그대가 찾는 부처는 법당에 있고, 내가 찾는 부처는 이 방 안, 이 술잔 속에 있어. 나무(南無)소주불(佛)."

그는 손에 들고 있던 술잔을 입에 털어 넣었다.

나도 모르게 문고리를 잡고 있던 손이 흔들리면서 달그락 소리를 냈다. 나무소주불이라니…… 거룩한 부처님의 명호(名號) 위에 소주를 올려놓고 그 위에 또 나무를 붙이다니…… 이것은 용서받을 수 없는 독성(瀆聖)이 아닌가. 나는 얼른 마음속으로 참회진언(懺悔眞言)을 외웠다. 옴 살바 못자모지 사다야 사

29

바하. 옴 살바 못자모지 사다야 사바하. 옴 살바 못자모지 사다야 사바하.

　나는 후들거리는 걸음으로 법당으로 들어갔다. 그리고 그이의 발치에 엎드려 오체투지(五體投地)의 삼배(三拜)를 드렸다. ……나는 고개를 들고 그이의 얼굴을 바라보았다. 그이는 빙그레 미소 짓고 계셨다. 아아 저 미소. 저 오묘불가사의(奧妙不可思議)한 천년의 미소…… 미소는 팔만사천의 법문(法門)을 설(說)하고 계실 터인데, 나는 단 한 마디도 알아들을 수가 없는 것이었다. 나는 내 무지(無知)와 신심(信心)의 결여를 꾸짖으며 고개를 꺾었다.

　법당을 나와 객실로 갔을 때, 지산은 아예 러닝까지 벗어젖힌 알몸으로 앉아 여전히 술잔을 기울이고 있었다.

　말랐다. 노련한 칼잡이가 솜씨껏 재주를 부린다고 해도 한 근의 살을 발라내기 어려울 만큼. 철저하게 말라서 차라리 황홀한 육체. 필요 없는 비곗덩이는 전부 철수시키고 최소한의 생존만을 유지시켜 줄 수 있는 한 줌의 뼈와 약간의 근육만을 보유하고 있는 육체가 웬일인지 몹시도 아름다워 보이는 것이었다. 왜 그럴까? 이것은 저 육체 속에 들어 있는 영혼이 아름답기 때문일까?

　이상한 일이었다. 조금 전 지산이 내뱉은 독성의 말에 몸이 떨렸던 내가 지금은 무섭게 야윈 그의 육신에서 아름다움을 느끼고 있는 것이니…….

"기타 소리가 나겠어요."

나는 앙상하게 튀어나온 그의 늑골을 가리키며 웃었다. 그러자 그는 호호호 하고 자조(自嘲)하는 것 같은 웃음을 웃는 것이었다.

"조오치. 기타 있음 내 노래 하나 하겠는데…… 나 노래 잘 해. 기타두 잘 치구. 밖에 나가면 똥개들이 줄줄 따라온다구. 뼈다귄 줄 알고…… 호호호. 그대는 몸이 좋군."

"……."

"무슨 염치로 살이 찐단 말인가. 중은 살이 쪄서는 안 돼. 진실로 중이고자 한다면 결코 살이 찔 수 없는 거야."

진실로 생을 아파하고 생을 아름다운 것으로 만들기 위하여 전력투구, 고뇌하다 보면 저렇게 마를 수밖에 없는 것인가. 결코 몸이 좋은 편이 아니지만 지산보다는 살이 많은 나는 문득 부끄러움을 느꼈다. 하지만 비웃는 듯한 그의 웃음소리가 귀에 거슬렸다.

"노래는 다음에 듣기로 하고, 이유를 알고 싶습니다. 술 마시는 이유, 중이 술 마시는 이유를……."

그는 묘하게 입술을 비틀며 웃었다.

"생각보다 그대는 통속적이군. 이유는 없다. 이 사바(娑婆) 세상에서 이유 있는 것은 아무것도 없어. 다만 존재할 뿐이야. 존재…… 던져진 존재. 타인의 뜻으로 말이야. ……하긴 참말 이유가 있지. 하지만 얘기해 준다고 그대가 알 수 있을까?"

나는 자존심이 상했다.

"상당히 오만하군요. 나도 나름대로 몸부림쳐 왔습니다. 6년, 6년을 말입니다."

"인간에겐 때로 겸손보다 오만이 훌륭할 때가 있지. 적어도 오만은 겸손보다 위험하지 않으며 죄악을 만들 수 있는 조건이 깃들어 있지 않기 때문이지. 이건 어떤 그림쟁이의 얘긴데, 꽤 신통한 말이야. 호호호. 그래 뭘 얻었나? 6년이라면 긴 세월이야. 싯다르타는 6년 고뇌 끝에 부처가 됐어. 6년 몸부림 끝에 얻은 게 뭐야?"

나를 쏘아보는 지산의 눈에 칼날이 세워지고 있었다. 나는 말문이 막혔다. 뭐라고 대답할 것인가. 6년 동안 기를 쓰고 찾아 헤매었던 것의 정체는 과연 무엇이었을까. 청춘을 던져, 그리고 또 타는 갈증으로 전신이 뒤틀리던 청춘을 던져 만나고자 했던 것은 과연 나의 무엇이었을까.

……나는 별당채 가는 길 어귀에 있는 우물로 갔다. 화끈거리는 얼굴에 시원한 냉수를 끼얹자 조금 정신이 들었다. 다시 두레박을 우물 속에 던졌다. 그때였다. 그 이상한 충격이 내 뒤통수에 와 부딪친 것은.

뭐랄까. 날카로운 정으로 골을 쪼개듯 선명한 의식(意識) 같은, 물 묻은 손으로 전기를 만졌을 때처럼 전신을 뒤틀리게 하는 저릿저릿하고도 진저리 쳐지는 떨림이랄까. 하여튼 그런 강렬한 느낌이 뒤통수에 와 박히는 것이어서 나는 두레박 끈을 손에 쥔 채 고개를 틀어 사위를 둘러보았다.

그러나 아무것도 이상한 것은 보이지 않았다. 군청(群靑)으로 우거진 잡목들이 총집(叢集)해 있는 야트막한 구릉에 둘러싸인 정원에는 만개한 화초가 현란하였고, 군데군데 놓여 있는 기이한 형태의 돌들이 무료한 듯 몸을 비틀고 있었으며, 정연하게 손질된 잔디가 퍼부어 내리는 햇빛 아래 번쩍이는 비늘을 털어 내고 있는 봄날 하오의 산장은 적요했다.

이상도 하지. 나는 고개를 흔들어 보았다. 횡횡, 골 흔들리는 소리가 들리며 관자놀이께가 욱신거렸다. 두레박을 끌어 올렸다. 그리고 쭈그리고 앉아 얼굴에 물을 끼얹었다. 한결 정신이 맑아 왔다. 나는 몸을 일으켰다. 그리고 내 방으로 가기 위하여 몇 발자국 걸음을 옮겼을 때, 아까 느꼈던 그 이상한 충격이 다시 뒤통수에 와 부딪쳤다.

내가 고개를 돌렸을 때 눈에 들어온 것은 그러나 하나의 괴석(怪石)이었다. 그 돌은 종조부(從祖父)가 거액을 들여 전국의 명산에서 수집해 온 수십 개의 수석(水石) 중의 하나였다. 선거에서 낙방하고 권력구조에서 밀려난 위에 암이란 불치의 병까지 덮쳤던 말년의 종조부는 정원이나 가꾸고 수석에 물이나 주는 것으로 인생의 무상함을 달래고 있었는데, 특히 수석에 쏟는 정이 각별해서 가위 애정이라고 할 만한 것이었다. 불편한 병구를 이끌고 조석으로 그 돌맹이들에 물을 주며 돌이 자란다고 어린애처럼 기뻐하던 종조부였다. 수석에 물을 주는 일은 종조부의 별세 후 내가 맡게 되었는데, 정원을 가꾸고 돌맹이에 물을 주는 따위의 부르주아적 도락을 탐탁지 않게 여기던 나인지라 애정이 배제된 형식일 뿐이었다.

그것은 사람의 형상을 하고 있는 기이한 모습의 돌이었다. 충전(衝電)의 진원은 그 돌이었다. 나는 어떤 알 수 없는 힘에 끌려 그곳으로 다가갔다.

아, 하고 나는 단음(單音)을 삼켰다. 내가 돌이라고 보고 다가간 것은 돌이 아니라 사람이었다. 그 사람은 그리고 배코*를 친 머리에 잿빛 승복을 입고 있는 노승(老僧)이었다.

무성하게 줄기를 뻗치고 있는 등나무의 그늘 아래 그 노승은 반듯이 척추를 펴고, 두 손을 모아 배꼽 근처에 댄 전아(典雅)한 자세로 앉아 있었는데, 눈길을 내리깔고 있는 것으로 보아 깊은 명상에 잠겨 있는 것 같았다. 노승은 마치 백년 전부터 그 자리에 놓여진 채 풍우를 견딘 바위처럼 미동도 하지 않

---

* 배코 : 상투를 앉히려고 머리털을 깎아 낸 자리.
 배코를 치다 : 상투 밑의 머리털을 돌려 깎다. 머리를 면도하듯이 빡빡 밀어 깎다.

는 것이어서 정말 하나의 수석으로 느껴질 정도였다.

나는 야릇한 전율을 느끼며 홀린 듯 노승의 얼굴을 바라보았다. 그것은 내가 이 세상에서 처음으로 대하게 되는 아름다운 얼굴이었다. 그리고 남자의 얼굴이 여자의 얼굴보다도 더 아름다울 수 있다는 것을 그때 처음으로 알게 되었다.

약간 야윈 듯한 노승의 얼굴은 늦가을 고춧대 위에 앉은 잠자리의 날개처럼 투명하게 맑아서 차라리 슬퍼 보였고, 내 것의 두 배나 되어 보이는 짙은 눈썹은 서리가 앉은 듯 백미(白眉)였으며, 반듯한 콧날과 단정한 입매 그리고 귀밑에서 턱으로 흐르는 선이 우아해서 마치 청솔 위에 올올(兀兀)히* 좌정하고 있는 한 마리의 학을 연상케 했다.

아, 이 승려는 범승(凡僧)이 아니구나. 어쩌면 석가모니처럼 깨달음을 얻은 고승(高僧)인지도 모른다.

나의 전신은 철사처럼 팽팽하게 긴장되었다. 그리고 내 추악한 낯짝, 술에 취해 벌겋게 상기된 낯짝, 번뇌와 욕망으로 일그러진 야비한 낯짝을 떠올리고 엄습하는 부끄러움에 몸을 떨었다.

종조모(從祖母)는 일찍이 오대산(五臺山)의 한암(漢巖) 스님으로부터 보살계(菩薩戒)를 받은 독실한 우바이(優婆夷)였고,

---

* 꼼짝도 하지 않고 마음을 한 곳에 집중하여 똑바로 앉아 있는 상태. 산이나 바위 따위가 우뚝우뚝 솟아 있는 상태.

종조부 또한 재가거사(在家居士)로서 전국신도회장을 역임하기도 했던 우바새(優婆塞)였던지라, 내가 기숙(寄宿)하고 있던 종조모 댁에는 평소에도 승려들의 출입이 잦았다. 종조모는 내게 불교의 진리를 배울 것을 권하고는 하였지만 나는 흥미를 못 느꼈다. 승려들을 볼 때마다 그들의 배코 친 머리와 잿빛 의상이 주는 어둡고 쓸쓸한 분위기에 괜히 기분이 울적해지고는 하는 감정의 편린을 맛보았을 뿐, 그 이상의 관심은 없었다. 역사에 이름을 남긴 가령 원효(元曉)나 서산(西山), 사명(四溟) 같은 승려는 외모부터가 나와는 판이하게 다를 것이라고 생각하고 있었으니, 나와 똑같은 얼굴을 하고 있는 승려들에게 외경심(畏敬心)이 생기지 않는 것은 따라서 당연했다. 그런데 이 승려는 나와는 얼굴부터가 천양지차가 아닌가.

나는 발뒤꿈치를 들고 조심스럽게 노승의 곁을 물러났다. 종조모께 그의 정체를 알아봐야겠다고 생각하며.

"젊은이."

하고 부르는 소리가 그때 등 뒤로부터 들려왔다. 나는 걸음을 멈추고 고개를 돌렸다. 그리고 나는,

"아!"

하고 또 단음을 삼켰는데, 그것은 노승이 타는 듯 형형한 눈길로 나를 쏘아보고 있었기 때문이었다. 그러나 그것은 지극히 짧은 순간이었고, 그의 얼굴에는 보일 듯 말 듯 잔잔한 미소가

어리고 있었다.

노승이 내게 가까이 오라는 손짓을 했다. 나는 머리를 흔들어 보았다. 두통은 사라졌는데 갑자기 취기가 몰려오는 느낌이었다. 나는 비틀거리며 걸어가서 무너지듯 그의 앞에 주저앉았다.

"학생인가?"

하고 노승이 물어 왔다. 부드러운 목소리였다.

"그랬는데…… 지금은 아닙니다."

나는 어눌하게 말했다. 어째서? 하고 묻는 표정으로 노승이 나를 바라보았다. 어느새 그는 가부좌를 해제하고 경직시켰던 척추를 부드럽게 하면서 전면에 온화스러운 미소를 띠고 있었다. 나는 긴장을 풀면서 정면으로 그를 바라보았다.

"더 이상 학교에 다닐 이유를 발견하지 못했기 때문입니다."

노승이 내 쪽으로 허리를 조금 숙이며 호오, 그래? 하는 표정을 지었다. 나는 거침없이 말했다.

"지식 따윈 혼자서도 충분히 배우고 익힐 수 있습니다. 보다도 제겐 커다란 의문이 있는 거예요. 학교의 선생님들은 단지 상식적이고 일반적인 지식의 전달자일 뿐, 제 의문에 뚜렷한 답을 주지 못했습니다. 스스로의 힘으로 답을 얻고자 저는 닥치는 대로 교과서 이외의 책을 읽고 또 많은 생각을 했습니다. 그러나 생각은 한계가 왔고, 책 또한 쓸데없는 것이었어요. 저는 벽에 부딪혔고 우울한 소년이 되었습니다. 저의 고뇌를 이해하지 못하는 선생님들이나 주위의 어른들은 저를 단순히 빗나간 문제아 취급을 하는 것이었습니다. 그들의 몰이해와 일원적인 사고방식에 부딪힐 때마다 저는 깊은 외로움을 맛봅니다. 결국 혼자서, 그리고 스스로의 힘으로 해결할 수밖에 없다는 결론을 얻고, 자퇴서를 던졌습니다. 혼자서 번민하고 혼자서 고뇌했습니다. 하지만 오리무중입니다. 깜깜한 어둠이에요. 어디에도 길은 보이지 않아요. 그래서 고통스러워요. 그래서 맛도 모르면서 술도 마셔 보는 거예요."

나는 마구 지껄였다.

"저희 아버지는 마르크시스트였답니다. 인텔리치고 해방 직후의 혼란기에 마르크시즘에 감염되지 않았다면 바보 취급을 받았다고 하데요. 또 마르크시즘의 환상에서 깨어나지 않아도 바보 취급을 받았다고 하고요. 좌익 정당의 간부였던 아버지는 심각하게 고민을 했다고 하더군요. 책으로 본 마르크시즘의 이상과 그것을 지상에 실현하기 위한 현실엔 당연히 괴리가 있었고, 목적을 위하여 수단과 방법을 가리지 않는 무리들의 비인간적인 수법들이 백면서생적(白面書生的)인 마르크시스트였던 아버지의 생리에 맞을 리가 없었겠지요. 그런 점에서 아버지는 바보는 아니었던 모양이에요. 현실과 이상 사이에서 그렇게 고민하던 끝에 정치단체에서 일단 손을 떼고 집에 묻혀 아내와 아이들을 사랑하며 책이나 읽는 평범한 서생으로 자족하고 있던 아버지는 어느 날 경찰에 끌려갔다데요. 할아버지는 동분서주 아들의 구명을 위해 애를 태웠지만 끝내 재판에 회부되어 몇 년인가의 구형을 받았고, 언도 땐 풀려나오겠지 하고 있는데 육이오가 터졌고, 그리고 다른 좌익들과 함께 처형됐다는 겁니다. 아버진 그렇게 삼십을 조금 넘긴 아까운 나이에 형장의 이슬로 사라졌고, 총살시켜 개처럼 한 구덩이에 끌어 묻은 처형장을 파헤쳤지만 시체도 못 찾은 할아버지는 울화로 돌아가셨고, 그리고 집안은 박살이 난 것이지요. 얼마 전까지 전 우습게도 아버지가 육이오 때 공산군과 맞서 싸우다가 장렬하게 산화(散華)한 것쯤으로 알고 있었어요. 주위에서들 그렇게 말해 줬으니까요. 그런데 그것의 정반대였다는 것을 알게 됐고, 깊은 충격을 받게 되었습니다. 하지만 그런 것은 또 상관없어요. 문제는 죽음, 바로 그 자체니까요. 왜 인간은 죽어야 하는가? 그것도 자의(自意)가 철저히 배제된 상태에서. 아니, 자의 따윈 발도 못 붙일 냉혹한 타의(他意)로써. 인간이란 결국 죽는 것이지요. 그런데 이 죽는다는 명백한 현상을 저는 승복할 수가 없는 것입니다. 어쩔 수 없는 숙명이라고 체념하고 무력하게 죽음을 맞이해야 하는 것이라면 너무 허망하고 슬픈 게 인간이란 존재가 아닐까요? 이 문제를 해결하지 못하는 이상 세상의 어떤 학문이나 부귀나 명예도 무의미하다는 생각이에요. 이것이 저를 번민케 하는 원흉인 거예요."

내가 땀을 뻘뻘 흘리며 말을 마쳤을 때, 노승이 가볍게 고개를 흔들었다.

"세간(世間)의 공부로썬 그것을 해결할 수 없어."

나는 다그쳐 물었다.

"그럼 어떤 공부를 해야 합니까?"

"출세간(出世間)의 공부를 해야지."

"……?"

그때 노승이 조는 듯 감고 있던 눈을 번쩍 떴다. 그 순간 나는 오싹하고 몸이 떨렸고, 몹시 춥다고 느꼈다. 노승이 말했다.

"수수께끼를 하나 낼까."

"……?"

노승이 다시 눈을 감았다. 그리고 그는 천천히 말하기 시작하였다.

"여기 입구는 좁지만 안으로 들어갈수록 깊고 넓어지는 병이 있다. 조그만 새 한 마리를 집어넣고 키웠지. 이제 그만 새를 꺼내야겠는데 그동안 커서 나오질 않는구면…… 병을 깨뜨리지 않고는 도저히 꺼낼 재간이 없어. 그러나 병을 깨선 안 돼. 새를 다치게 해서두 물론 안 되구. 자, 어떻게 하면 새를 꺼낼 수 있을까?"

"관세으으음" 하고 길게 끌다가 "보살" 하고 짧게 끊고 나서 종조모는 별당 쪽을 향하여 합장을 했다.

"저 별당에 계신 스님이 지암(智巖) 스님이라구 아주 큰스님이시란다. 대처승(帶妻僧) 정화 당시 할복(割腹)하셨던 스님이시야. 그 당시 비구승(比丘僧) 중엔 할복이다 분신(焚身)이다 해서, 정화를 위해서라면 순교를 하겠다고 나선 스님들이 많았지만 거개가 시늉으로 그치고 말았는데, 지암 스님께선 달랐어. 관세으으음, 보살. 조계사(曹溪寺) 법당에서였는데 시방도 눈에 선하구먼. 스님네들 삭발 때 쓰는 삭도(削刀) 칼이라는 게 있는데 그 칼로 당신의 배를 갈랐어요. 그것도 전후좌우로 몇 번씩이나…… 창자가 쏟아질 정도였으니 말해 뭣하누. 관세으으음, 보살. 열반(涅槃)하시는 줄 알았지. 신도들이 병원으로 모셨는데 몽혼(朦昏)* 주사두 안 맞으시구 배를 꿰맸어요. 관세으으음, 보살. 눈썹 하나 까딱 안 하시더만. 참선 잘한 도인이시라 우리네 중생관 다르시지. 암, 다르시다마다."

종조모는 잠시 말을 끊더니 별당 쪽을 향하여 다시 한 번 합장을 하였다.

"그때 지암 스님 시중들던 간호원이 있었는데 큰스님의 법력(法力)에 감복하여 중이 됐지. 여기두 왔었는데 너두 봤을 게야.

---

* 독물이나 약물에 의하여 감각을 잃고 자극에 반응할 수 없게 됨.

왜 염불 잘하던 비구니 스님 있잖남. 암튼 지암 스님의 할복으로 그렇게 악착같이 버티던 대처승이 물러가고 정화가 됐지."

아, 하고 나는 생침을 꿀꺽 삼켰다.

"지금은 어느 절에 계시나요?"

"시방? 시방은 무공방(無孔房)에 계시지."

"무공방이 뭔데요?"

"무공방이란 구멍 없는 방이란 얘기야. 그래서 한번 들어가면 6년 동안 문밖 출입을 못하는 데야."

"6년 동안 뭘 하는데요?"

"뭘 하다니? 부처님 되는 공불 하는 게지. 부처님께서도 설산(雪山)에서 6년 고행수도 끝에 대각(大覺)을 이루셨거던. 그래서 부처님을 본받아 구멍 없는 방에서 6년 동안 고행수도하는 게야."

"그렇다면…… 어떻게 무공방을 나오셨나요?"

"그건 그때 할복하셨던 수술 자리가 덧나서 잠시 치료하러 내려오신 게야. 속히 회복하셔야 할 텐데. 관세으으음, 보살. 참말루 스님 중의 스님이시지. 암, 스님 중의 스님이시구말구……."

지암 스님은 한 달가량 종조모 댁의 산장에서 요양을 했다. 그리고 나는 그 스님으로부터 많은 이야기를 듣게 되었다.

인간은 누구나 평등하며 스스로의 내면에 불성(佛性)을 함유하고 있다는 것, 인생은 일회로서 끝나는 게 아니라 영원히 윤회(輪廻)함으로써 고해(苦海)라고 일컫는 중생의 세계를 살아가고 있는 것인데, 성불(成佛)을 하면 윤회 따위에 구애받음 없이 자유자재(自由自在)하는 불멸의 생명을 얻을 수 있다는 것, 부처는 신이 아니라 인간이며 다만 진리를 깨달은 사람 곧 각자(覺者)라는 것, 각자가 되기 위한 방법에는 참선(參禪)·간경(看經)·염불(念佛)·주력(呪力) 등이 있는데, 절대한 의문점에 혼신으로 부딪쳐 뚫고 나가는 참선이 최상의 지름길이라는 것이었다.

한마디로 말해서 인간은 누구나 깨달음을 얻으면 부처가 될 수 있다는 것이었다. 그래서 부처는 고유명사가 아니고 보통명사라는 것이었다. 그리하여 부처는 신이 아니라 완전한 인격체, 완전한 인간, 인간으로서 도달할 수 있는 극치라는 것이었다.

"어떤가? 한번 해볼 만한 장부의 일대사업(一大事業)이라고 생각지 않나? 사람으로 태어나기 어렵고, 장부로 태어나기 더욱 어려우며, 불법(佛法)을 만나기는 더더욱 어려운 일인데, 이 찰나의 생명을 내(我)가 무엇하는 물건인지도 모른 채 헛되이 죽여 버릴 수 있겠어? 이 세상에 태어나지 않은 셈치고 한번 매달려 볼 생각 없나? 한 3년 매달려 보면 뭐가 안 되겠어?"

지암 스님은 틈만 나면 나를 붙들어 앉히고 불교의 진리를 얘기해 주며 내게 출가(出家)할 것을 권하고는 하였다.

"불법의 이치란 마치 사탕과도 같아서 스스로 먹어 보기 전에는 백년을 얘기해 줘도 알 수 없는 게야. 언어나 문자, 그리고 사량분별(思量分別)하는 마음자리가 끊어진 곳에서부터 시작되는 게 바로 불법이야. 세간의 공부가 지식을 쌓아 가는 것이라면 출세간의 공부는 그 지식을 방기(放棄)하는 데서부터 출발돼야 하는 거지. 대장부 이 세상에서 한번 해볼 만한 사업이라면 중노릇밖에 없느니……"

6년 수도 끝에 얻은 게 뭐냐고 질문을 던져 올 때 지산의 눈빛은 칼끝처럼 예리했는데 그것은 잠깐, 다시 깊은 침전(沈澱)의 빛을 보여 주고 있었다. 천수경(千手經)을 외우는 사미승(沙彌僧)의 졸음에 겨운 염불 소리가 법당 쪽으로부터 들려오고 있었다.

지산은 지그시 눈을 감은 채 벽에 기대앉아 말이 없고 나는 골치가 지근지근 아파 왔다. 술 한 병은 어느새 바닥이 났고 고추조림도 다 떨어졌다.

"더 할래요?"

라고 내가 말하자, 지산은 상체를 반듯이 펴며 아직 따지 않은 병을 잡았다.

"찬물 좀 떠와. 공양간 뒤져서 김치라도 가져오고. 우욱, 우욱."

토할 듯이 고개를 숙이며 우욱, 우욱…… 몇 번을 그렇게 구역질을 하던 그는 허리띠에 찬 염낭 속에서 하얀 가루약을 꺼내어 입에 털어 넣었다.

"속이 좋지 않아요?"

"괜찮아. 소화제 먹었으니까 술도 잘 소화될 거야. 우욱, 우욱."

수각(水閣)에서 냉수를 뜨고 공양간을 뒤져 먹다 남은 김치 그릇을 들고 왔을 때, 지산의 구역질은 그쳐 있었다. 그는 이빨로 병을 따더니 잔에 술을 따랐다.

"모두들 나를 비난하지. 타락자, 배덕자(背德者), 알코올중독자, 구제 불가능한 인간, 불법 망치려고 원력(願力) 세우고 입산한 마군(魔軍)이…… 그리고 또 뭐 있지? 무식한 중놈들은 나를 욕해. 절집에서 타락승 랭킹 제1위라나…… 타락이 뭔지, 참말로 어떤 것이 타락이며 방황인지 저희들이 알고나 하는 얘긴지…… 암튼 좋아. 나는 변명하지 않는다. 천재의 주소는 만인들의 조소(嘲笑) 위니까. 그렇다고 내가 천재라는 얘긴 아냐. 천재 따위를 좋아하지도 않고. 다만 그렇다는 얘기지. 그렇다는……."

취기가 오르는지 그는 몇 번 머리를 흔들었다.

"내게도 그런 시절이 있었지. 풀 먹여 빳빳이 다린 광목 장삼(長衫)에 북통 같은 바랑 지고 마음속으로 불경을 외우며 선지

45

식(善知識)*을 찾아 행각(行脚)하던 때가. 나도 한땐 모든 점에서 엄격했고, 계율(戒律)대로 산다고 나 자신을 기만하고 부처를 속이고 신도들 앞에선 위선의 큰기침을 하고…… 무서운 얘기야. 굳이 대승(大乘) 운운할 것도 없이 계율이란 행위가 아니고 뜻이 아닐까? 생각하면 종교란 것도 결국 마찬가지고. 인간은 불완전한 존재라는 것부터가 패배의식의 소산이고…… 암튼 욕망과 부단히 투쟁해야 되고 극기해야 되며, 그리하여 수도가 되고 종내에는 부처가 된다는 것인데…… 결국 자기기만이 되고 위선자가 되고 이중인격자가 되어 참말로 영원히 구제받지 못할 중생으로 끝나게 되는 게 아닌지…… 취했군. 내가 취했어. 이따위 시시껄렁한 소리나 지껄이려고 술 마시는 건 아닌데."

그는 다시 머리를 흔들었다.

"모두들 마시고 먹고 살을 탐하고 살에 살을 비벼 넣고 있지. 극히 적은 수의 율사(律師)를 제하면 말이지. 숨어서 하고 있지. 은밀한 곳에서. 햇빛이 비치지 않는 곳에서. 장삼과 가사로 커튼을 드리우고. 그 어두운 밀실에서 술을 마시고 고기를 먹고 여자와 살을 섞는 거지. 그리하여 그들이 밀실을 나와 태양 아래 섰을 때, 그때는 가장 근엄한, 가장 자비로운, 가장 구

---

* 부처님이 말씀한 법(法)을 설하여 다른 이로 하여금 피안에 이르게 하는 이, 깨달음을 얻은 고승.

도자다운 승려가 되는 거지. 지킬과 하이드요 야누스의 얼굴이요 동전의 양면인 거야. 배일성(背日性)의 습지식물인 그들은 그러나 아무것도 모르는 신도들에게 추앙되고 존경되고 봉존(奉尊)되어, 주지를 하고 닭벼슬만도 못한 중벼슬을 자랑하고……"

마구 독설을 뱉어 내는 그의 입가에는 예의 자조하는 듯한 웃음이 어리어 있었다.

"그리하여 그들은 삼보정재(三寶淨財)를 빼돌려 가장집물(家藏什物)*을 장만하고, 육덕 좋은 여인과 궁합을 맞춰 새끼를 낳고, 생활비를 대고…… 좋아. 그런 정도는 인간적인 차원에서 이해한다 치자. 그런데 그런 정도에서 그치는 게 아니야. 축재를 하고 치부를 하려 드니 홑바지의 객승은 우울하다는 얘기지. 소위 은처승(隱妻僧)이라고 한다던가…… 그자들에게 있어 사찰이란 수입 좋은 직장인 셈이지. 내가, 대한불교 ○○종의 유랑잡승 랭킹 제1위인 이 천하의 땡추 지산이가 종단 걱정하고 앉았다면 모두들 웃겠지. 아니, 미쳤다고 하겠지. 하지만 나는 순수해. 순정으로 병들었고 순정으로 미쳤다고. 과부 서방질하는 거야 죄 될 거 있나. 대처승이야 간판 걸고 하는 것이니 논외고…… 그만두자. 그만두고 술이나 마시자."

* 집에 놓고 쓰는 온갖 살림 도구.

그는 목마른 사람처럼 잔을 뒤집었다. 나는 지산의 독설에 승복할 수가 없었다. 온갖 계층에서 갖가지 성분의 사람들이 모여 이룩된 게 절집이라는 이름의 거대한 조직체다. 따라서 이중에서는 승려의 본분을 이탈하는 사람도 간혹 나오게 마련이다. 이런 현상은 비단 절집만이 아니고 인간들이 모여 이루어진 집단에서는 다 마찬가지가 아닌가. 그런데 지산은 마치 불교 전체가 깊은 부패와 타락의 늪에 빠져 있는 것처럼 얘기하고 있는 것이다.

"그건 너무 심한 얘기가 아닐까요?"

"흐흐흐. 나보고 심한 얘길 한다?"

"꺾여진 나뭇가지 몇 개를 보고 숲 전체를 매도할 순 없잖습니까?"

"관세음보살. 그대는 순진하군. 한 6년 탁잣밥 훔쳤으면 장판 때가 묻을 만도 한데……."

"지금 이 시간에도, 스님이 이렇게 술 마시고 있는 이 시간에도, 여법(如法)하게 수행하고 계신 스님네가 얼마나 많은지 아세요?"

"됐어, 됐어."

그는 절레절레 손을 내저어 내 말을 제지하더니, 갑자기 무너지듯 상체를 벽에 쓰러뜨렸다.

무거운 침묵이 깔렸다. 문풍지를 때리며 지나가는 바람 소리가 스산했다. 시나브로 풍경이 울었다. 경련하듯 촛불이 흔들렸다. 침묵을 깬 것은 지산이었다.

"하지만 참말 내가 하고 싶은 얘기는 이런 게 아니야. 누가 누굴 비난한단 말인가…… 결국 모든 문제는 스스로에게로 환원되는데…… 출발점도 자기고 최후의 기착지도 나라는 섬인데…… 하지만 내가 모여서 사회가 되고 세계가 되고 우주가 되는 것인데…… 우선 나부터가 이 모양이니 어느 세월에 이 땅에 불국토(佛國土)가 이루어지겠어? ……그것은 이상이야. 꿈이야. 석가(釋迦)라는 종교의 천재가 꾸어 본 망상(妄想)일 뿐이야."

말을 끝낸 지산은 두 다리를 곧추세우더니 두 손으로 다리를 끌어안았다. 그러고 무릎 사이에 고개를 박았다.

까닭 모를 슬픔이 가슴 저 밑바닥에서부터 꾸역꾸역 밀려나오고 있었다.

그래. 될 턱이 없어. 모든 게 꿈이야. 꿈이고 망상이야. 인간들이 언제나 헛되이 품어 보는 희망사항일 뿐이야.

나는 고개를 주억거렸다. 그러나 이내 고개를 흔들었다.

아니야. 그렇지 않아. 꿈일 리가 없어. 망상일 리가 없어. 부딪쳐야 돼. 온몸으로 부딪쳐서 뛰어넘어야 돼. 난 실망하지 않아. 아직 시간은 충분해. 스스로 포기한다는 건 비겁해.

……떨어져 발밑에 쌓이는 머리칼 위로 초여름의 햇살이 곱게 부서지고 있었다. 가을이면 열매를 몇 섬씩 줍는다는 관음전(觀音殿) 앞의 늙은 보리수(菩提樹) 나무 아래서 나는 격심한 흥분으로 떨려 오는 가슴의 동계(動悸)*를 진정하고 있었다.

누구나 깨치면 부처가 될 수 있어. 그래서 부처는 고유명사가 아니고 보통명사지. 부처는 신이 아니야. 완전한 인격체. 전인(全人). 인간으로서 도달할 수 있는 극치…….

삭삭삭삭…….

시퍼렇게 날이 선 삭도가 지나갈 때마다 열아홉 해 동안 기른 머리칼이 꽃잎처럼 떨어지고 있었다. 모든 추악했던 세속의 번뇌가 내 몸에서 떨어져 나가고 있었다. 한 인간이 죽고, 죽어서 다시 새로운 인간으로 태어나고 있었다. 다른 사람들은 처음 머리를 깎을 때 한두 방울의 눈물을 떨어뜨린다지만 나는 오직 부처, 부처가 될 수 있다는 생각에 갈비가 뒤틀리는 흥분을 맛볼 뿐이었다. 아아, 나도 부처가 될 수 있다…….

가슴이 울울해 왔다. 방문을 열어젖혔다. 밖은 깜깜한 어둠이었다. 벌써부터 염불 소리는 끊어져 있었고 희미한 장명등(長明燈)의 불빛이 대웅전(大雄殿) 앞의 비스듬히 기울어진 석탑

* 두근거림.

50

위로 엷은 무늬를 이루며 흔들리고 있었다. 수수수 소리를 내며 나뭇잎이 떨어지고 있었다.

"문 닫고 이리 와. 재미있는 얘기 해줄게."

어느새 지산은 술병을 치우고 누워 있었다.

"무슨 얘긴데요?"

"재미있는 얘기라면 별거 있나. 계집 얘기지. 계집 조진 얘기지. 나 같은 잡승에겐 썩 어울리는 얘기지."

그는 담배를 붙여 물더니 얘기하기 시작했다.

"지금 법운 수좌와 같은 나이 때 나는 은죽사(銀竹寺) 선방에서 참선을 하고 있었지. 선방은 큰절 은죽사에서 10리쯤 떨어진 산중턱에 있었는데, 예부터 도인을 여럿 배출한 도량(道場)으로 이름 높은 곳이었어.

은죽사는 이른바 관광사찰로 이름난 곳이어서 수좌들이 제대로 정진(精進)할 수 있는 계절은 겨울뿐이었지. 산천이 눈에 덮이고 선창(禪窓)을 스치고 지나가는 마른바람 소리와 먼 골짜기에서 설해목(雪害木) 넘어지는 소리만이 이따금씩 들려올 뿐인 적막한 겨울이야말로 수좌들이 한번 마음껏 정진해 볼 수 있는 계절인 거지. 정진에 방해가 되기에 인적을 싫어하는 수좌들이지만 그들도 선객(禪客) 이전에 인간이고, 더구나 피 끓는 젊음이기에 인간이 그립고 고독이 무서운 줄 잘 알며, 잘 알기에 눈 가리고 귀 닫고 입 막고 저마다 의심하는 화두 하나

51

에 전신을 던져 낮과 밤을 보내는 거지.

겨울 한 철을 참말 피나게 공부했다. 뭔가 손에 잡힐 것도 같았어. 이대로 밀고 나간다면 참말 뭐가 될 듯도 싶더라구. 그래서 해제(解制)와 함께 수좌들이 뿔뿔이 떠난 뒤에도 난 눌러 있었지. 선방엔 나하고 귀먹은 노스님만 남았어. 그 노스님은 은죽사에서 중이 되어 평생을 은죽사 선방에서 떠난 적이 없는 분이었고, 나는 결제(結制) 해제 없이 파고들어서 뿌리를 빼고 말겠다는 결심이었던 거야.

내가 참구(參究)하던 공안(公案)은 뭇자(無字)였어. 잘 알다시피 뭇자는 어떤 사문이 조주 종심(趙州從諗) 선사에게 개에게도 불성이 있느냐고 물었을 때, 조주가 없다(無)고 대답한 데서부터 비롯된 공안 아냐. (僧問 趙州和尙 狗子還有佛性也無 趙州云 有. 又有僧問 狗子還有佛性也無 趙州云 無)

어째서 무라 했는가?

일찍이 불타는 법화경(法華經)에서 일체 중생과 유정(有情)·무정(無情)이 다 부처가 될 수 있는 성품이 있다 했는데 어째서 조주는 불성이 없다 했는가?

무를 긍정한다면 불타의 말씀에 배반되는 것이고, 무를 부정한다면 조주의 말은 거짓말이 된다. 긍정도 부정도 할 수 없는 진퇴양난의 딜레마…… 이 딜레마에서부터 뭇자 화두는, 아니 1,700공안은 출발되는 거지. 어떠한 이치도 논리도 상상도 용납되지 않는 얼음처럼 차디찬 세계가 바로 선의 세계야. 선은 거대한 성벽이고 산이며 바다인 것이지. 일체의 알음알이를 거부하며 올연(兀然)히* 앉아 침묵하는 뭇자……

나는 답답하고 답답해서, 가슴이 터져 버릴 것처럼 답답해서, 선실의 문을 열었어. 하늘에선 탐스러운 눈송이가 천천히 떨어지고 있었어. 눈이 내리면서 또 이상하게 햇빛이 쨍쨍 내리쪼이고 있었지.

나는 선실을 나와 수각으로 갔어. 석간수(石澗水) 한 바가지를 마시고 나니 가슴이 조금 트이는 것 같더군. 돌 속 깊은 곳에서 솟아나오는 석간수는 겨울에도 얼지를 않아. 항상 흐르고 있기 때문에 빙화(氷化)될 틈이 없는 거지. 수각 속의 물은 수정처럼 맑았어. 일점 티끌도 없는 그야말로 완벽한 순수였지. 인간 누구에게나 원초적으로 함유되어 있다는 불성이란 것도 어쩌면 저런 물 같은 것이 아닐까 싶게…… 물에 비친 내 몰골이 꺼칠했어. 눈자위가 움푹 꺼지고 볼이 홀쭉한 게 영 딴사람 같더구먼. 이놈의 뭇자가 사람을 말려 죽이는구나, 나는 크게 한숨을 쉬었다. 그 바람에 나를 올려다보고 있던 물속의 내 얼굴이 보기 흉하게 일그러졌어.

그때 어쩐지 뒤통수가 간지러운 느낌이 들어 고개를 들었지.

* 올연하다 : 홀로 우뚝하다.

53

어떤 여자가 저만치 떨어진 조사전(祖師殿) 앞에서 뚫어지게 나를 바라보고 있는 거였어. 자그마한 키에 유독 눈이 커다란 여자였어.

눈길이 마주치자 그 여자는 화들짝 놀라며 흠칠 몸을 떠는 거였어. 그 바람에 그 여자의 머리며 오바 자락에 쌓여 있던 눈송이가 분분히 떨어져 내렸어. 그 순간 나 또한 까닭 모르게 흠칠 놀랐고, 쿵쿵 뛰는 가슴의 동계를 느꼈어. 그 여자와 눈길이 마주친 건 극히 짧은 순간이었는데, 또 아주 긴 시간처럼 느껴졌어. 나는 그 여자의 눈길을 등허리에 의식하며 선실로 들어갔어. 저녁 공양을 지으려고 밖으로 나왔을 때, 그 여자는 보이지 않더군."

그는 새 담배에 불을 붙였다.

"인연이란. 특히 남녀간의 인연이란 참으로 묘한 거더군. 딱한 번 눈길이 마주쳤을 뿐인데도 그 여자의 모습은 내 가슴 깊은 곳에 지울 수 없는 지문으로 자리 잡아 버리는 거였으니…… 그 한 번의 눈길이 날 이렇듯 허무와 절망의 심연으로 추락시켜 버리게 될 줄이야…… 아아 관세음보살……."

깊은 계곡에서 들려오는 산울림처럼 공허하고 쓸쓸한 음색으로 지산은 관세음보살을 부르는 것이었는데, 그 소리가 내게는 꼭 탄식처럼 들리는 것이었다. 깊은 바다 밑에서 들려오는 진주를 품지 못한 조개의 탄식 소리.

그렇다. 그것은 분명히 탄식하는 한숨 소리였다. 일체를 버렸지만 그러나 또 일체를 버리지 못한 천형(天刑)의 수인(囚人)들이 문득문득 불러 보는 아아, 관세음보살…… 시작도 끝도 없는 무시무종(無始無終)의 형기(刑期)를, 그 깜깜한 밤바다 위를, 그러나 날개도 없이 날아가는 새들…… 스스로의 부리로 스스로의 살점을 물어뜯으며 언제 끝날지도 모르는 윤회를 되풀이하는 새들…….

나는 목침을 가슴에 받치고 엎드리면서 다음을 재촉했다.

"며칠 뒤 양식을 얻으러 큰절로 내려갔지. 쌀과 초가 든 바랑을 지고 선방으로 가는 산길로 접어들 때였어. 누군가 스님, 하고 나를 부르는 거야. 돌아보니, 그 여자였어. 그 여자가 뛰어오고 있었어. 먼 길을 달려서 온 듯 얼굴이 빨갛게 상기됐고 머리칼이 흩어져 있었어. 나는 또 가슴이 쿵쿵 뛰고 얼굴이 붉어져서 시선을 발밑으로 떨어뜨렸지. 그때 이거 읽어 보세요, 라고 그 여자가 말했어. 그때서야 나는 그 여자의 얼굴을 똑바로 쳐다볼 수 있었지. 그 여자는 일점 미소도 띠지 않은 엄숙한 얼굴로 조그만 책 한 권을 내미는 거였어. 표지가 바래고 낡은 문고판이었어. 그리고 그 여자는 돌아서더니 한 마리의 작은 산짐승처럼 풀쩍풀쩍 뛰어서 잠시 후 천왕문(天王門) 속으로 사라졌어.

선원으로 올라온 나는 밤이 되길 기다려 촛불 아래 책을 펼

쳤어. 일본 작가의 소설집이었어. 몇 장 넘겨 봤지만 흥미를 느 낄 수 없더군. 그런데 붉은 밑줄이 쳐진 다음과 같은 구절이 눈에 띄는 거야.

……여자로부터 내 육체가 사랑받지 못한다는 것을 알고부터 내게는 정신보다도 갑자기 육체가 관심을 끌게 되었다. 그러나 자신이 순수한 욕망으로 화신(化身)하지는 못했고, 단지 그것을 꿈꾸었을 뿐이다. 바람처럼 되고, 저편에서는 보이지 않는 존재가 되고, 여기서는 모든 걸 보고, 대상을 향해 손쉽게 다 가가서 대상을 빈틈없이 애무하며, 끝내는 그 내부로 침입해 들어간다는 것…… 사람들은 육체의 자각(自覺)이라 말할 때, 어떤 질량을 가진 확고한 물(物)에 관한 자각을 상상하리라. 그러나 나는 그렇지 않다. 내가 한 개의 육체, 한 개의 욕망으 로서 완성한다는 것, 그것은 내가 투명한 것, 보이지 않는 것, 즉 바람이 되는 것이었다…….

묘한 기분이 들더군. 그 여자가 나를 떠보고 있는 것이라는 생각이 들더란 말야. 말장난에 지나지 않는 이따위 소설 구절을 가지고 비구승을 희롱하다니…… 나는 책을 집어던졌어. 그리고 좌복(坐服) 위에 앉아 뭇자를 챙겼지. 그런데 참 이상한 일이었어. 뭇자는 어디로 가고 그 대신 자그마한 키에 유독 눈이 커다란 그 여자의 모습이 뭇자의 자리에 앉아 버리는 것이었으니⋯⋯."

푸우, 하고 지산은 길게 담배 연기를 내뿜었다.

"⋯⋯결국 나는 그 애를 찾아갔지. 별수 있어? 부처가 못 되는 중생이 여자 냄새 맡아 놨으니⋯⋯.

그 애는 친구 한 명과 은죽사에 묵고 있더군. 방학을 맞아 수양차 절에 묵고 있는 여대생들이었어. 책을 돌려준다는 핑계로 그 애를 만났지. 만났지만 바보처럼 말 한 마디 못하고 그냥 나오고 말았어. 뭐라고 하겠어. 흐흐흐. 여자를 보기를 배암처럼 해야 되는 비구승이⋯⋯ 그런데 바래다주겠다며 그 애가 따라 나오는 거야.

천왕문에 들어섰을 때였어. 느닷없이 벼락 치는 소리를 내며 문짝이 닫히더군. 그러자 그 애가 화들짝 놀라며 내 팔을 잡는 게 아니겠어. 나도 엉겁결에 그 애의 팔을 잡았지. 어쩌면 난 목마르게 열망하고 있었는지도 몰라. 흐흐흐. ⋯⋯그렇게 해서 나는 처음으로 키스란 걸 해보게 된 거야. 청룡도 비껴든 사천왕(四天王)이 부릅뜬 고리눈으로 내려다보는 데서 말이지. ⋯⋯다시 벼락 치는 소리를 내면서 문짝이 열리더군. 나는 뒤도 돌아보지 않고 천왕문을 나와 산 위로 뛰었지. 등 뒤로 저녁 예불을 알리는 종소리가 들려오더군.

바람 때문이었지, 바람⋯⋯ 하지만 감사해야지. 내 길고 긴 방황의 문을 열어 준 바람 보살에게 말이지, 흐흐흐……."

그는 미친 사람처럼 한참 동안 낄낄대며 웃고 나서 다시 말을 이었다.

"선원으로 올라온 나는 밤새도록 잠을 이룰 수 없었어. 여자와 입까지 맞추었으니 이미 파계는 한 거구…… 잘나가던 비구승이 쬐끄만 계집아이 하나로 해서 하루아침에 나락으로 떨어지게 된 거지. 잘나가던 비구승이라고 했지만 사실은 계기가 없었기 때문인지도 몰라, 계기가…… 때만 오면 뛰쳐나갈 만반의 준비를 갖추고 있는 마성(魔性)이 원래부터 내 마음속에 숨어 있었는지도…….

그런데 이튿날 아침이었어. 뜻밖에도 그 애가 나를 찾아온 거야. ……나는 그 애의 팔을 잡고 지대방으로 들어갔어. 그리고 잡담 제하고 그 애를 쓰러뜨렸지. 그런데 그 애는 조금도 놀라지 않는 거야. 눈을 꼭 감은 채 가만히 있는 거였어…… 나는 흥분과 두려움으로 후들거리는 손을 놀려 여자의 깊은 곳을 찾았지…….

……그때까지 내가 알고 있고 믿고 있던 세계가 무너져 버렸어.

……남자와 여자가 배를 맞대고 이층(二層)이 된다는 것은 존재와 세계가 분리의 것이 아니라 본래 하나라는, 저 불교에서 말하는 불이(不二)의 법칙과 합일되는 거였어. 세계는 서로

58

화해하고, 존재는 보편적인 인식의 공간을 획득하게 되며, 그리하여 갈등과 투쟁은 무용한 것이 되는 거지…… 그때 나는 분명히 쾌감을 느꼈어. 그것은 육체를 정신의 하위개념으로 두었던 내 인식의 오류가 붕괴되는 데서 오는 쾌감이었으며, 아울러 수컷으로서의 보편성을 획득하고 확인하게 되는 데서 오는 쾌감이기도 했지.

이 세상에서 그러나 이층처럼 허망한 사업이 또 있을까. 쾌감은 순간이었으며 존재와 세계는 다시 평행선이 되고 마는 것이었으니…… 관세음보살. 그 허망감에 치를 떨며 차디찬 방바닥에 이마를 대었을 때, 귀먹은 노승의 탄식 같은 무(無)라! 소리가 벽을 타고 들려오는 거였어. 우습게도 화두가 성성(惺惺)해지더군.

그 일이 있은 지 며칠 후에 그만 사고가 터져 버렸어. 세코날* 먹고 빈사상태에 빠진 그 애 친구를 어떤 놈이 덮친 거야. 경찰에 끌려갔지. 엉뚱하게도 범인으로 몰려 가지고. 내가 그 애와 연애하는 걸 아니꼽게 생각하던 자들이 찌른 거야. 범인은 나타나지 않고, 난 꼼짝없이 강간범이 된 거지. 흐흐흐. 볼 만했지. 신문에 방송에…… 아가씨들 절간엘랑 가지 마오…… 이 지산이가 여대생 강간범이라고 장문의 기사와 함께 실린 주

---

* 진정 수면제인 세코바르비탈(secobarbital)의 상표명.

간지의 타이틀이야. 결국 은죽사 일대에 거주하던 젊은 사람들 정액 검사까지 하는 수라장 끝에 풀려나긴 했지만…… 말도 말아. 그런 망신, 수모…… 평생 잊지 못할 거야…… 총무원에 선 날 승적(僧籍)에서 삭제시켰구. 하지만 다행한 일이었지. 파계승에게 내린 형벌치곤 오히려 과분한 거였으니까."

그는 괴로운 듯 몸을 뒤척였다.

"미친년이지. 하필이면 절방에서 음독할 게 뭐야. 쪼끄만 게 인생 허무를 알면 얼마나 안다고…… 경찰에서 풀려나는 길로 나는 그 애를 따라 서울로 갔어. 미친놈처럼 돌아다녔지. 흐흐 흐. 중놈이 여대생과 손잡고 서울 거리를 헤맨 거야. 승복 입고 안 간 데가 없어. 다방으로 술집으로 여관으로…… 한번은 걔 네 학교까지 갔었지. 무슨 축제라던가 쌍쌍파티라고 짝져서 춤 추는 프로그램이 있더군. 나야 춤출 줄 아나. 그저 그 애가 이 끄는 대로 따라만 다녔지. 흐흐흐. 아마 비구승이 여자대학 쌍 쌍파티에 파트너로 참석한 건 내가 처음이자 마지막일 거야. 관세음보살.

아까도 말했지만 이층처럼 허망한 사업도 없을 거야. 그런데 가소로운 것은 죽고 싶은 허망감에 치를 떨며 방바닥에 이마 를 박았다가도 이내 그 허망감은 사라져 버리고 다시 또 이층 의 욕망에 멱살을 잡히게 된다는 점이야. 다시 허망, 그리고 욕 망…… 아아 그래서 중생의 윤회는 겁(劫)으로 이어지는 것인가…… 여관방을 전전하며 그 치사한 윤회를 되풀이하기 일주일 되는 날, 그 애의 부모들이 들이닥쳤어. 그때서야 난 내 신분이 비구승이란 걸 깨달았지.

한 생각이 본래 없는 것, 모질게 마음먹고 결연히 돌아섰지. 그리고 몇 발짝 걷는데 그 애가 날 부르는 거야. 무슨 정표라도 주려나 싶어 돌아섰지. 치사한 미련으로 말야. 그런데, 관세음보살. 내 스커트 주고 가요, 이렇게 소리치는 게 아니겠어. 그 애는 제 옷가지를 내 바랑 속에 넣어 두고 꺼내 입곤 했었거든. 바랑을 뒤져 보니 스커트가 나오데. 흐흐. 생각해 봐. 사람들이 백절치듯* 하는 서울의 백주 대로상에서 중놈이 바랑 속에서 여자 옷가지를 꺼내는 광경을……”

그는 방바닥에 이마를 박으며 중얼거렸다.

“이래선 안 되는데…… 아아, 정말 이래선 안 되는 건데……”

* 흰 차일(遮日) 치듯이.

강원도 쪽으로 가려던 예정을 바꿔 나는 벽운사에 그냥 머무르고 있었다. 학생법회를 맡아 지도해 달라는 주지의 청을 받아들였던 것인데, 사실은 지산이라는 이상한 파계승에 대한 강렬한 호기심 때문이었다.

내가 그렇게 벽운사에 머무는 동안 지산은 늘상 취해 있었다. 어쩌다가 술을 마시지 않는 날도 있었는데 그런 날에는 꼭 얼이 빠진 사람처럼 아무것도 없는 허공을 망연하게 바라보며 공허하고 쓸쓸해서 듣는 자로 하여금 공연히 이상스러운 비감에 젖어 들게 하는 음색으로 지산 보살, 지산 보살, 하고 자기의 이름자 밑에 불경스럽게도 보살을 붙여 불러 대는 것이었다. 주지나 신도들은 그런 지산을 중 취급, 아니 사람 취급을 않겠다는 듯 치지도외(置之度外)*하는 것이었고, 학생법회에 나오는 아이들까지도 입을 비쭉이며 노골적인 야유의 시선을 던지는 것이었는데, 그는 태연한 얼굴이었다. 그에게 가까이하고자 하는 사람도 없었지만 그 또한 사람들이 자기에게 접근하는 것을 허용하지 않았다. 내가 벽운사에 머문 지가 한 달이 되지만 처음 만났던 날 말고는 한 마디도 이야기를 나누지 못했다. 그의 눈빛이 나를 용납하지 않고 있었다. 나보고 땡추라고 하지만 너는 땡추도 못 되는 속물이야, 아무것도 모르는 아이들을 앉혀 놓고 부처의 이름이나 파는 사기꾼! 어쩌면 그는 이렇게 나를 경멸하고 있는지도 모를 일이었다. 나는 지산이라는 땡추에 대해서 뭔가 좀 알 것 같으면서 사실은 아무것도 몰랐다. 초조했다. 왜 초조해하고 있는지 나도 모를 일이었다.

방문을 열어젖혔다. 훅 하고 바람이 밀려들어 왔다. 자지러지게 촛불이 흔들렸다. 나는 객실 쪽으로 눈길을 보냈다. 불빛이 보였다. 지산은 이 깊은 밤에 무엇을 하고 있는 것일까? 나는 참기 어려운 궁금증이 일어났다.

정랑(淨廊)*으로 갔다. 마렵지도 않은 오줌을 억지로 누었다. 그리고 발뒤꿈치를 들고 객실 앞으로 다가갔다. 이상한 소리가 흘러나오고 있었다. 흥얼거리는 노랫소리 같기도 하고 소리 죽

---

* 마음에 두지 아니함.
** 뒷간. 변소. 사람이 똥오줌을 눌 수 있도록 만들어 놓은 곳. 해우소는 정랑, 즉 '깨끗한 복도'라 불리기도 하는데, 옛 사원 구조에서 정랑은 청결한 회랑(복도)의 일부분에 있었기 때문이다.

여 흐느끼는 울음소리 같기도 했다. 나는 문틈에 귀를 붙였다. 그것은 "지산 보살, 지산 보살" 하고 자신이 자기의 이름자 밑에 보살을 붙여 불러 대는 염불 소리였다. 나는 웃음을 깨물며 귀를 떼었다. 그때였다.

"들어오지, 법운 수좌."

착 가라앉은 지산의 음성이 들려왔다. 나는 흠칫 놀랐다. 그리고 잠시 망설이다가 방으로 들어갔다.

지산은 귀신처럼 웅크리고 앉아 있었다. 그의 오른손에는 삭도가 잡혀 있고, 조그만 나무토막이 무릎 사이에 끼워져 있다.

"앉아."

그는 나를 쳐다보지도 않고 신들린 듯 칼을 놀려 나무토막을 깎아 내고 있었다.

"뭘 하는 겁니까? 스님."

"부처를 만들고 있어."

"예?"

"놀라긴. 부처를 만든다니까. 한번 볼 테야? 다 돼가니까."

나는 가까이 다가갔다. 그리고 지산이 신들린 듯 칼을 놀려 깎아 내고 있는 나무토막을 들여다보다가 아, 하고 짧게 부르짖었다. 무서운 형상의 부처가 거기 있었다. 세상의 온갖 번뇌와 망상에 시달려 이지러질 대로 이지러진 부처의 얼굴이……

"이, 이것이, 부처님의 얼굴이라니……"

나의 목소리는 떨려 나왔다. 지산은 그러나 입가에 주름을 모아 웃고 있었다.

"왜? 부처의 얼굴이 미남이 아니라서?"

그는 칼과 나무토막을 한쪽에 내려놓고 나서 담배를 붙여 물었다.

"그대는 잘못 알고 있어. 그대는 지금까지 천편일률적으로 미남인 부처만 보아 왔던 거야. 우리나라의 사찰에 모셔져 있는 불상들은 하나같이 둥글고 원만한 얼굴을 하고 있지. 그리고 빙그레 미소 짓고 있지. 그러나 침묵하고 있지. 천년을 두고 말이야. 사람들은 흔히 그러더군. 부처의 그 미소를 두고 신비하다느니, 불가해(不可解)하다느니, 또는 바라만 보아도 온갖 번뇌가 사라져 버린다느니…… 과연 그럴까. 과연 그 미소 아래서 중생들의 온갖 번뇌가 사라져 버리는 것일까? 부처가 신이 아니고 인간일진대 그렇게 태연자약한 얼굴로 요지부동 침묵만 할 수 있을까? 지금 이 시간에도 숱한 중생들이 배고파서, 병들어서, 옥에 갇혀서, 권력과 금력 가진 자들에게 억눌려서, 억눌려서 신음하고 있는데…… 그렇게 빙그레 웃고만 있을 수 있을까? 그것은 인간의 얼굴이 아니야. 티끌 같은 인연으로 울고 웃고 몸부림치는 인간의 얼굴이 아니라고. 적어도 석가가 인간이었고 인간을 위하여 이 세상에 나온 것이라면, 하나쯤 그리워하고 슬퍼하고 분노하는, 그리하여 팔만사천 번뇌에 싸여 고통스러워하는 모습의 불상이 있어야 할 게 아닌가 말이야? 함께 울고 함께 웃어야 하는 게 아닌가 말이야? 인간의 얼굴을 하고 있지 않은 부처를 그대는 사랑할 수 있다고 생각하나?"

그는 나의 얼굴을 뚫어지게 바라보았다. 나는 숨을 삼켰다.

"우리나라의 사찰에 모셔져 있는 불상을 조성한 자들은 모두 위선자이고 사이비 예술가들이야. 혼이 없는 허깨비들이야. 난 참말 부처의 얼굴을 만들어 보고 싶어. 그래서 나는 나무토막을 깎고 또 깎는 거지. 그것은 내 부패한 피와, 비열한 뼈, 그리고 추악한 살덩어리를 깎아 내는 작업이기도 해. 그리고 그것은 번뇌를 보리(菩提)*로 환치(換置)시키는, 아니 합일(合一)시키는 성스러운 작업이기도 하고……."

그는 필터만 남은 담배꽁초를 빈 소주병 속에 집어넣었다. 그리고 이지러진 부처의 얼굴이 새겨진 나무토막을 내 눈앞에 들이밀었다.

"자, 자세히 보라고. 내 얼굴과 이 부처의 얼굴을. 그리고 또 그대의 얼굴과 이 부처의 얼굴을. 같다고 생각 안 해? 같을 거야. 부처의 다른 얼굴이 나요. 나의 다른 얼굴이 바로 부처니까 말야. 우리의 다른 얼굴이 바로 부처요, 부처의 다른 얼굴이 바

---

* 불교 최고의 이상인 불타 정각의 지혜, 또는 불타 정각의 지혜를 얻기 위하여 닦는 도.

로 우리니까 말야. 그리하여 인간은 중생과 부처, 이렇게 두 개의 얼굴을 가진 이면체(二面體)인 거지."

그는 다시 칼을 잡았다. 그리고 그는 신들린 듯 칼을 놀려 나무토막을 깎아 내는 것이었는데 그때마다 그의 눈에서는 시퍼런 불길이 솟았고, 창백한 얼굴에서는 기괴로운 그림자가 흔들리고 있었다. 그런 그의 모습은 마치 한 맺힌 원귀(怨鬼)의 그것이었다.

나는 술 취한 사람처럼 비틀거리며 객실을 나왔다. 선뜻한 새벽 공기가 이마를 때렸다.

……새는 여전히 움직이지 않는다. 영원히 날지 않을 것처럼 두 다리를 굳건히 딛고 서서, 시간과 공간을 외면한 채, 날개를 파닥이길 거부하는 완강한 부동의 자세로, 날아야 한다는 자신의 의무를 포기하고 있는 것 같다. 이따금 살아 있음을 확인하듯 *끄윽끄윽* 음산하고도 절망적인 울음소리를 낼 뿐.

아아, 또 하루가 죽었구나. 나는 부르르 진저리를 치며 하늘을 본다. 반 넘어 잎 떨어진 보리수나무 꼭대기로 무겁게 드리운 잿빛 하늘. 그 비애의 바다에 잠겨 불성(佛性)처럼 빛나고 있는 한 개의 별……

릴케의 탄식 소리가 들려온다.

……나는 내 마음에서 벗어나 위대한 하늘 아래 서보고 싶다. 모든 별 가운데 하나만은 아직도 정말 남아 있으리라. 나는 알 것 같다. 어느 별이 홀로 지속해 왔는가를…….

나는 고개를 흔든다.

……그 별은 결코 릴케가 보지 못해. 부처도 못 봐. 스스로가 그 별은 비밀인 거야.

그래. 아무도 모른다. 나도 모르고 남도 모르고 또 부처에게까지도 불가사의할 그 별은 과연 무엇일까. 그러나 아무도 모른다는 것은 모두 다 안다는 얘기가 아닐까. 너무도 뚜렷하기에 너무도 모르고 있는 것이 아닐까. 그러면 어쩌란 말이냐. 정말 나는 어쩌란 말이냐.

나는 또 부르르 진저리를 치며, 얼굴에 와 감기는 타액처럼 끈끈한 안개를 뜯어내며, 자욱한 밤을 헤치며, 새벽이 도둑처럼 엎드리고 있는 뜨락을 가로질러 법당으로 간다.

문을 열자, 싸아하니 코끝에 와 감기는 향연(香煙)의 잔해. 어둠을 더듬어 성냥을 손에 쥔다. 그리고 점화(點火). 자욱한 어둠을 뚫고 태양이 떠오르듯 문득 각성(覺醒)처럼 나타나는 부처님. 그 불가해의 미소. 천년의 미소. 꼭 무슨 말씀이 있을 듯한데, 그러나 침묵하는 부처님. 아니야. 부처님은 침묵하고 계신 게 아니야. 부처님께서는 찰나의 순간에도 쉬지 않고 중생들의 근기(根機)에 따라 팔만사천 법문을 설하고 계신 거야. 다만 못 들을 뿐이지. 무명(無明)에 귀가 멀어 못 들을 뿐이야. 그런데 당신의 얼굴이 슬퍼 보임은 무슨 까닭일까. 그것은 내가 슬픈 중생이기 때문일까. 향을 사뤄 올린다. 향연, 그 가느다란 떨림이 오열(嗚咽)처럼 부처님의 무릎쯤에서 부서진다. 가사를 어깨에 드리우고, 목탁을 들고, 법당을 나선다. 개 짖는 소리가 산 밑에서 들려온다. 닭 우는 소리도 들리는 것 같다. 어깨를 맞대고 어둠 속에 엎드려 있는 인가(人家)들. 아이들의 지껄임, 도란거리는 부부의 속삭임, 사람들의 다순 웃음소리가 들리는 것 같다. 문득 엄습하는 외로움. 나는 세차게 머리를 흔들며 깨어지라고 목탁을 두드린다.

……시방삼세(十方三世) 부처님과 팔만사천 큰 법보(法寶)와 보살성문(菩薩聲聞) 스님네께 지성귀의(至誠歸依)하옵나니 자비하신 원력(願力)으로 굽어살펴 주옵소서. 저희들이 참된 성품 등지옵고 무명 속에 뛰어들어 나고 죽는 물결 따라 빛과 소리 물이 들고 심술궂고 욕심내어 온갖 번뇌 쌓았으며…….

범종(梵鐘) 앞에 앉는다. 시커먼 쇳덩이가 뛰어넘을 수 없는 벽처럼 가슴을 압박한다. 나는 지그시 눈을 감는다. 그리고 종채를 잡은 손에 힘을 준다. 어둠을 찢으며 멀리멀리 퍼져 가는 종소리, 종소리……

티끌 같은 이 마음 다 헤아리고 큰 바다 저 물을 다 마시어도

허공 끝 모두 알고 바람 잡아 온다 해도

그대 모습 그릴 길 바이 없어라……

나무아미타불 나무아미타불 나무아미타불……

허공에 가득하신 님이여

님의 가르치심이여

님의 가르치심을 따르고 계신 이들이여

깨끗한 마음

슬기로운 마음

걸림이 없는 마음

움직임이 없는 마음

마음으로

목숨을 바쳐

목숨을 바쳐 당신께

돌아가 의지합니다……

문수(文殊) 보살, 보현(普賢) 보살, 대세지(大勢至) 보살, 금강장(金剛藏) 보살, 제장애(除障碍) 보살, 미륵(彌勒) 보살, 지장(地藏) 보살, 아아 관세음(觀世音) 보살……

그러나 부처님도, 아미타 부처님도, 관세음 보살님도, 그리고 또 그 어떤 보살님도 보이지 않는다. 그림자도 보이지 않는다. 나는 빈 잔 가득히 허공을 담았을 뿐이다. 바람을 담았을 뿐이다. 달빛을 담았을 뿐이다. 아아…… 나는 목탁을 집어던지고 법당을 나온다. 그리고 비틀거리며 내 방으로 와서 책상 위에 엎드려 운다.

6년 동안 기를 쓰고 찾아 헤매었던 것의 정체는 과연 무엇이었을까. 청춘을 던져, 그리고 또 타는 갈증으로 전신이 뒤틀리던 청춘을 던져 만나고자 했던 것은 과연 나의 무엇이었을까. 그것은 비열하고 무능하고 야비하고 치사하고 탐욕스럽고 위선으로 뭉쳐진, 그리고 가증스럽기 짝이 없는 추악한 내 실체가 아니었을까. 6년 세월은 그리하여 그런 나의 실체를 확인하기 위한 도정(道程)이 아니었을까. 지산 같은 파계승(破戒僧)을 비난할 자격이 과연 내게 있는 것일까. 어쩌면 나는 지산 이상으로 비난받고 매도당해 마땅한 놈이 아닐까. 우유부단하고 의지박약하고 조급하고 격정적이고, 그러나 그 격정도 지속성이 없고, 무기력하고 나태하고 비겁하고 맺고 끊는 과단성이 부족하고, 진실을 알지만 실행할 용기가 없고, 그리고 아아 무엇보다도 독하지 못한 나는 살 가치가 없는 인간이 아닐까…….

그때에 나는 이 세상의 그 어느 것에도 마음을 주지 못한 채 허무와 절망에 깊숙이 침윤(浸潤)되어 방황하고 있는 지산을 건져 내어 올바른 불제자(佛弟子)의 길을 걷도록 해야겠다는 생각을 하고 있었던 것인데, 그것은 그러나 또 얼마나 부질없는 짓이었던가.

그는 세상 사람 모두가 자기를 타락자라고 비난한다 해도 자기와는 상관없는 일이라고 했다. 자기는 자기대로의 철학 위에서 방황하고 있기 때문이라고 했다. 자기의 철학은 진실이라고 했다. 타락도 참말 진실하게만 한다면 성불에 이를 수 있는 하나의 방법이라는 것이었다. 나를 속이고 남을 속이는 위선 속에서 가짜로 인생을 사는 사람들을 위하여 종교는 필요한 것이지 진실하게 인생을 사는 사람에게는 종교가 필요 없는 것이라고 했다. 그래서 자기는 자기의 방황이 진의를 상실할 때, 그때는 미련 없이 이 세상에서 떠나겠노라고 말하며 염낭 속에 든 약병을 꺼내 보이는 것이었다. 그러면서 그는 또 자기는 사이비 방황이요 사이비 타락자라고 했다. 그래서 괴롭다고 했다.

그런 그에게 나는 할 말이 없었다. 오히려 내 쪽에서 서서히 그에게로 경사(傾斜)되어 감을 느끼고 깜짝깜짝 놀라는 것이었다. 누가 누구를 제도한단 말인가. 그가 걷고 있는 길이 바른길인지, 내가 걷고 있는 길이 바른길인지 알 수가 없었다. 어쩌면 그가 걷고 있는 길이 바른길일지도 모른다는 생각이 들기도 했다. 그가 성실한 불제자가 되지 못한다면 나 또한 성실한 불제자가 되지 못했다. 아침저녁으로 예불이나 착실히 모시면서 성실한 척했을 뿐이었다. 그러면서 깊은 밤 산창(山窓)에 와 부딪치는 교교한 달빛과 문풍지를 때리며 지나가는 메마른 바람 소리에 외로워하며 발작적으로 문득 화두를 들어 보는 번뇌와 보리의 양극에서 괴로워했다. 번뇌와 보리가 본래 둘이 아니라지만, 그 도리를 깨친 자 바로 부처라지만, 그러나 분명히 번뇌와 보리는 둘이었고 부처와 중생은 엄연히 양극이었으며, 그리고 그것은 또한 영원히 합일될 수 없는 평행선이었다. 그런 내가 학생들에게 부처가 어떻고 부처의 가르침이 어떻다고 떠들어 댄다는 게 참말이지 가소로운 노릇이 아닐 수 없었다. 사람들은 좀 더 자기 자신에게 솔직해질 필요가 있는 것이었다. 철저하게, 그리고 비정하게 자기를 까뒤집어 놓은 후에야 비로소 자기라는 것의 그림자라도 잡게 되는 것이겠기 때문에. 철저하게 자기를 까뒤집어 놓고 그 알몸이 주는 외로움과 허무를 초극(超克)하기 위하여 혼신으로 몸부림치는 지산이야말로 어쩌면 진짜 구도자인지도 모를 일이었다. 나는 지산과의 조우(遭遇) 이후 승려 생활에 대한 회의와 인생에 대한 절망으로 잠 못 이루는 밤이 많아졌다.

가을도 한 뼘밖에 남지 않은 어느 날, 지산과 나는 벽운사를 나왔다.

사람들은 저마다 다른 얼굴들을 하고, 그 얼굴마다에 기쁨과 슬픔과 분노와 즐거움의 빛을 띠고서, 바쁘게 혹은 천천히 거리를 흘러가고 있었다. 정거장은 어디론가 떠나가는 사람들과 돌아오는 사람들로 파시(波市)처럼 붐비고 있었다. 우리는 대합실의 의자에 앉아서 들어오고 나가는 사람들을 망연하게 바라보고 있었다.

　"정거장에만 오면 난 답답해. 가슴이 터질 것 같아……"

　지산이 혼잣말처럼 말했다.

　"모두들 행선지가 있는데 난 없단 말야. 갈 곳이 없어. 갈 곳을 모르겠어……"

　"산으로 가야죠. 산에 가서 공부해야죠. 비구승이 갈 데가 산밖에 더 있어요."

　"그렇지. 산으로 가야지. 산에 가서 공부해야지."

　"우리 해인사 갈래요? 선방에 방부(房付)* 들이고 겨울 한 철 용맹정진(勇猛精進)해요. 죽을 작정으로 한번 해봐요. 그래요, 네?"

　"해인사…… 해인사서 날 받아 줄까? 승려증도 없는 날 받아 줄까?"

　"스님도 참…… 그까짓 종이때기가 무슨 상관이 있어요? 스

* 선방에 안거를 청하거나 객승으로 남의 절에 가서 있기를 부탁하는 일.

님이 비록 승적에서 제적됐다지만 참말 발심(發心)해서 공부하 겠다는데야 누군들 안 받겠어요?"

"아니야. 내가 말하는 건 그런 게 아니야. 선방이 문제가 아 니지."

"그럼 뭐가 문제예요?"

"참말로 투철한 문제의식을 가지고 덤벼들 수 있느냐가 문제 지."

"못할 건 뭐 있어요? 죽을 작정으로 한번 해보는 거지요. 이 세상에 한 번 안 태어난 셈치고……."

"나는 이대로 돌겠어. 떠돌이 잡승으로 돌겠다구."

"스님도 참……."

"이대로 돌겠어. 방황 방황 하지만 방황도 내겐 문제를 해결 할 수 있는 하나의 방법이야. 좀 더 철저하게 방황해서 방황의 끝장을 내버리겠어. 그러다가 떠나야지. 다시는 돌아오지 못할 곳으로 떠나야지."

그는 입술을 비틀며 쓸쓸하게 웃었다. 나는 그가 보여 주던 약병을 생각하고 등줄기로 전율이 흐르는 것을 느끼며 그의 고의춤에 매달려 있는 염낭을 쳐다보았다. 염낭 속에는 꿩 잡 는 데 쓰는 사이나*가 들어 있을 것이었다. 나는 마음속으로

* 청산가리.

75

세차게 고개를 흔들었다.

"지금부터라도 중노릇만 잘하면 되지. 승려증 따위가 무슨 필요가 있어요. 부처님 당시에도 일곱 번씩이나 파계하고 재입산한 비구도 있었는데……."

"법운 수좌는 말귀를 못 알아듣는군. 내가 말하는 건 그런 게 아니라니까. 온 곳을 모르기에 갈 곳 또한 알 수 없다는 식의 형이상학적인 명제를 얘기하고 있는 게 아니야. 다만 나는 물리적이고 형이하학적인 문제로 고민하고 있을 뿐이야. 행선지가 명시된 차표를 사 들고, 차를 달려. 그리고 고독할 수 있는 자유가 보장된, 내 몸에 꼭 맞는 공간이 기다리고 있는 땅이 불행하지만 한 치도 용납되지 않는다는 사실에 슬퍼하고 있을 뿐이니까. 내가 한 달을 못 채우고 자꾸 주처(住處)를 옮기는 까닭은 고독할 수 있는 자유가 보장되지 않기 때문이야. 누구에게도, 세상의 그 어떤 것에도, 아아 부처에게까지도 간섭받지 않고 혼자서 가차 없이 고독할 수 있다면 얼마나 행복할까……."

"그러면 스님, 제가 아는 절로 가요. 아주 조용한 곳이에요. 사형(舍兄)님이 주지로 계시는데 방부를 받을 거예요."

지산은 천천히 고개를 흔들었다.

"하지만 정작 문제는 갈 곳이 없다는 현실적인 절박함에 있는 것도 아니야. 단순히 그런 문제라면 걱정할 필요가 하나도

76

없어. 결국 나는 어디로든 가게 될 것이고 어디서든 살게 될 테니까. 결코 길바닥에서 노숙을 한 적은 없었으니까. ……그것은 영혼의 문제일 거야. 살을 태우고 피를 끓여서 소주처럼 청정한 백골 한 자루로 뚫고 들어갈 구멍, 혼을 팔아서 혼을 살수 있는 일물(一物), 모두 죽고 모두 죽어서 다시 태어날 수 있는 혼의 광장…… 아아 나를 죽여서 나를 살릴 수 있는 뜨겁고 뜨거운 열정이 마른 재처럼 식어 버렸기 때문에 나는 모두들 어디론가 떠나는 정거장에 쭈그리고 앉아 망연해하는 거야……."

　　……지암 스님을 따라 산으로 간 나는 곧바로 머리를 깎고 행자 생활을 시작했다. 서른 명이 넘는 대중(大衆)의 공양을 짓고, 하루에도 서너 차례씩 들어오는 불공마지(佛供摩旨)*를 짓고, 그리고 각 법당의 청소와 선배 승려들의 심부름 등으로 눈코 뜰 사이가 없이 바쁜 나날이었지만 조금도 고된 줄을 몰랐다. 아궁이 앞에 쭈그리고 앉아 부지깽이로 부뚜막을 두드리며 천수경을 외울 때도, 마지 불기(佛器)를 받쳐 들고 법당으로 달려가면서도, 본존(本尊) 앞에 엎드려 절을 할 때도, 그리고 해면처럼 늘어진 몸뚱이를 행자실에 쓰러뜨리고 잠이 들었을 때

---

* 마짓밥. 부처에게 올리는 밥.

도, 나는 저 '병 속의 새'만을 생각하고 있었다.

그렇게 여섯 달이 지났을 때, 나는 사미십계(沙彌十戒)를 받았다. 내 왼쪽 팔뚝에 심지가 박히고 불이 붙여졌다. 계사(戒師) 스님이 물었다.

"첫째는 살생(殺生)을 말지어다. 무릇 생명이 있는 것을 죽인즉 세세생생(世世生生)에 단명보(短命報)를 받게 되며, 내 손에 죽은 모든 무리들이 세세생생을 두고 나를 쫓아다니며 내 몸을 해롭게 할 것이로다. 살생하지 않겠느냐?"

나는 힘차게 대답했다.

"능지(能持)."

"둘째는 도적질을 말지어다. 만약 사람이 남의 소유물을 훔친달 것 같으면 복덕종자(福德種子)가 끊어져 세세생생을 두고 박복빈천(薄福貧賤)한 몸으로 태어나게 될 것이로다. 도적질하지 않겠느냐?"

"능지."

"셋째는 사음(邪淫)을 말지어다. 만약 사람이 사음을 행할 것 같으면 세세생생을 두고 식신(識身)이 청정치 못한 바보로 태어나 사람들의 놀림을 받게 될 것이로다. 사음하지 않겠느냐?"

"능지."

"넷째는 거짓말을 말지어다. 만약 사람이 거짓말을 할 것 같으면 진실의 종자가 끊어져 모든 사람이 나의 말을 믿지 아니하여 백사불성(百事不成)이 될 것이로다. 거짓말하지 않겠느냐?"

"능지."

"다섯째는 술을 먹지 말지어다. 만약 사람이 술을 마실 것 같으면 세세생생을 두고 지혜의 종자가 끊겨 성현(聖賢)의 어질고 착한 말씀을 듣지 아니하고 외도(外道) 마구니*의 삿된 말과 망령된 말과 탐진치(貪瞋痴) 삼독(三毒)과 간악질투(奸惡嫉妬)와 십악(十惡)과 팔사(八使)를 익혀 저 무서운 삼악도(三惡途)에 떨어져 길이 나올 때가 없으리로다. 술 마시지 않겠느냐?"

"능지."

"사치스러운 장신구를 몸에 걸치거나 향기로운 기름을 바르지 않겠느냐?"

"능지."

"노래하고 춤추지 않고 또 그것을 구경하지도 않겠느냐?"

"능지."

"높고 호화로운 침대를 사용하지 않겠느냐?"

"능지."

"금이나 은 따위의 보배를 몸에 지니지 않겠느냐?"

---

* 魔軍. 석가모니의 득도를 방해한 악마의 군사. 불도를 방해하는 온갖 악한 일을 비유적으로 이른다.

79

"능지."

"제때가 지나면 먹지 않겠느냐?"

"능지."

능지. 능지. 능지…….

가사, 장삼, 발우(鉢盂), 바랑 등 중노릇 하는 데 소용되는 살림살이 일체와 법운이라는 불명(佛名)이 무공방의 지암 스님으로부터 내려왔다. 나는 지암 스님의 상좌(上佐)가 된 것이었다.

그날 밤 삼경 종을 치고 났을 때, 잠깐 다녀가라는 지암 스님으로부터의 전갈이 왔다.

무공방 노사(老師)의 방은 선사(禪師)의 처소답게 일체의 장식이 배제되어 있어 황량하고 숙연한 느낌을 주었다. 나는 오체투지의 삼배를 드리고 무릎을 꿇었다. 선정(禪定)에 들어 있는 듯 지그시 눈을 감고 있는 노사의 얼굴은 여전히 아름다웠고 여전히 준엄했다.

노사가 이윽고 눈을 떴다. 그리고 짧게 말했다.

"새를 꺼냈느냐?"

숨이 막혔다. 등줄기로 식은땀이 흘렀다.

"모르겠습니다."

나는 조그맣게 말했다.

노사가 물러가라는 손짓을 했다. 다시 삼배를 드렸다. 그리고 발뒤꿈치를 들고 등을 돌렸다. 그때 쳇소리 나는 노사의 목소리가 뒤통수를 때렸다.

"모르는 것을 알게 되는 것이 깨달음이고, 깨달음 얻은 자 바로 부처니라."

나의 하루는 새의 울음소리로부터 시작되었다. 아침부터 밤까지, 그리고 또 아침부터 밤까지 끄윽끄윽 간헐적으로 들려오는 음산하고도 절망적인 그 소리는 고질적인 이명(耳鳴)이 되어 나를 불면의 심연으로 추락시키는 것이었고, 병 속에 갇혀 울부짖는 새를 꺼내려고 몸부림치는 것이었고, 할수록에 병 주둥이는 점점 더 오그라지는 것이어서 나는 깜깜한 어둠 속으로 침몰되는 것이었다.

기적 소리가 들려왔다. 기적 소리는 길게, 그리고 점점 빠르게 울기 시작하더니 이윽고 바람 소리에 묻혀 버리고 말았다.

지산은 고개를 숙이고 두 손을 승복 저고리의 소매 사이에 맞찌른 채 발밑을 바라보고 있었다. 나는 하늘을 바라보았다. 잔뜩 찌푸린 하늘에서는 금방이라도 비가 쏟아질 것 같았다.

"스님 가는 데 따라갈까 봐요."

"감상이야. 감상은 방황의 어머니야."

"이렇게 스님을 방황하게 하는 이유가 어디에 있는 것인지 알고 싶어요."

"나는 알아. 방황한다는 것은 결국 스스로에게 진실하지 못

81

하기 때문이란 것을. 끌어안고 버틸 진실의 기둥이 없기 때문이란 것을. 하지만 말할 수 없어. 이것 역시 정확한 대답이 될 수 없기 때문에."

그는 세차게 고개를 흔들었다.

"아아 나는 모른다. 내가 왜 이렇게 미친개처럼 방황하는가를…… 내가 자신 있게 말할 수 있는 것은 단지 나는 모른다는 것."

"스님의 입산은 감상이었나요?"

"그래. 결과적으로 그런 셈이야. 내 입산의 동기는 감상으로 비롯된 감정의 허영이었는지도 몰라. 하지만 감상이 아니고 칼끝 같은 이성이었다고 한들 무슨 소용이 있겠어. 슬픈 일이지만 나는 내 능력의 한계를 인식했으며, 절망의 나락에서 방황하고 있는 것을…… 아니지. 나는 불타의 마음을 알았으며, 그리하여 내가 알고 있고 기대하고 있던 불교라는 것이 저 천상(天上)의 이야기가 아니라 중생들이 갈비 비벼 대며 몸뚱이 적시며 그렇게 땀 흘리며 웃고 울고 사랑하고 미워하고, 그렇게 살아가는 저 저잣거리의 실화(實話)라는 것을 깨달았지. 깨달았다고 하지만 실행이 없이, 아니 실행의 고통스러움이 두려워 회피하면서 가증스럽게도 먹장삼을 훔쳐 입고 중생들이 땀 흘려 시주한 세끼의 밥을 도적질하고 있으니 지옥 가기도 황송한 일이지. 이런 내가 절집 안의 비리(非理)를 비난할 자격이 있을까. 비리의 척결(剔抉)을 위해 생명을 던져 투쟁하지 못할 바에야 차라리 먹장삼을 반납하고 하산하는 것이 의식 있는 자의 취할 바가 아닐까…… 나는 치사한 공범자일 뿐이야."

칼끝처럼 야윈 지산의 얼굴에 쓸쓸한 체념의 빛이 어리고 있었다.

"왜 자꾸 그런 말을 해요."

나는 안타깝게 지산의 팔을 잡고 흔들었다. 바쁘게 오가는 사람들이 흘낏흘낏 우리를 바라보았다.

"법운 수좌는 선방으로 가. 가서 참말 백척간두(百尺竿頭)에 서봐. 거기서 한 발 내디뎌 보라구. 그래서 견성(見性)하면 나 같은 중생도 좀 제도(濟度)해 주구."

그렇게 말하는 지산에게 우습게도 나는 어떤 연민 같은 감정이 일어나는 것이었다. 사랑의 가장 기초 단위인 연민…… 나는 졸랐다.

"우리 같이 객(客)질 해요. 결제 때까지만이라도 함께 다녀요. 네?"

지산이 빙그레 웃었다.

"좋을 대로 해. 하지만 나 같은 잡승과 어울리면 그대도 같은 잡승으로 몰려. 절집에서 쫓겨난단 말야."

갑자기 버스가 멈췄다. 국방색 작업복에 감싸인 완강한 체구

83

의 사내가 한 손에 카빈*을 들고 차에 올랐다. C읍을 얼마 남겨 놓지 않은 국도에서였다. 지산과 나는, 버스의 맨 뒷자리에 앉아 있었는데 이상하게도 그 사내는 곧바로 우리의 곁으로 다가왔다.

"신분증 좀 봅시다."

거칠고 딱딱한 목소리로 물어 왔다. 나는 호주머니를 뒤져 주민등록증을 꺼냈다. 낚아채듯 받아 든 작업복은 빠르게 훑어보고 나서 내게 돌려주며,

"승려증 좀 봅시다."

하고 말했다.

"승려증 말입니까?"

내가 확인하기 위해 다시 묻자 작업복은 우악스럽게 생긴 턱을 끄덕거렸다. 오른손에 들려 있는 카빈이 기분 나쁘게 흔들렸다. 나는 묵묵히 승려증을 꺼내 보였다.

"당신."

작업복이 턱 끝으로 지산을 가리켰다.

"왜 그러슈?"

지산은 앉은 자리에서 꼼짝도 하지 않고 작업복을 올려다보았다. 작업복은 다 떨어져 너덜거리는 승복에 비쩍 마른 중의

---

* carbine총. 비교적 가벼우며, 자동식 및 반자동식이 있는 미국 육군의 소총.

84

아래위를 찬찬히 훑어보며 짧게 말했다.

"승려증 좀 봅시다."

"없는데요."

작업복의 눈꼬리가 위로 치켜졌다.

"없다니? 승려면 승려증이 있어야 게 아뇨?"

지산이 입술을 비틀며 웃었다.

"중에게 무슨 증명이 필요합니까? 머리 깎은 것 이상으로 더 확실한 증명이 있을까요?"

작업복이 카빈을 추슬렀다. 철그럭거리는 금속성 소리가 기분 나쁘게 들렸다.

"이 사람이, 지금이 어느 때라고 신분증도 안 가지고 다녀? 내리쇼."

"저…… 이 스님은……."

내가 뭐라고 말하려는데,

"잔말 말고 내려!"

작업복은 거칠게 말하고 등을 보였다. 잠시 멍하니 앉아 있던 지산은 선반 위에 올려놓은 쇠불알만 한 바랑을 등에 졌다. 그리고 잠시 내게 시선을 주며 입술을 비틀어 올렸다.

"걱정 말고 그냥 가라구. 인연 있으면 또 만날 게고."

지산은 호기심에 차서 바라보는 승객들의 시선을 헤치고 통로를 걸어 나갔다. 나는 급하게 바랑을 어깨에 꿰면서 뒤를 따랐다.

얼룩무늬로 위장한 초소는 국도를 가로지른 야트막한 구릉 밑에 자리 잡고 있었다.

초소 안은 황량했다. 지산을 끌어내린 작업복과 똑같은 차림의 사내가 책상 위에 두 다리를 올려놓은 자세로 손톱을 깎고 있다가 우리를 보고 하품을 했다.

"당신, 주민등록증은 있어?"

작업복이 카빈으로 땅바닥을 짚으며 지산의 아래위를 훑었다.

"난 도무지 무슨 증명 같은 것은 없는 사람이오."

"뭐야? 이 사람이 누굴 놀리나!"

"중이 못 돼서 승려증이 없고 주민이 못 돼서 주민등록증이 없소. 인간 등록도 못했는데 말해 뭣합니까."

"이게 어디서 논설 풀구 있어."

작업복은 금방이라도 칠 듯이 지산에게로 다가섰다.

"거 재밌는 친군데."

손톱을 깎던 사내가 풀풀 웃었다. 나는 작업복의 소매를 잡았다.

"저…… 이 스님은…… 제가 증명할게요."

"당신은 가만히 있어!"

작업복이 카빈의 개머리판으로 내 배를 쿡 찔렀다. 나는 쓰러지려는 몸뚱이를 가까스로 가누었다. 공포가 밀려와서 더이상 입을 열 수 없었다.

"이 속에 있는 건 뭐야?"

작업복이 카빈의 총구 끝으로 지산이 메고 있는 바랑을 쿡쿡 찔렀다. 지산은 여전히 입술을 비틀며 웃고 있었다.

"번뇌 덩어리요. 왜, 보시려오?"

지산은 바랑을 벗더니 그 안에 든 것을 탁자 위에 쏟아 놓았다. 대가사(大袈裟) 한 장, 수건, 칫솔, 치약, 잡기장 한 권, 속옷 몇 가지, 그리고 앨범 한 권이 전부였다.

지산이 혼잣말처럼 말했다.

"미안합니다. 이것마저 버려야 되는데…… 그리고 이 육신까지도 버려야 되는데…… 그래야 자유로워질 수 있을 텐데…… 자유라는 것의 발가락이라도 잡을 수 있을 텐데……."

작업복이 앨범을 들췄다. 지산의 사진들이 장마다에 차곡차곡 끼워져 있었다. 입산 10년 승력(僧歷)들이 삶의 상흔(傷痕)처럼 누워 있는 누렇게 색 바랜 그 사진들은, 그리고 아아 비구승의 얼굴이었다.

작업복이 말했다.

"중이 맞긴 맞는 모양인데…… 당신 염불 한번 해보쇼."

작업복은 이제 완전히 장난으로 나오고 있었다. 나는 울고 싶은 심정이었는데, 카빈의 공포 때문에 한쪽 구석에 가만히

서 있는 수밖에 별도리가 없었다. 지산이 빙그레 웃었다.

"염불하면 보내 주려오?"

작업복은 카빈을 벽에 세워 놓더니 의자에 앉아 하품을 했다.

"한번 근사하게 뽑아 보슈. 염불 소리 들어 보면 진짠지 가짠지 알 수 있으니까. 아, 피곤하다."

지산은 주먹을 입에 대고 몇 번 목청을 가다듬더니 스르르 눈을 감았다. 그리고 천천히 신묘장구대다라니(神妙章句大陀羅尼)를 외우기 시작했다.

나모라 다나 다라 야야 나막알약 바로기제 새바라야 모지사 다바야 마하사다바야 마하가로 니가야 옴 살바 바예수 다라 나 가라야 다사명 나막까리다바 이맘알야 바로기제 새바라 다바……

지산은 손바닥으로 탁자를 두들겨 장단을 맞춰 가며 열심히 염불을 하는 것이었는데, 마치 법당에서 의식(儀式)을 집전할 때처럼 숙연한 어조였다.

"거 스님 초성 한번 구성지우. 내 눈물이 다 날라구 한다니까……."

손톱을 깎던 사내가 자리에서 일어나며 감동했다는 얼굴로

88

말했다. 작업복이 탁자 위에 널린 물건들을 바랑에 집어넣어 주며 머리를 긁었다.

"이거 미안하게 됐시다. 직무수행상 어쩔 수 없었으니 이해하쇼. 돌아가도 좋소."

지산은 싱글싱글 웃으면서 바랑을 졌다.

"염불 한마디에 믿어 버리다니, 당신도 참 순진하오."

작업복이 지산의 바랑을 토닥거리며 말했다.

"아냐. 당신은 진짜 중 같애. 돌아가신 우리 할머니도 불교 믿었다구."

초소를 나왔을 때는 어둑어둑 땅거미가 내리고 있었다. 우리는 국도를 따라 걸어갔다.

"오랜만에 염불을 했더니 목이 컬컬한걸. 어디 가서 농주 한 사발 했으면 좋겠다. 관세음보살."

조금 전의 수모 따위는 벌써 잊었다는 듯 지산의 목소리는 밝았다. 그는 정말 불가사의한 사내였다.

우리가 읍내에 도착했을 때는 길가의 상점들에 전깃불이 들어오고 있었다.

"때가 지났으니 비구승은 불비시식(不非時食)이라…… 포교당(布敎堂)에 가서 저녁 얻어먹기는 틀렸고, 어디 가서 요기나 좀 하자고."

지산은 내 동의를 구하지도 않은 채 눈에 보이는 중국집으로 들어가는 것이었다. 나는 잠시 머뭇거리다가 뒤를 따랐다.

"뭐 하겠어?"

작고 음습한 방에서 탁자를 마주하고 앉았을 때 지산이 물었다.

"뭐 아무거나…… 스님 좋을 대로 하세요."

"나야 술이 좋지만, 오늘은 참기로 하고."

짜장면 두 그릇을 시키는 것이었다.

"짜장면 좋아하세요?"

"값이 싸니까."

그리고 그는 픽, 하고 이빨 사이로 바람을 뽑는 것처럼 웃었다.

"나는 참말이지 어떤 것이 좋은 음식인지 모르겠어. 다 잊어버렸으니까. 내가 좋아하는 게 뭐더라? 음식이란 재료의 우열보다 만드는 자의 애정이 맛의 포인트라고 어떤 유명한 요리사가 말했다데. ……1밀리의 애정도 담기지 않은 절밥. 그런데 세속의 사람들은 절밥이 맛있다고 말하지. 나는 그 까닭을 생각해 봤어. 그것은 간단해. 시내 포교당 빼놓고 절은 전부 깊은 산속에 있어. 힘들게 산을 올라온 사람들은 우선 시장하게 마련이지. 그리고 별이 보이지 않는 하늘 아래서 매연과 소음에 시달리고 술과 기름진 음식에 식상해 있다가 신선한 채소와 산채로만 된 밥을 먹어 보니 맛이 없을 수가 없지. 그러나 이구동

90

성으로 절밥이 맛있다고. 이런 데서 한 달만 살면 살이 찌겠다고 말하던 사람들도 열흘만 지나면 못 살겠다고 산을 내려가지. 하기야 요즘은 신도란 사람들도 법당 앞에까지 자동차를 들이대고. 절 또한 고유한 산채 따위로 만든 담백한 찬들이 사라져 가고 있는 황막한 세월이긴 하지만……."

그때 짜장면이 왔다. 나는 짜장면 속에 들어 있는 고깃점과 파 등속을 골라내었다. 그런 나를 바라보며 지산은 끌끌 혀를 찼다.

"채식이 나쁘다는 얘기가 아니야. 애정이 없다는 얘기지. 밥이란 단순히 주린 순대를 채우기 위한 요식행위일 뿐, 무슨 맛이라든가 즐긴다는 따위는 언감생심(焉敢生心)이지. 활짝 피어야 할 한창나이에 얼굴에 검버섯과 마른버짐이 피고 앉았다 일어날 때마다 핑핑 도는 거야."

그는 양파쪽을 입에 넣고 씹었다.

"그런 내가 깡술로 1년에도 기백 병씩의 소주를 작살냈다면 아무도 믿지 않겠지. 내가 생각해도 그것은 순전한 오기와 깡다구였으니까. 생은 막걸리처럼 사는 놈이 술 하나엔 독하게 달라붙었지. 달라붙고 있지. 그러나 욕하지 말라. 술이라도 있었기에 살아 있다. 치사하게 살고 있지만. 세상 사람 모두가 완벽하게 살 수 있다면 종교가 무슨 개뼈다귀겠는가 말야."

그는 나를 바라보며 또 끌끌 혀를 찼다.

"오신채(五辛菜)를 먹지 말라고? 오신채는 스태미너원이어서 금욕(禁慾)하는 수도승으로선 금기(禁忌)해야 할 음식이라고? 웃기지 마라. 파 마늘 따위의 오신채 때문에 일어날 성욕이라면 불고기 갈비 등 지천으로 널려 있는 어육(魚肉) 앞엔 어찌 견딜까? 지엽에만 매달림으로써 나무를 보고 숲을 보지 못하는 우(愚)를 범해선 안 돼. 불타께서 계율을 제정한 근본 취지와 의미를 생각해 보면 스스로의 행동규범은 자명해진다고. 계율이란 행위 이전에 이미 마음으로 지파(持破)가 결정되는 거야. 오늘은 내가 별소리를 다 하는군. 비구승이 타락하니까 먹는 것 가지고 시비를 다 하고…… 관세음보살."

포교당의 주지는 부대하게 살집 좋은 40대의 중년이었다. 그는 우리의 앞에 객승일지(客僧日誌)라고 씌어 있는 숙박계를 내밀었다. 우리가 인적사항을 적고 나자, 그는 노련한 여관 주인 같은 미소를 지었다.

"승려증 좀 보여 주실까?"

나는 낮에 있었던 일도 있고 해서 울컥하는 기분이 되었다.

"아니, 언제부터 절집 안에 이런 제도가 생겼습니까?"

"총무원에서 시키는 일이니까 할 수 없지…… 나두 귀찮아 죽겠수."

나는 울고 싶은 심정이었다. 언제부터, 정말 언제부터 절집 안이 이렇듯 각박하고 살벌해졌단 말인가. 그 훈훈하고 다숨던 비구승 세계의 인정은 다 어디로 가고, 마치 불심검문하는 경찰관처럼 사문이 사문에게 증명서를 요구하는 세상이 되었단 말인가. 똑같이 머리 깎고 먹물옷 입었다는 것만으로도 피를 나눈 혈육 이상으로 정이 넘쳤던 비구승 집안이 정말 언제부터 이렇게 되었단 말인가.

이 스님의 말대로 총무원의 지시라니 따져 봐야 소용없는 일. 나는 승려증을 꺼냈다.

"수좌 것도 봅세."

주지는 지산을 바라보았다. 그러자 지산은 갑자기 왼쪽 팔소매를 어깨까지 걷어 올렸다. 그리고 연비(燃臂)* 자국이 낙인처럼 뚜렷한 팔뚝을 주지의 코앞에 들이밀었다.

"승려증 여기 있습니다. 분실의 염려도 위조의 우려도 없는 만년 승려증."

주지가 어색하게 웃으며 손을 내저었다.

"아 뭐, 수좌들을 의심해서가 아니라 요즘은 가승(假僧)들이 많아 나서 말씀이야. 며칠 전 어떤 객승이 다녀갔는데 차비 안 준다고 녹음기를 집어가 버렸단 말씀이야. 그래서 하는 얘긴데 말씀이야……."

그는 입맛을 쩝쩝 다시며 한참 동안 객승들을 비난했다. 한

---

* 삭발과 함께 승려가 되기 위해 치르는 의식. 팔에 초의 심지를 올려놓고 태워 깨달음을 얻기 위해 육신의 고통까지도 감내한다는 뜻을 담고 있다.

군데서 공부할 노릇이지 도대체 무엇하러 돌아다니느냐는 얘기였는데, 그러나 그렇게 말하는 그의 얼굴에는 잃어버린 녹음기에 대한 강한 애착의 빛이 역력했다.

객실은 썰렁했다. 때 묻고 낡은 이불과 목침이 아무렇게나 뒹굴고 있고, 찢어진 문틈으로는 싸늘한 밤바람이 밀려들어오고 있었다.

"가장 이상적인 사회는 승려증이나 주민등록증 따위가 필요 없이 몸뚱이 하나로 모든 게 증명되는 사회가 아닐까."

지산은 잠이 오지 않는지 자주 몸을 뒤척였다. 나도 잠이 오지 않았다.

"무소유(無所有)…… 부처님은 행복의 조건을 무소유라고 하셨는데…… 소유하는 데서, 소유하고자 하는 데서 불행의 씨앗은 싹튼다고 말이지. 도둑맞을까 걱정하고, 더 좋은 것을 소유하고자 욕심내고, 그래서 시기하고 질투하고 헐뜯으며 싸우다가 마침내는 죽이기까지 하고…… 참말 비구라면 일의일발(一衣一鉢)이어야지. 한 벌의 누더기와 한 개의 발우…… 그런데 아무것도 가진 것이 없는 나는 왜 이다지 괴로운 건지……."

"아무것도 가진 것이 없다는 건 더 큰 것을 소유하고 싶다는 욕망의 역설이 아닐까요?"

"그런 셈인가…… 더 큰 것, 더 큰 것을 찾아 헤매는 건가…… 그러나 그 더 큰 것은 잡힐 듯 잡히지 않고, 나는 왜 이렇게 잠이 오지 않는 것인지……."

"망상 때문이지요. 부질없는 망상 때문에……."

갑자기 지산이 낄낄거리며 웃었다.

"부처가 되겠다는 것 또한 망상이야. 좀 더 커다란, 아니 이 세상에서 제일로 커다란 망상이지. 옛날 어떤 땡추가 말했다지. 부처는 쓸데없이 세상에 나와 가지고 평지에 풍파를 일으켰다고 말야. 멋진 얘기야."

"입산을 후회합니까?"

"천만에. 깊은 슬픔을 느낄 뿐이지. 인간은 누구에게나 그 얼굴과 능력에 어울리는 모습이 있다고 했어. 그것을 버리고 다른 모습을 하고자 하면 사람은 항상 스스로의 가치를 떨어뜨리게 된다고 말야. 석가의 진리는 간단하고 명료해. 예수도 마찬가지고. 그러나 진리, 그 자체가 된다는 건 힘든 얘기지. 분수를 모르고 달려든다는 건 비극이야. 그나마의 가치도 떨어뜨리게 되고…… 이것도 저것도 아닌 어중간한 위치에서 방황하게 되는 거지. 죽지도 못하고 살 수도 없고…… 회색은 언제나 슬픈 법이지…… 마치 우리들이 입고 있는 승복의 색깔처럼 말이지…… 희지도 않고 검지도 않고…… 회색처럼 절망적인 색깔이 또 있을까……."

……3년 후 나는 노사를 찾았다. 두 눈을 지그시 감고 허리를 꼿꼿이 편 채 결가부좌를 틀고 앉아 있는 노사의 그 아름다운 얼굴에는 차라리 차디찬 조소의 빛이 흐르고 있었다.

삼배를 드리고 노사의 앞에 그러나 나는 무릎을 꿇지 않고 노사처럼 결가부좌를 틀고 앉았다. 그런 나의 방자한 태도에도 노사는 아무런 표정의 변화를 보이지 않았다.

나는 어금니를 꽉 물고 단전(丹田)에 힘을 주었다. 그리고 묵묵히 한 손을 노사의 턱 앞에 들이밀었다. 그때 노사가 번쩍 눈을 떴다. 그 순간 나는 오싹 하고 몸이 떨렸고, 몹시 춥다고 느꼈다. 나는 나의 의중을 간파당한 것 같아 이미 전의(戰意)를 상실해 버릴 지경이었다. 그러나 손을 거두지는 않았다.

그렇게 사람을 춥게 만드는 비수 같은 눈길로 잠시 나를 쏘아보던 노사가 종이 한 장을 내 손바닥 위에 놓았다. 그것은 엽서 크기의 한지였는데 예의 새가 들어 있는 병이 그려져 있었다.

나는 숨을 한 번 크게 들이마시고, 그것을 힘껏 구겨 버렸다. 그리고 그것을 창밖으로 던져 버렸다.

노사는 여전히 침묵하고 있었다.

나는 더 이상 지체하지 않고 선실을 나왔다. 그때 노사가 나를 불렀다.

나는 다시 노사의 앞으로 갔다.

노사가 묵묵히 한 손을 내 턱 밑으로 들이밀었다.

그 순간 나는 정신이 번쩍 들었다. 시계(視界)를 흐리던 눈앞의 안개가 일제히 걷히고, 병 속의 새가 똑똑히 보였다. 그리고 조그맣게 오그라들어서 도무지 손이 들어가지 않던 병 주둥이가 점점 벌어지기 시작하더니, 이윽고 아주 활짝 벌어지는 것이었다.

나는 병 속에 손을 집어넣었다. 그리고 새의 몸뚱이를 잡았다. 그런데 참 이상한 일이었다. 분명히 새를 붙잡았다고 생각했는데, 그러나 내 손아귀에는 아무것도 잡힌 것이 없었으니……

나는 두 눈을 부릅뜨고 병 속을 들여다보았다.

아무것도 없었다. 텅 빈 허공이었다. 나는 너무도 허망해서 눈물이 나왔다. 아아, 지금까지의 내 공부는 도로(徒勞)였단 말인가. 아니, 애당초 새는 병 속에 없었단 말인가.

일시에 피로가 엄습해 와서 금방이라도 쓰러져 버릴 것 같은 몸뚱이를 간신히 지탱하며, 나는 병 속에 집어넣었던 손을 뺐다.

그런데 참 이상한 일이었다. 손이 빠지지를 않는 것이었으니. 어느새 병 주둥이는 처음처럼 조그맣게 오그라져 있어서 아무리 애를 써도 도무지 손이 빠지지를 않는 것이었으니……

"스님은 왜 입산했어요?"

웬 이유인지 모르지만 승려들 사이에는 입산의 동기를 묻는 것이 금기로 되어 있었다. 지산은 그러나 망설이지도 않고 얘기했다. 원래 망설이는 성격이 아닌지도 몰랐다.

"멜로야. 멜로 드라마. 아비는 세 살 때 열반했고 홀어미 손에 컸지. 고생고생하며 대학물도 조금 먹어 봤어. 법관이 되는 게 꿈이었지. 죄 있는 자를 응징하고 가난하고 힘없는 사람들을 구해 줄 수 있는 법관, 그것이 내 인생의 목표였지. 그런데 회의가 오더군. 인간이 인간을 재판한다는 게 우습다는 생각이 들더란 말야. 그러다가 우연히 석가를 만났어. 누구든 깨치면 부처가 될 수 있다…… 참 매력적인 말이더군. 나도 한번 깨쳐 봐야 되겠다는 건방진 생각이 들더란 말야. 울며 매달리는 어머니의 손을 뿌리치고 머릴 깎았어. 흐흐흐. 처음엔 잘나갔지. 그러나 잘 될 턱이 없지. 아아, 관세음보살……."

자정을 알리는 사이렌 소리가 들려오고 있었다. 지산은 벽을 향하여 몸을 돌렸다.

"시시한 얘기야. 그만두고 잠이나 자자."

또아리를 틀고 있는 배암의 몸뚱이처럼 꾸불꾸불한 열두 고개를 올라 영마루에 서자 저 아래로 절이 보였다. 산자락을 물들이고 있는 타는 듯 붉은 놀 아래서 가을걷이를 하고 있는 농군들의 굽은 허리가 보이고 아이들의 지껄임 소리가 들렸다. 집 집마다의 굴뚝에서 피어오르는 연기를 향해 낑낑낑 강아지들이 뛰어오르고 있었다. 나는 풀 위에 쭈그리고 앉았다.

"평화스러운 풍경이지요?"

명당자리를 찾는 풍수(風水)처럼 산세를 둘러보던 지산이 힐끗 나를 바라보았다.

"거리를 두고 바라다보는 풍경은 얼마든지 아름답고 평화스러울 수 있지."

나는 풀잎을 뜯어 입에 물었다.

"보세요. 저 피어오르는 굴뚝의 연기. 아이들의 웃음소리 ……."

지산은 손을 짚고 있던 잡목의 잔가지 하나를 딱 소리가 나게 꺾었다.

"평화? 평화는 없어. 인간이 숨 쉬고 사는 땅에 평화는 있을 수 없어."

나는 풀잎을 잘게 씹었다.

"스님은 비관론자로군요."

지산은 나뭇가지를 멀리 던졌다.

"평화 또는 사랑이라는 말은 일정한 거리를 두었을 때만 빛날 수 있는 단어야. 거리를 좁혔을 때는 이미 죽어 버려. 그게 사랑과 평화의 운명이야."

나는 씹고 있던 풀잎을 뱉어 버렸다.

"실행의 어려움 말인가요?"

지산이 내 옆으로 다가왔다.

"자기주의(自己主義)를 얘기하는 거야. 얼마나 무책임하고 안일한 말인가? 평화…… 사랑……."

나는 풀 위에 궁둥이를 붙이고 앉았다.

"몇 해 전 여기서 살았어요."

지산이 내 옆에 쭈그리고 앉으며 염낭에서 담배를 꺼내 입에 물었다.

"무슨 추억이라도 있다는 얘긴가?"

놀은 가사 빛이었다. 농군이 쭉 허리를 펴면서 주먹으로 어깨를 두드렸다. 아이들이 절 쪽을 향하여 메뚜기처럼 뛰어가고 있었다.

"비구승에게 무슨 추억입니까."

나는 궁둥이를 털며 일어섰다.

……사하촌(寺下村) 마을이 대개 그렇듯 서래사(西來寺) 밑 마을도 절 토지를 경작하는 소작농 20여 가구가 빈한하게 살고 있었다. 불심(佛心)이 없는 동네라고 주지는 투덜거렸지만 가난한 그들에게는 부처님의 진리보다도 우선 생활이 문제이기 때문에 불심이 없는 것은 따라서 당연한 현상일 것이었다.

빈손으로는 촛불 한 점 공양드릴 수가 없으니까.

나는 그들에게 무엇인가 도움을 주고 싶었다. 그들의 흙 묻은 거친 손발을 볼 때마다 계집애처럼 하얀 내 손이 부끄러웠다.

마을의 아이들은 국민학교를 나오면 대개 도회지로 종살이를 떠났다. 남아서 농사일을 거드는 아이들도 늘 도시로 달아날 궁리만 했다.

나는 아이들에게 중학 과정을 가르쳐 주기로 했다. 아이들은 그런 내 뜻에 찬동했지만 주민들은 달가워하지 않았다.

"중이 염불이나 하지 뭔 소리여"라고 비웃는 그들을 설득하여 아이들을 모았다. "쓸데없는 망상 피우지 말고 수좌 공부나 해" 하며 꾸짖는 주지에게 나는 그런 방법으로 그들에게 부처님의 가르침을 전해 줄 수도 있는 것이고, 그리하여 그들을 불자(佛子)로 만들 수 있으며, 또 그것이 바로 부처님의 가르침을 따르기로 작정한 승려의 본분이 아니겠느냐고 설득하여 판도방(辦道房)을 교실로 사용해도 좋다는 허락을 얻었다. 하지만 금전상의 도움은 줄 수 없다는 것이었다.

생각다 못해 나는 여러 날 동안 탁발(托鉢)을 해서 모은 돈으로 칠판을 사다 걸고, 헌책을 구해 오고, 공책과 연필 등속을 사서 나눠 주고 나서 밤마다 아이들을 가르쳤다. 그리고 학습 틈틈이 불교의 교리를 알아듣기 쉽게 얘기해 줌으로써 포교를 꾀했다. 아이들은 열심히 배웠고, 자진해서 예불에 참예하게끔 불교에 대한 인식도 달라져 갔다. 인색하고 독선적인 주지에게 평소 감정이 안 좋던 주민들도 절에 대한 인상을 다시 갖게끔 되었다.

아이들 중에 옥순이라는 얼굴이 예쁜 아이가 있었다. 열여섯 살인 옥순이는 대처승의 딸이었다. 그 애의 아버지는 꽤 이름 있는 금어(金魚)*였는데 몇 해 전 서래사의 대웅전 벽화를 그리다가 사다리에서 실족하여 죽었다고 했다. 그 애의 집은 유독 가난했다. 연년 터울로 팔남매나 되는 데다 가장인 그 애의 큰오빠가 술고래라 집안이 항상 찌들려 있었다. 절에 재(齋)나 불공이 들어오면 그 애의 모친이 일을 거들어 주고 아이들 밥도 얻어 먹이고 쌀되라도 얻어 가고는 했다. 주지는 옥순이를 아주 절에 와서 살라고 했다. 절에 와서 잔심부름이나 해주고 있으면 장차 시집까지 보내 주겠다고 했다. 찢어지게 가난한 그 집에서는 물론 대찬성이었다.

그런데 옥순이는 내게 어떤 연정 같은 것을 품고 있는 것 같았다. 나도 얼굴이 예쁘고 행동이 얌전한 그 애가 싫지 않았다. 그러나 나는 냉정하게 그 애를 대했다. 공식적인 말 이외에는 사사로운 대화를 금했다. 그러면서 아이들의 지도에 더욱 힘을

---

* 불화나 불상을 그리는 사람.

쏟았다. 그런데 언제부터인가 그 애의 얼굴에 핏기가 가시고 점점 몸이 야위어 가는 것이었다. 공부에도 성의를 보이지 않았고, 나와 시선이 마주치는 것을 피했다. 나는 내가 너무 냉정하게 대해서 사춘기 소녀인 그 애에게 어떤 상처를 준 게 아닌가 싶어 마음이 편치 않았다.

그날도 밤늦게까지 아이들을 가르치다가 내 방으로 갔다. 자꾸 옥순이의 얼굴이 떠올랐다. 나는 눈을 감았다.

누가 내 이름을 소리쳐 부르고 있었다. 옥순이였다. 옥순이는 법당 앞의 꽃밭 속에 앉아 있었는데, 이상하게도 나신(裸身)이었다. 하얀 살결이 눈부시게 아름다웠다. 그때 옥순이의 뒤쪽 불두화(佛頭花) 나무 가지 사이에서 기다란 끈 같은 게 기어 나왔다. 가만히 보니 시커먼 구렁이였다. 그 뱀은 옥순이의 등 뒤에 멈추더니 빳빳하게 목을 세우고 불 같은 혀를 떨었다. 나는 소스라치게 놀라 "옥순아! 구, 구렁이!" 하고 소리쳤다. 그런데 이상하게도 그 애는 웃기만 하는 것이었다. 드디어 구렁이가 옥순이의 하얀 나신을 칭칭 휘감았다. 그때서야 그 애는 비명을 지르기 시작했다. 나는 그 애를 향하여 급하게 뛰었는데, 그러나 아무리 뛰어도 제자리였다.

악몽이었다. 내 몸에서는 물 같은 땀이 흐르고 있었다. 방문을 열었다. 찢어지게 밝은 달빛이 온 산을 은회색으로 물들이고 있었고, 마을 쪽에서 개 짖는 소리가 간헐적으로 들려오고 있었다.

　나는 이상한 예감으로 몸을 떨며 옥순이의 방 쪽으로 갔다. 방문 앞에 이르렀을 때, 나는 그 자리에 얼어붙었다. 짐승의 헐떡임 같은 광포한 숨소리, 그리고 어린 여자애의 울음 섞인 신음 소리가 흘러나오고 있었다. 그 순간 나는 난생처음으로 살의(殺意)를 느꼈다. 살의는 그러나 관념이었고, 나는 큰방 옆의 처마 밑에 쭈그리고 앉아 몸을 떠는 것이 고작이었다. 한참을 그렇게 쭈그리고 앉아 있으니까 방문이 열리더니 시커먼 그림자가 나왔다. 그림자는 텃밭에 오줌을 갈기고 가래침을 돋우어 뱉더니, 방으로 들어갔다.

　내가 한 일은 기껏 다음 날 옥순이를 끌고 호젓한 곳으로 가는 것이었다. 그 아이는 내 험악한 얼굴에 질렸는지 순순히 따라왔다. 절에서 한참 떨어진 뒷산 솔밭이었다.

　"너 바른대로 말해!"

　못나게도 나의 목소리는 떨리고 있었다. 옥순이는 겁먹은 눈으로 나를 올려다볼 뿐, 대답하지 않았다. 나는 그럴 생각이 아니었는데 그 애의 볼때기를 손바닥으로 힘껏 갈겼고, 그 애는 픽 쓰러지면서 울음을 터뜨렸으며, 나는 물결처럼 흔들리고 있는 그 애의 가녀린 어깨를 망연하게 내려다보는 것이었다. 잠시 후 고개를 쳐들며 그 애는 "무서워요"라고 짧게 부르짖었다.

　절에 와서 살기 시작한 지 며칠 안 되는 어느 날 밤이었다고 했다. 늦게까지 그날 배운 공부를 하다가 깊은 잠에 빠졌던 옥순이가 눈을 뜬 것은 가슴이 답답해서였다. 누군가가 육중한 체중으로 찍어 누르고 있었다. 그 애는 잠시 몽롱한 의식으로 현실과 비현실의 사이를 왕래하다가 자신이 지금 절박한 상황에 봉착하고 있다는 것을 깨닫게 되었다. 멧돼지처럼 식식거리고 있는 자가 누구라는 것을 알게 된 그 애는 그자의 가슴패기를 떠다밀며 급하게 소리쳤는데 그 애의 목소리는 그러나 그자의 두꺼운 손바닥에 덮여 밖으로 나오지 못했고 육중한 살덩어리는 꿈쩍도 하지 않았다. 그 애는 혼신의 힘을 다하여 몸부림쳤다. 그때 선뜻한 느낌이 목줄기에 닿았다. 시퍼렇게 날이 선 칼날이 찢어진 문구멍으로 틈입한 달빛을 받아 번쩍였다.

"가만히 있어, 살고 싶거든"

낮았지만 힘 있는 목소리가 귓속으로 파고들었다. 전신의 힘이 빠져 달아나는 것을 느끼며 그 어린 여자아이는 눈을 감았다.

이튿날 그 애는 저희 집으로 달려가서 모친에게 그 사실을 얘기했다. 그 여자는 그런데 웬일인지 놀라지 않는 것이었다. 그리고 오히려 딸을 향해 눈을 부릅뜨며 아무에게도 발설 말라고 다짐을 주더니 절로 달려가는 것이었다. 한참 후에 돌아온 그 여자는 딸애의 등짝을 밀며 소리쳤다.

"어여 가봐! 어여!"

그 애는 싫다고 반항했는데 그 여자는 등짝을 때리고 허벅지를 꼬집었다.

"다 네년 잘 되라구 허는 일여. 잠자쿠 시키는 대루 혁! 내게두 다 생각이 있응께……"

그 아이는 울면서 절로 왔고, 그 애의 집에서는 소작료를 물지 않아도 좋게 되었으며, 그리고 토질 좋은 밭을 몇 뙈기 더 얻게 되었다고 했다.

옥순이는 여전히 눈물이 그렁그렁한 눈으로 나를 올려다보며 "무서워요"라고만 말했다.

백 가지의 방법을 궁리한 끝에 나는 옥순이를 서래사에서 떠나게 하는 것이 최선이란 결론을 얻었다. 몇 말의 쌀을 장에 지고 나가 팔고 수중에 있던 약간의 돈을 보태어 그 애의 손에 쥐어 줬다. 그리고 아주 막연하게 말했다.

"어디로든 멀리 떠나라. 아니, 서울 같은 큰 도시가 좋겠지. 우선 식모살이라도 하면서 물정을 익히고 나면 무슨 방법이 생길 거야. 어쨌든 맘 독하게 먹고……"

3

"산 떠난 중은 물 떠난 고기야."

지산이 말했다.

"태양 아래 중이 서울 거리를 활보한다는 건 죄악이야. 그래서 이렇게 도둑놈처럼, 밀입국자처럼, 야음을 틈타 잠입해야 하는 거야."

번쩍이는 네온사인 아래로 모래알처럼 많은 사람들이 부유(浮遊)하고 있었다. 날카로운 굉음(轟音)을 뱉으며 질주하고 있는 자동차들의 꽁무니에서는 시커먼 연기가 쏟아지고 있었다.

"모두들 서울, 서울로만 몰리고 있어. 산사에서 도시로, 은둔에서 참여로라는 캐치프레이즈를 염주처럼 목에 두르고 말이지. 아마 전국 승려의 반수 이상이 서울에 몰려 있을걸. 큰 절에 작은 절에, 보살 절에 무당 절에, 토굴이라는 이름의 호화주

107

택에……."

"중생 제도를 위한 자비심의 발로에서겠지요."

"중생 제도? 자기 제도도 못하는 주제에 누굴 제도해? 중은 산을 떠나선 안 돼. 인적 없는 산속에서 새소리, 바람 소리 벗삼아 우선 자기완성부터 해야지."

"그러고 나서는요?"

"그러고 나선 산을 내려와야지. 산을 내려와 중생을 제도해야지. 우리가 거리를 떠나 산으로 간 까닭은 진실로 중생을 사랑하기 위하여, 사랑할 수 있는 힘을 얻기 위하여, 잠시 중생들로부터 격절(隔絕)되자는 것이지 결코 도피가 되어서는 안 돼. 따라서 입산이란 수단이지 목적은 아냐. 중생들이 살고 있는 현실의 현장을 극명하게 인식하기 위하여 잠시 그 삶의 현장을 떠나는 것뿐이야. 어떤 경우에도 떠난다는 것은 돌아오는 것을 전제로 할 때 의미가 있는 거야. 그런데 오늘날 대부분의 승려들은 입산을 수단이 아니라 목적으로 삼아 버리고 있다는 데 문제가 있어. 대부분의 승려들이 그저 솔바람 소리, 맑은 물소리, 그윽한 풍경 소리 따위의 고여 있는 산의 분위기에 일신의 근심 걱정을 위탁해 버리고 있는 거야. 그렇게 해서 의식주 걱정 없는 한 몸의 안일에 안주해 버리는 거야. 그러면서 자기들만이 무슨 세간을 떠난 출세의 별종인 양 착각하고 되지못한 선민의식, 특권의식에 사로잡혀 중 아닌 사람들을 속인(俗人)이라고 멸시하는 거야. 그래서 뜻있는 이들로부터 불교가 현실도 피요, 반역사(反歷史)·반민중(反民衆)적인 종교란 지탄을 받게 되는 거야."

밤의 서울 거리는 욕정과도 같은 비릿한 열기로 충만해 있었다. 정액처럼 비릿한 그 열기는 제 계집이 아니라도 아무나 끌어 안고 뒹굴고 싶을 만큼 후끈했다. 하늘에는 별이 보이지 않았다.

"안 될 말이야. 원효(元曉)나 경허(鏡虛) 또는 만해(萬海)쯤 되면 산이든 거리든 걸림이 없겠지만…… 평범한 인간이 천재의 흉내를 내다간 자기도 죽고 남도 죽이게 돼. 오늘 서울에 사는 중 가운데 경허나 원효 또는 만해쯤 되는 인물이 있을까? 그런 인물이 있다면 한국 불교의 역사는 달라지게. 사이비 원효, 사이비 경허, 사이비 만해가 있을 뿐이지. 이 현란한 불빛, 이 혼을 빼앗아 버리는 소음, 저 여자들의 고혹적인 웃음소리…… 부처가 못 되는 중생들이 배겨 낼 수 있겠어?"

나는 심한 위화감을 느꼈다. 지산의 말대로 산 떠난 중은 물 떠난 고기였다. 최소한 위화감을 느끼지 않을 정도가 되기 전에는 서울은 승려가 올 곳이 못 되었다.

"괜히 왔지요. 충청도 쪽으로 빠지는 건데……."

"괜찮아. 잠시 이런 잡답(雜沓)* 속에 묻혀 보는 것도."

---

* 사람들이 많이 몰려 북적북적하고 복잡함 또는 그런 상태.

109

옷이 몸에 너무 밀착되어서 튀어나오고 들어간 부위가 눈아프게 두드러져 보이는 젊은 여자들이 우리의 어깨를 스치며 지나가고 있었다.

"이뻐. 다들 기막히게 이쁘군."

앞서 가는 여자들의 터질 듯 팽팽한 둔부 쪽에 시선을 던지며 지산이 말했다. 나는 엉뚱하게도 '병 속의 새'를 생각하고 있었다. 나는 지금 어디로 가고 있는가? 이 많은 사람들은 어디로들 가고 있는 것일까? 모두 갈 곳이 있는 것일까? 모를 일이었다. 한 가지 뚜렷이 알 수 있는 것은 나는 열심히 걷고 있고, 시간은 자꾸 흐르고 있으며, 그리고 또 나는 열심히 죽어가고 있다는 것…….

독백처럼 지산이 말했다.

"알 수 없는 일이야. 어째서 세상의 모든 여자들에겐 유방이 있는 것인지…… 엉덩이론 열심히 죽음을 키우면서 유방으론 또 사랑을 키우고 있는 것인지…… 만일 여자들에게 유방이 없다면 난 조금은 덜 외롭겠는데……."

"여자 생각이 나는 건가요?"

"우리 비구승들에게 제일로 견디기 어려운 때는 무엇보다도 깊은 밤 창문을 스치고 지나가는 바람 소리에 놀라 잠이 깨었을 때가 아닐까. 손에 잡히는 것은 바람뿐이고…… 그때마다 우리는 우리가 홀수라는 사실을 무섭게 자각케 되는 거지…… 이 세상에서 살아가는 행복이란 게 있다면 그런 게 아닐까. 잠결에 또 잠이 깨었을 때, 문득 뭉클 하고 만져지는 밀가루처럼 부드러운 살의 촉감…… 이것이 욕정일까?"

C사의 대문은 굳게 닫혀 있었다. 대문을 두드리자 문 옆에 붙은 조그만 창문이 열리고, 얼굴에 털이 많은 강인한 인상의 사내가 승려증을 보자고 했다. 그 사내는 내가 내민 승려증을 찬찬히 훑어보더니 귀찮다는 표정으로 쪽문을 열어 줬다. 처음 와보는 C사인지라 객실이 어딘지 알 수 없어 두리번거리다가 불빛이 환한 방 앞으로 갔다. 여럿의 웃음소리가 들려왔다.

"객승 문안입니다."

대답이 없고, 또 와아 하는 웃음소리와 함께 처라 처, 하는 소리가 들려왔다. 나는 다시 한 번 객승 문안드립니다, 라고 이번에는 좀 더 큰 소리로 말했다. 문이 열리고 한 승려가 나왔다. 방 안에는 10여 명의 승려들이 텔레비전 앞에 둘러앉아 있었다. 텔레비전에서는 레슬링 시합이 벌어지고 있었다. 팬티만 걸친 거구의 사내들이 피투성이가 되어 싸우고 있었다. 내가 허리를 꺾으며 합장을 하자 금테안경을 낀 그 승려는 감정이 배제된 음성으로,

"어디서 오셨소?"

라고 말했다. 나는 괜히 죄송스러운 마음이 들었다.

"예, 만행 중인 객승입니다. 객실이 어딘지……?"

그 승려는 안경테를 밀어 올렸다.

"돌아다녀서 되겠소. 한군데서 수도해야지. 객실은 없어요. 사중 형편상 폐지한 지 오래요."

내가 뭐라고 대답하기도 전에 그 승려는 문을 탁 닫고 들어가 버렸다. 다시 와아 하는 웃음소리가 들렸고, 나는 갑자기 요의(尿意)를 느꼈다.

"지당한 말씀이지. 안정은 미덕이고 방황은 죄악이니까. 가난이 죄악이고 풍요가 미덕이듯이."

C사를 나오면서 지산이 말했다.

"그럴지도 모르죠. 하지만 그것이 안정일까요? 고급 천의 승복을 입고, 시력도 나쁘지 않으면서 금테안경을 끼고, 번쩍이는 구두 신고, 손가락엔 싯누런 금반지 끼고, 텔레비전 앞에서 박수나 치는 그것이 안정일까요? 그것이 중일까요? 그것이 안정이라면 나는 방황하겠어요. 그것이 중이라면 나는 중 사표 내겠어요. 차라리 땡추이겠다구요."

나는 악쓰듯이 말했다. 지산은 그러나 흐흐흐, 하고 웃었다.

"그런 건 아무래도 좋아. 당장 오늘 밤 어디서 자느냐가 문제지."

어디로 갈까, 하고 우리는 망설였다. 유두분면(油頭粉面)의 여자들이 장발에 살집 좋은 사내들과 팔짱을 끼고 지나가고 있었다. 나는 고도의 결핍을 느꼈다. 그리고 갑자기 인간이 싫다는 생각이 들었는데, 그것은 참으로 이상한 감정이었다. 인간들과 격절된 깊은 산중에 있을 때는 미치게 인간이 그립다가도 막상 인간들이 들끓는 거리에 내려오면 인간이 싫어지는 것이었으니.

우리가 어디로 갈까, 하고 망설이고 있는 곳에서 조금 떨어진 곳에 택시가 한 대 멎더니 두 명의 승려가 내렸다. 그들은 고급 천의 승복을 입고, 금테안경을 끼고, 번쩍이는 구두를 신고, 손에는 케이크 상자를 들고 있었는데, 우리를 흘낏 바라보더니 주택가로 뚫린 골목길로 사라졌다. 지산이 말했다.

"돈푼이나 있는 신도들이 절에 오면 중놈들은 갖은 아양을 다 떨면서 기생처럼 내시처럼 그들을 받들어 모시지. 그 여자들의 핸드백을 받아 들고 일주문(一柱門) 밖까지 전송하고…… 친절한 건 좋아. 하지만 그 친절이 평등해야지. 돈 없는 신도들한텐 얼마나 냉정한데. 그들은 그리고 과자 상자나 떡 보따리를 들고 돈 있는 신도들의 집을 순례하는 거야. 그 중들의 수첩엔 돈 많은 신도들 집안의 생일 날짜까지 잔뜩 적혀 있거든. 가부좌를 틀고 허리를 더욱 빳빳이 펴고서 법문을 하는 거야. 자비(慈悲)를, 평등(平等)을, 보시(布施)를, 지계(持戒)를, 인욕(忍辱)을, 그리고 정진(精進)을…… 더욱더 신심(信心)을 내서 절을 찾고 부처님을 믿으라고 말이지. 그래야 복을 받는다고 말이지. 그들의 두꺼운 장삼 속에 감춰진 위선과 무식을 신도들은

몰라. 눈 밝은 자는 간파하겠지만 복 달라고 돈 놓고 빌 줄밖에
모르는 부녀자들이 중놈들의 사악한 위선을 알 리가 없지."

사람들의 발걸음이 빨라지고 있었다. 어디로든 들어가야 할
시간이었다.

"A사로 가볼까요? B사로 가든지……."

지산은 고개를 흔들었다.

"마찬가지야, 결국. 그러지 말고 나를 따라오라구."

그는 앞장서서 걷기 시작했다. 골목길로 들어서자 여관이라
고 쓰인 아크릴 간판들이 죽 잇대어 있었다.

골목길에서 서성거리는 짙은 화장의 여인들…… 그 여자들
의 선정적인 몸짓과 고혹적인 웃음소리…… 나는 지산의 뒤를
따라 쫓기듯 여관으로 들어갔다.

지산이 주인과 방 흥정을 하는 동안에도 여럿의 손님이 들
어왔는데 모두가 쌍쌍인 젊은 남녀들이었다. 나는 참으로 어색
한 자세로 처음 들어와 보는 여관의 생소하고 이질적인 분위기
에 당황하고 있었다.

"아가씨 어때요?"

폐경기가 지났을 주인여자가 비대한 체구에 어울리지 않는
야릇한 미소를 지으며 우리를 바라보았다. 나는 괜히 얼굴이
붉어져서 야한 무늬의 벽지에 시선을 던지고 있었다. 지산이
말했다.

"중이 오입하는 거 봤소?"

그 여자는 또 야릇한 미소를 지었다.

"아이구, 대사님두. 잘 아시면서 그러셔. 우리집은 소문 안 난다구요. 단골로 정해 놓고 다니는 분들도 여럿인걸요."

지산이 빙그레 웃었다.

"오입할 줄 모르는 게 아니라 돈이 없어서 그래요. 그러니까 그만 가보세요."

아쉬운 표정으로 방을 나가면서 그 여자는 말했다.

"이따라두 생각 있으면 불러요. 이쁘고 써비스 좋은 애들루 소개할 테니……."

풀 먹인 장삼 자락을 비벼 대는 것 같은 이상한 소리가 벽을 타고 들려오고 있었다. 진흙밭을 달리는 마차 소리 같기도 하고 뜨거운 여름날 개의 헐떡임 같기도 한 그 소리는 끊임없이 들려왔다. 듣지 않아야겠다고 생각하면서도 내 귀는 그 소리를 잡기 위하여 활짝 열려졌고, 불을 쏘인 것처럼 얼굴이 벌겋게 달아오르는 것이었는데, 지산의 얼굴에는 아무런 표정의 변화도 보이지 않았다.

"술 생각 안 나요?"

"참아야지. 중놈들은 나보고 알코올중독자라고 비난하지만 알코올 아니라 알코올 할애비라도 날 중독시킬 순 없어. 정말 중독자가 될 수 있다면 행복하게. 하지만 이렇게 안 취하고 견

디는 밤도 필요해. 가엾은 내 영혼을 위해 염불이라도 해주기
위해선 말이지."

그러고 그는 웅얼웅얼 염불을 하기 시작했다.

……백겁적집죄(百劫積集罪)　　백겁으로 쌓인 죄
일념돈탕제(一念頓蕩除)　　한 생각에 스러져
여화분고초(如火焚枯草)　　마른 풀이 불타듯
멸진유무여(滅盡有無余)……　흔적조차 없으리라

염불을 하다 말고 갑자기 지산은 낄낄거리며 웃더니,
"그대는 동정(童貞)인가?"
하고 내게 물었다. 나는 또 얼굴이 붉어졌다.
"남자 나이 스물다섯인데 동정이라면 곧이듣겠습니까? 그런
거추장스러운 건 떼어 버린 지 이미 오래요."
그러나 나는 동정이었다. 동정을 무거운 짐짝처럼 등에 지고
번민하고 있었다.

……무주사(無住寺)는 규모가 작은 말사(末寺)였지만 영험
있는 기도처로 소문난 절이어서 살림살이가 윤택했다. 도량의
옆구리를 끼고 도는 계곡의 물이 맑았고 특히 잡목으로 뒤덮
인 뒷산의 숲은 그윽했다. 노사와의 일전에서 참담하게 패배한

116

나는 갑자기 건강이 나빠졌다. 매일 한두 차례씩 열이 오르고 편두통이 왔다. 대중 생활을 당분간 포기하기로 하고 사형이 주지로 있는 무주사로 갔다.

7월의 어느 날 여대생 하나가 절에 왔다. 거액의 시주금을 내어 법당을 중수(重修)케 한 서울 신도의 딸이었다. 영주라는 이름이었다. 눈이 크고 맑았다. 싸늘하게 높은 코, 붓으로 그린 듯 선이 뚜렷한 입술, 희고 탄력 있는 육체…… 아름다운 여자였다. 집안이 부유하고 미모인 여자가 흔히 그런 것처럼 도도하고 콧대가 높은 태도였다. 절의 식구들은 모두들 그녀를 위해 주었고, 특히 그녀에게 기울이는 사형의 배려는 눈에 거슬릴 정도로 세심했지만 누구와도 잘 말을 나누지 않고 혼자만 있기를 고집했다.

나의 건강은 호전되고 있었다. 조석 예불 외에는 산책이 일과였고, 특히 새벽 예불 직후 아무도 밟지 않은 처녀로(處女路)를 걸어 산중턱에 솟는 알칼리성 약수를 마시는 일은 즐거움이었다.

나는 어두운 숲속으로 들어갔다. 바짓가랑이를 스치는 이슬 먹은 풀잎의 감촉이 싱싱했다. 풀모기가 발등을 쏘았다. 발자국 소리에 잠이 깬 산토끼가 나뭇가지를 흔들며 뛰어갔다. 요령 소리처럼 해맑고 구슬픈 새 울음소리가 귀를 간지럽혔다.

저만치 약수터가 보이는 곳에 이르렀을 때, 희끄무레한 것이 눈에 들어왔다. 그것은 동이 틀 무렵의 새벽 놀 같기도 했는데, 영주였다. 그 여자는 약수가 솟는 바위 앞의 편편한 돌 위에 두 손으로 무릎을 깍지 낀 자세로 쪼그리고 앉아 동트는 새벽의 숲속을 바라보고 있었다.

나는 약수를 포기했다. 그리고 등을 보였다. 내 것이 아닌 발자국 소리가 내 뒤를 따라오고 있었다. 나는 한 번도 뒤를 돌아보지 않고, 평소의 완만한 보행을 유지하면서 산을 내려왔다.

그날 밤 나는 우울한 공상에 잠겨 잠을 설쳤다. 새벽에 깨어보니, 몽정(夢精)을 하고 있었다. 목욕을 하고 불전(佛前)에 참회했다. 그날 오후부터 신열이 나기 시작했다. 편두통이 왔고, 입술이 쩍쩍 갈라졌다.

단청 빛깔 같은 극채색(極彩色)의 현란한 영상(影像)이 소용돌이치고 있었다. 색색의 꽃들이 흐드러지게 피어 있는 대웅전 앞의 화원 속에 나는 누워 있었다. 꽃잎이 활짝 벌어졌다. 나는 한 마리의 나비가 되어 그 속으로 들어가고자 날개를 파닥였다. ……나는 서쪽으로 서쪽으로 날아갔다. 사바세계가 아득히 멀어져 까만 점이 되더니 이윽고 아득하고 아득한 10만억 국토(國土)를 지나 서방정토(西方淨土)에 이르는 것이었다. ……나는 또 남섬부주(南瞻浮洲)*의 아래로 아래로 날아갔다. 사바

---

* 섬부주(瞻部洲), 불교 용어로, 사주(四洲)의 하나, 수미산 남쪽에 있다는 대륙으로, 인간들이 사는 곳이며, 여러 부처가 나타나는 곳은 사주 가운데 이곳뿐이라고 한다.

세계가 아득히 멀어져 까만 점이 되더니 이윽고 아득하고 아득한 2만 유순(由旬)*을 지나 팔열지옥(八熱地獄)과 팔한지옥(八寒地獄)을 거쳐 마침내 고독지옥(孤獨地獄)에 이르는 것이었다. ……서방정토와 고독지옥 사이를 나는 팔만사천 번을 왕래하는 것이었다. ……나는 활짝 입을 벌리고 있는 꽃잎 속으로 들어가고자 날개를 파닥였다. 꽃잎 속에는 새가 들어 있는 호리병이 놓여 있었다. 병 속의 새는. 그리고 영주였다. 붓으로 그린 듯 선이 뚜렷한 입술이 움직였다.

"기분이 좀 어떠세요?"

그 여자의 작고 예쁜 손이 내 뜨거운 이마 위에 놓여 있었다. 목탁처럼 동그란 사형의 얼굴도 보였다.

"관세음보살."

사형은 단주(短珠)**를 굴리며 츳츳 혀를 찼다.

"수좌가 화두 놓으면 병이 생기는 법. 관세음보살."

내게 있어 여자란 참으로 불가사의한 존재였다. 내가 쫓아가면 여자는 도망갔고, 내가 도망가면 여자는 쫓아왔다.

"스님의 말씀대로 중생을 제도하는 데 불교 궁극의 목적이 있고 또 위대성이 있는 것이라면, 중생들의 아픔을, 그리고 그

---

* 고대 인도의 거리 단위. 소달구지가 하루에 갈 수 있는 거리로서 80리인 대유순, 60리인 중유순, 40리인 소유순 세 가지가 있다.
** 굵게 깎은 나무구슬을 꿰어 만든 짧은 염주.

아픔의 원인을 알아야 제도해 줄 수 있는 게 아닐까요? 비유가 속된 것 같습니다만, 실연의 아픔으로 괴로워하는 중생이 있다면 이성에 백지인 승려가 어떻게 그 중생을 제도할 수 있겠어요?"

내가 마음의 평정을 찾았을 때, 영주는 말했다. 그 여자는 내 발병(發病)의 정곡을 찌르고 있었다. 도도하고 콧대 높은 여자답게 그 여자의 질문은 대담했다.

승려 이전에 인간으로서, 특히 피가 뛰는 젊은 남자로서, 여자에 대한 욕망이 일어나지 않느냐는 것이었다. 그리고 일어난다면 그것을 어떻게 처리하느냐는 것이었다.

나는 말했다. 물론 승려도 인간이다. 승려는 부처가 아니고 다만 부처가 되고자 노력하고 있는 인간일 뿐이기에 당연히 욕망이 일어난다. 그리고 어쩌면 여자에 대한 욕망이야말로 젊은 승려들에게 있어 가장 커다란 번뇌일지도 모른다. 하지만 진실로 발심출가(發心出家)한 승려라면 그런 것쯤은 신심으로 극복할 수 있어야 한다, 라고.

그때마다 그 여자는 그것은 위선이고 비겁한 회피라고 공박하는 것이었다.

모름지기 중생을 제도하려면 중생들의 아픔을 골고루 알아야 되지 않겠느냐는 것이었다. 의사가 환자의 환부(患部)를 알아야 치료해 줄 수 있는 것처럼. 그러면서 그 여자는 승려들을 비겁한 현실도피자요. 입으로만 중생 제도를 부르짖고 있지 참말 중생들의 아픔을, 그 아픔의 부위(部位)를 모른 채, 또 알려고도 하지 않은 채, 자기 합리의 언어만 중얼거리고 앉아 시주물을 받아먹고 있는 초식동물들이라고 싸잡아 매도하기를 서슴지 않는 것이었다.

그때마다 나는 그것은 당신의 편견이다. 중생이 어찌 중생을 제도한단 말이냐. 그래서 이렇게 공부하고 있는 게 아니냐. 그리고 당신처럼 온실 속에서 자란 화초가 어찌 인생을 알겠느냐, 또 알면 얼마나 안다고 도매금으로 싸잡아 승려들을 몽둥이질하는 거냐. 지금 이 시간에도 자기 제도와 중생 제도의 대원력을 세우고 피나는 수도를 하고 계신 스님네가 얼마나 많은지 아느냐. 사찰엔 당신이 생각하는 것처럼 인생의 패자(敗者)들이 모여 무위도식하고 있는 것이 아니다, 라고 열을 내어 반박하는 것이었다.

그러나 그것은 공소(空疏)한* 일반론이었다. 따라서 100퍼센트의 진실이 아니었다. 나의 진실은 여자였다. 여자의 희고 탄력 넘치는 육체였다. 나는 청춘이 주는 갈증으로 목말라했으며, 뭐라고 딱 짚어서 말할 수 없는 어떤 공상으로 가슴 두근거려했으며, 뭔가 또 자꾸 억울하다는 생각에 뒷덜미를 잡혀 있

* 마음에 와 닿지 않거나 현실과 동떨어진 느낌이 있음.

는 젊은 비구승이었으니까. 아무리 큰 뜻을 품고 입산한 승려라고 하지만 펄떡펄떡 뛰는 피가 온몸을 회전하고 있는 젊음이고, 새벽 도량석(道場釋)*을 하기 위해 자리에서 일어날 때마다 팽팽하게 발기한 성기 때문에 부처님께 죄를 지은 기분으로 하루 종일 송구스러워해야 하는 시퍼런 청춘인 이상, 이상할 것은 하나도 없다. 보다도 세속의 사람들과 똑같은 육체를 소유하고 있고, 그 육체가 주는 욕망으로 고통스러워하는 승려이기에 그 욕망을 뛰어넘어 성불할 수 있는 것이며, 성불한 승려를 존경하게 되는 것이 아니겠는가. 육체의 욕망에 초연할 수 있다면 그것은 목석이지 인간이 아니며, 인간이 아닌 목석이 성불했다고 한들 위대할 것도 존경스러울 것도 없으리라. 똑같은 조건을 가진 인간으로서 그 조건을 싸워 극복함으로써 그 조건에 구애받지 않는 자유인이 되었을 때, 진실로 위대할 수 있는 것이리라. 나는 스물세 살이었다.

그런 어느 날 그 여자의 친척이라고 하는 젊은 사내가 왔다. 후리후리한 키에 여자처럼 살결이 고운 미남이었다.

나는 그 여자가 하던 말을 떠올리며 숲길을 걷고 있었다.

……중생이 어디가 아픈지 아픔의 부위도 모르면서, 또 알려고도 하지 않으면서, 입으로만 중생 제도를 떠들어 댄다는

---

* 사찰에서 새벽 예불을 하기 전에 도량을 깨끗하게 하기 위해 치르는 의식. 새벽에 목탁을 두드리며 경내를 돌면서 찬가나 게를 읊는다.

것은 비겁한 현실도피자들의 비열한 자기 옹호지 뭐예요?

그래. 맞는 말인지도 몰라. 어떤 의미에서 승려들은 정상적으로 사회생활을 영위할 수 없는 인생의 패자들인지도 몰라. 신라 때는 성골(聖骨)·진골(眞骨)들만 승려가 되었다지만, 그래서 도인들이 많이 나왔는지 모르지만, 지금은 인생에 패배한 천민(賤民)·천종(賤種)들이 생활의 방편으로 중이 되는 예가 많으니까. 세속에서 500원짜리도 구경 못한 자들이 절에 와서 머리 깎고 장삼 걸치니 신도들이 스님, 스님 하며 큰절하고…… 그 여자들이 바친 시줏돈이 지천으로 날아다니고…… 중생을 제도한다는 명분으로 갖은 거짓되고 허황된 말을 떡 먹듯이 하고…….

그때 어디선가 이상한 소리가 들려왔다. 소용돌이치는 물소리 같은, 어찌 들으면 밤새가 우는 것 같은, 또 어찌 들으면 비오는 밤 명부전(冥府殿) 용마루에서 들려오는 능구렁이의 울음소리 같기도 한 그 소리는 저만치 떨어진 앞쪽 싸리나무 우거진 숲속으로부터 들려오고 있었다. 나는 그쪽으로 다가갔다. 싸리나무 가지들이 잔물결처럼 가늘게 흔들리고 있었다. 나는 생침을 삼키며 눈을 그 흔들림의 진원 쪽으로 보냈다. 아아, 나는 눈을 감았다.

희고 탄력이 넘치는 여자의 다리와 시커먼 털로 뒤덮인 남자의 다리가 배암처럼 얽혀 흔들리고 있었다. 황홀한 듯 눈을 감고 있는 여자의 머리맡에는 내 눈에 익은 붉은색의 슬리퍼가 놓여 있었다.

갑자기 매미떼의 울부짖음이 내 청각을 때렸다. 그 소리는 이상하게도 재(齋) 지낼 때 승려들이 합창하는 옴남(唵喃) 소리 같았다. 唵喃, 唵喃, 唵喃……

나는 한달음에 뛰어 산을 내려왔다. 가엾게도 내 눈에서는 눈물이 흐르고 있었다. 갑자기 인생이라는 것의 실상(實相)을 봐버린 느낌이었다.

그날 밤 나는 밤새도록 잠을 이루지 못했다. 숲속에서 목격했던 그 광경이 자꾸 떠오르는 것이었다. ……하늘을 향하여 춤추던 네 개의 다리. 만월처럼 둥글고 하얗던 그 커다란 엉덩이. 여자의 한쪽 발목에 걸려 있던 핏빛 팬티…… 아아, 나는 눈물을 철철 흘리며 입산 후 최초의 수음(手淫)을 했다.

그때부터 나는 본능 때문에 번민하기 시작했다. 내 의지와는 역행하는 본능의 돌출과 치열한 싸움을 벌이면서 고통스러워했다. 그래서 한번은 나의 그것을 잘라 버릴까 하는 생각을 하기도 했다. 실제로 승려들 중에는 수도에 장애가 된다 하여 성기를 절단한 사람도 여럿 있었다. 그러나 이내 그것이 소용없는 짓이란 걸 깨닫게 되었다. 세상 모든 죄악의 근원이 그것 때문일지 모르지만 그러나 백번 그것을 잘라 버린다 해도 마음속 깊은 곳으로부터 끊임없이 일어나는 욕정의 근원을 잘라 버리지 않는 한 헛된 일일 것이기 때문이었다.

본능은 끈질기게 나를 괴롭혔다. 그때마다 나는 차라리 본능의 욕구에 순응함으로써 본능이 주는 번뇌로부터 벗어나 볼까 하는 생각을 가져 보기도 했는데, 그럴 경우 더 큰 번뇌에 뒷덜미를 잡히게 될지도 모른다는 두려움으로 결행을 못하는 것이었다.

지산은 가늘게 코를 골면서 잠들어 있었다. 산사가 아닌 여관방에서도 숙면할 수 있는 그가 나는 여간 부러운 게 아니었다.

옆방의 소리는 점점 더 격렬해지고 있었다. 영주의 육체가 떠올랐다. 그 여자의 희고 탄력 넘치는 몸뚱이가 배암처럼 내 몸을 휘감고 있었다. 나는 바지 속으로 손을 집어넣었다. 그리고 죽어 버리고 싶다, 고 생각하며 손을 움직이는 것이었다.

자동차의 소음에 잠이 깨었다. 환한 햇살이 눈부셨다. 늦잠이 들었던 모양이었다. 나는 눈을 비비며 옆자리를 보았다. 반듯하게 개어진 이부자리가 눈에 들어왔다. 나는 깜짝 놀라 상체를 일으켰다.

가부좌를 튼 승려가 벽을 향해 꼿꼿하게 앉아 있었는데, 지산이었다. 사시랑이처럼 야윈 그의 몸뚱이에서는 감히 범할 수 없게 준엄한 기운이 넘쳐흐르고 있었다. 나는 한 대 얻어맞은 기분이 되어 멍청히 앉아 있었다. 그때 지산이 가부좌를 풀지 않은 자세로 뒤로 벌렁 쓰러지며 탄식처럼 부르짖었다.

"왜 또 태양이 뜨는가? 아아, 잔인한 태양…… 하루 스물네 시간 중 밤이 스물세 시간만 된다면 얼마나 좋을까."

나는 심한 열패감(劣敗感)과 함께 극심한 감정의 혼란을 느꼈다. 지산은 참으로 엉뚱하고 괴물스러워서 어떤 것이 그의 진짜 얼굴인지 알아낼 도리가 없었다. 어떻게 보면 진짜 중 같고 또 어떻게 보면 도저히 구원받기 어려운 천하의 땡추 같고…… 옆방에서 들려오는 신음 소리에 어젯밤 내가 잠을 이루지 못하고 괴로워하고 있을 때 그는 아주 태평스러운 얼굴로 숙면하고 있었다. 그리고 내가 지쳐 잠이 들었을 때 그는 홀로 깨어 앉아 화두를 들고(擧) 침음(沈吟)하고 있었던 것이다. 그러다가는 또 어둡고 쓸쓸한 음색으로 영탄조(詠嘆調)의 언어를 뱉어 내고…… 나는 도무지 이해할 수가 없었다.

"이런 곳에서도 화두가 제대로 들립니까?"

"여기가 어딘데?"

"여관방이지요. 남자와 여자가 환락에 살을 태우는……."

"법운 수좌는 아직 경계(境界)가 많아. 그렇게 걸리적거리는 경계가 많아서야 어찌 비구승이라고 하겠나?"

"그럼 스님은 막히는 경계가 없다는 말인가요?"

126

"왜 없겠어. 중생인 이상 경계야 많지. 숨 쉴 때마다 경계에 부닥치지."

"그럼 마찬가지 아녜요?"

"아니지. 경계에 부딪쳤을 때 그대는 무서워서 회피하고, 난 부딪쳐서 뛰어넘고자 몸부림치지. 어찌 마찬가지라고 할 수 있겠어?"

"……."

"선방이든 저잣거리든 인간이 살고 있는 곳임엔 틀림없어. 선방에서 들을 수 있는 화두라면 저잣거리, 아니 그대의 말대로 남녀가 환락에 살을 떠는 여관방이라고 해서 들리지 않을 이유가 없지. 화두 제가 쇳덩이가 아닌 다음에야…… 흐흐."

"스님이 참구하는 공안은 아직도 못잔가요?"

"물론이지. 하지만 꼭 못자만은 아니야."

"……?"

"경계 경계가 다 공안이지. 부딪쳐서 뛰어넘어야 할 경계는 다 화두가 된다고. 술을 만나면 술이 화두가 되고, 여자를 만나면 여자가 화두가 되는 거지."

"그런 궤변이 어덨어요?"

"내 말이 궤변이라고?"

"궤변이지 않고 그럼 뭐예요? 자기 합리화의 궤변이지."

그러자 지산은 느닷없이 숨넘어가는 소리로 낄낄거리며 웃어 젖히는 것이었다.

"궤변을 의문이라는 말로 바꿀 수는 없을까? 지산이는 경계에 부닥칠 때마다 뛰어넘고자 피투성이의 싸움을 벌이는데 나는 왜 무서워하며 회피하는 것일까, 하는 의문으로 말야. 그대가 참구하는 화두가 무엇인지 모르지만 우선 이 의문부터 해결하라고. 아니, 이 의문으로써 화두를 삼으라고. 아 배고프다. 절에선 5시면 아침 공양인데 저자의 중생들은 10시가 넘어도 밥 먹을 생각을 안 하는구나."

그리고 그는 벌떡 일어서며 큰 소리로 주인을 부르는 것이었다. 잠시 후 주인이 왔는데 그 여자의 눈꼬리는 위로 치켜져 있었다. 어젯밤 우리가 색시를 부르지 않았기 때문인 것 같았다. 지산이 말했다.

"이 집엔 밥들 안 자슈?"

"밥 안 먹고 사는 사람이 어딨수? 벌써 먹었지."

"허, 이런 인심 봤나. 우린 아직 조반 전인데……."

"나가서 사 자슈. 우리집은 식사는 안 판다구요."

쌀쌀하게 말하고 돌아서는 여자를 지산이 잡았다.

"거 보살 성질 한번 급하슈. 그게 아니고, 뭣 좀 시켜 달라 이 말이오."

"얘기하슈. 한식, 왜식, 청요리…… 뭐든지 되니까."

"우리야 조선 토종이니까 한식이지. 법운 수좌, 뭐 하겠어?"

"저야 뭐…… 밥 먹지요."

"국밥 한 그릇하고 백반 한 상 시켜 주슈."

방을 나가는 여인의 등에 대고 지산은 덧붙여 소리쳤다.

"국밥엔 고기 좀 많이 넣고, 백반은 채소만 가져오슈!"

길거리로 나왔을 때, 지산은 마치 은단 먹은 기계병아리처럼 비실거리며 도무지 걸음을 옮기지 못했다.

"아니, 왜 그래요?"

"응, 아파."

"아파요? 갑자기 어디가……."

그는 좌우를 두리번거렸다.

"잔돈 있으면 100원만 줘."

"……?"

그는 내게서 빼앗듯이 동전 한 닢을 받아 들더니 길옆의 골목길로 달려갔다.

"아, 이제 살겠다. 가자구."

잠시 후 골목에서 나와 씩씩하게 앞장을 서는 그의 얼굴은 불콰했다. 포장집으로 달려가 잔소주 몇 잔을 들이켠 모양이었다. 나는 입 속으로 조그맣게 관세음보살을 불렀다.

하나같이 몰골이 꾀죄죄한 조무래기 아이들이 우리의 뒤를 따라오고 있었다. 그중에서 용기 있는 아이 하나가 소리쳤다.

"중중 까까중!"

아이들이 매미떼처럼 합창했다.

"중중 까까중!"

선창했던 아이가 또 소리쳤다.

"중중 까까중! 어디어디 가나?"

아이들이 뒤를 이어 합창했다.

"중중 까까중! 어디어디 가나?"

나는 걸음을 멈췄다. 그리고 돌아서며 눈을 부라렸다.

"이놈들! 불알을 바를 거야!"

아이들이 거미알처럼 흩어져 달아났다.

좁고 더러운 골목이었다. 완만한 경사를 이루고 있는 길 좌우로는 지저분한 판잣집들이 굴껍질처럼 다닥다닥 붙어 있었다.

"중중 까까중!"

아이들이 다시 파리떼처럼 모여들었다. 나는 창피하고 부끄러워 얼굴이 달아올랐다. 지산이 나를 제지했다.

"놔둬. 구경거리에 굶주린 아이들에게 구경거리가 돼주는 것도 공덕(功德)의 하나야."

"스님은 창피하지도 않으세요?"

"창피? 중보고 중이라고 하는데 뭐가 창피해?"

"우린 지금 조롱을 받고 있다구요!"

"중이라는 말은 무리(衆利)라는 말이야. 사람과 사람이 평화와 사랑으로 어울려 산다는 화합(和合)이란 말이고, 사람과 사람은 힘을 합해 서로 어울려 살아야 한다는 인간(人間)이란 말과 같은 거야. 이 말이 어째서 조롱인가?"

"그걸 누가 모릅니까. 하지만 사람들이 승려를 보고 중이라고 부를 때는 경멸의 뜻이 들어 있다구요."

"소위 신도라고 하는 이들도 면전에서는 스님, 스님 하다가 돌아서서는 중놈이라고 손가락질하는 게 한국 불교의 현실이야. 하지만 신경 쓸 것 없어. 그런 자들은 대개 일신, 일가의 복이나 달라고 엎드려 빌 줄밖에 모르는 추악한 이기주의자들이니까. 문제는 우리들의 비굴한 콤플렉스야. 이걸 극복하지 않고는 백년하청(百年河淸)이야."

"콤플렉스라니요?"

"선민의식이라고도 할 수 있겠지. 돼먹지 않은 선민의식, 추악한 이기주의, 구린내 나는 자기 현시욕…… 법운 수좌는 어때? 스님이라고 불리면 기분 좋고 중이라고 불리면 기분 나쁜가?"

"그래요. 불쾌해요. 멸시당하는 것 같아서 아주 불쾌합니다."

"자업자득이야. 사람과 어울려 살아야 할 중이 반대로 사람과 떨어져서 살고 있기 때문에 받게 되는 어쩔 수 없는 과보(果

報)라고.”

“수행 중인 승려가 사람들과 떨어져서 사는 건 당연하고 또 부득이한 일 아닙니까?”

“내 말은 그게 아냐. 수도의 뜻을, 수도의 목적을, 왜 사람들과 떨어져서 홀로 중노릇해야 하는가 하는 본래의 의미를 말하는 거야.”

우리가 대꾸를 하지 않아 재미가 없어진 아이들은 이제 따라오지 않았다.

“거듭 말하지만 중노릇은 하나의 방법일 뿐이야. 결코 목적이 되어서는 안 돼. 중노릇은 물론 아름답고 또 아름다운 일이야. 이 세상에 사나이 대장부로 태어나서 한번 달려들어 볼 만한 일대사업이지. 그러나, 그렇다고 해서 중노릇하지 않는 이들을 속인이라고 경멸할 권리는 없는 거야. 그들은 또 그들대로의 방법대로 살아가고 있는 거니까.”

“사람들이 잘못된 길을 걷고 있다면 바로잡아 주어야 하는 게 아닐까요? 그게 우리 사문들의 임무가 아닐까요?”

“흐흐흐…… 누가 누구를 잡아 준단 말이지? 부처가? 예수가? 천만에. 부처는 1,600년 전 인도 땅에 자연인으로서의 석가모니가 있었을 뿐이야. 이 말을 똑바로 새겨들으라고. 그는 인간이었어. 그는 결코 신이 아니었던 거야. 따라서 우리와 똑같이 숨 쉬고 밥을 먹고 배설을 하고 그리고 그리워하고 슬퍼하고 분노하면서 80년 동안 살아 숨 쉬었던 인간이었을 뿐이야. 그는 6년 수도 끝에 대각(大覺)을 이루었다고 했어. 커다란 깨달음을 얻었다는 거야. 우주의 진리를 말이야. 하지만 이 말은 너무 거창해서 나 같은 형편없는 땡추로서는 뭐라 설명할 길이 없고…… 그래, 사람이 사람답게 살 수 있는 길을 깨달았다고 하면 가장 알기 쉬운 대답이 되겠군. 사람이 사람답게 살 수 있는 길…… 아아 얼마나 뼛골이 쑤시게 감동적인 말인가. 사람다운 사람이 되는 것은 곧 깨달음을 얻는 것이고, 그리하여 부처가 되는 거지, 부처가."

지산은 스스로의 말에 도취된 사람처럼 스르르 눈을 감는 것이었다. 나는 웃음이 나왔다.

"원, 스님도…… 상식적인 얘길 뭐하러 하는 겁니까? 절밥 3년이면 벙어리도 말을 한다는데, 난 이미 6년이나 됐다구요."

"그래, 지극히 상식적인 얘기야. 그런데 뜻밖에도 많은 사람들이 이 상식을 모르고 있더라 이거야. 무식한 부녀자들이야 말할 것도 없지만 소위 지식인이라는 자들도, 아니 부처가 되겠다고 머리를 깎은 자들까지도 이것을 잘 모르고 있더라 이거야."

판자 동네의 골목은 배암의 꼬리처럼 길게 이어져 있었다. 어느 집에선가 째지는 여자의 악다구니가 들려왔다. 술 취한 사내의 고함 소리와 그릇이 깨어지는 날카로운 소리가 뒤를 이었다. 불에 덴 듯 자지러지게 아이가 울었다. 지산이 중얼거렸다.

"봐, 저걸 봐. 산다는 것은 저렇게 우는 거야. 속으로 조용히 우는 게 아니라 겉으로 저렇게 악을 쓰며 우는 거야."

골목을 벗어나자 야트막한 구릉이었다. 구릉을 올라서자, 갑자기 으리으리한 호화주택 단지가 나타났다. 저마다의 부(富)를 자랑하며 한껏 치장을 부린 2층, 3층의 저택들이었는데 저마다 높다란 축대 위에 성(城)처럼 군림하고 있었다. 몇 길씩 되는 담장을 두르고 담장 위에는 날카로운 송곳들이 총총히 박혀 있는 것이어서 보는 자로 하여금 심한 위압감을 느끼게 했다. 그러니까 더럽고 초라한 판잣집이 끝나는 곳으로부터 호화주택은 시작되고 있는 것이었다. 나는 한숨이 나왔다.

"알 수 없는 일이군요. 이처럼 극과 극이 한 하늘 아래 공존한다는 것은."

"당연한 얘기야. 사람이 부처와 중생을 공유하고 있는 이면체(二面體)인 것처럼 서울이라는 도시는, 아니 인간이 살고 있는 땅은 양극이 서로 첨예하게 갈등하고 있는 이면체인 거야. 따라서 그것은 도저히 합일될 수 없는 평행선인 거지. 그건 그렇고, 가보자고."

"어디로요?"

"따라오라구. 극락세계를 구경시켜 줄 테니까."

붉은색 대석(臺石)이 정연하게 깔려 있는 단지의 길은 너무 깨끗해서 흙발을 대기가 미안할 정도였다. 그 길은 그리고 이상하게도 적요해서 마치 산사로 가는 길 같았다. 어디선가 은은하게 피아노 소리가 들려오고 있었다.

"이런 데서 사는 사람들은…… 도대체 무엇하는 사람들일까요?"

"지옥 가고 싶어 몸살 난 중생들이지 누구긴 누구야."

높다란 창들마다에는 핑크빛 커튼이 드리워져 있었다. 커튼의 안쪽으로부터 고상하게 웃는 여인의 웃음소리가 들려오는 것 같았다. 저곳에는 성공한 신사들이 살고 있을 것이었다. 그득한 가장집물은 번쩍이는 외국산이며, 교양과 애교가 넘치는 부인은 우아하게 아름답고, 아역배우 같은 아이들은 영양이 넘치는 우량아들일 것이었다. 그들은 행복할 것이었다. 그리하여 사나운 개를 기르고, 높게 두른 담벽 위에 날카로운 송곳을 박아 놓고, 문을 꼭꼭 걸어 잠그고, 두꺼운 커튼을 드리운 밀실에서, 그들은 필사적으로 그 행복을 사수하려고 할 것이었다.

갑자기 지산이 쿡쿡거리며 웃었다.

"여기 한 친구가 있다. 찢어지게 가난한 집안에서 태어나 조실부모(早失父母)한 그는 일찍이 중이 되었지. 그런데 이 친구가 그 좋은 부처님의 가르침은 외면하고 사주·관상 같은 사도(邪道)로 빠졌겠다. 과부들 손바닥깨나 주무르다 보니 그 방면에 문리(文理)가 났고, 제법 용타는 소문이 나기 시작하자 넋 빠진

135

부녀자들이 몰린 거야. 물론 불교 신도라고 할 수도 없는 부류들이지만. 좌우간 그렇게 추종자들이 생기다 보니 돈푼깨나 긁게 됐고. 그러다 보니 이 친구 엉뚱한 생각을 품게 된 거야. 교(敎)를 하나 만든 거야. 그리고 교주(敎主)로 데뷔한 거지. 불교의 좋은 말씀들을 묘하게 변용시켜 가지고 생불(生佛)을 자처하게 된 거야. 이 바닥에서 아니 한국 땅에서 제일 빠른 출셋길은 뭐니 뭐니 해도 아직 교주 데뷔 이상은 없을걸. 틀이나 그럴듯하고 말발이나 칼칼하면 무일푼으로 시작할 수 있는 사업이니까. 자고로 가난한 백성일수록 종교에 약한 법이야. 물론 이 땅의 백성들은 아직도 충분히 가난하니까 기회는 얼마든지 있지. 왜, 그대도 염(念)이 동하나? 그런데 우스운 것은 이런 한심한 사기꾼 밑에 중생들이 자꾸 모여든다는 점이야. 하기야 사기 치는 놈보다 사기 당하는 놈이 더 한심한 중생이긴 하지만. 더욱 우스운 것은 책권이나 읽었다는 자들까지 상당수가 이 친구를 신으로 받들고 있다는 점이야. 하긴 책권이나 읽었다고 해서 꼭 세상 이치에 눈뜨게 되는 것도 아니니 할 말은 없지만. 지금은 누구도 건드릴 수 없을 만큼 막강한 교세(敎勢)가 됐지."

"누구 얘기예요?"

"지금 우리가 찾아가고 있는 친구."

"그럴 수가……."

"암튼 난놈이지. 흐흐. 그리고 직업치곤 괜찮은 직업이지, 교

136

주란 직업은. 흐흐. 이 친구는 이제 재벌이야. 사업체도 여럿이고 공식적인 여편네만 셋이야. 물론 숨겨 논 년들이야 부지기수고. 관세음보살."

"그 사람을…… 알아요?"

"조금 알지. 탁잣밥 훔쳤던 인연으로 이 친구 비구승들에게 묘한 열등감이랄까 향수랄까 하는 걸 갖고 있으니까."

"그 사람 뭐가 있기는 있습니까?"

"있기는 뭐가 있어. 순전히 사기지."

"그렇지만…… 아무리 몽매한 중생들이라지만 사기라면 금방 바닥이 날 텐데요?"

"다 안 나게 되어 있지. 이젠 거대한 조직체가 되었으니까. 조직이란 중생들의 혼을 마비시키고 또 타락시키는 마력이 있으니까."

"사기단체라면 당국에서 그냥 놔두지 않을 텐데요."

"당국? 당국에서 왜 건드려? 충견(忠犬)을 내쫓는 주인 봤나? 이런 자들이, 종교를 팔아 장사하는 모든 자들이 제일 먼저 부르짖는 게 뭔지 아나? 반공(反共)이야. 그리고 유신(維新)이고 총화(總和)지. 무슨 조치가 내려지면 제일 먼저 지지성명 내고, 무슨 궐기대회 같은 게 열리면 제일 먼저 커다란 플래카드 만들어 가지고 달려간다고."

"교의 이름이 뭐예요?"

"허공교(虛空敎)."

"허공교…… 뭐 그런 이름이 다 있어요?"

"이름이야 아무려면 어때. 그것보다도 이 친구가 교주 데뷔 후에 부르짖듯 외친 소리가 있다구. 흐흐."

"뭐라고 했는데요?

"흐흐…… 칠선녀(七仙女)를 만들어라!"

"무슨 말예요?"

"왜, 칠선녀 모르나? 스물 안팎의 꽃다운 처녀들로 일곱 명의 시녀를 만들라는 얘기지. 충실한 교도들은 교주의 첫 교시(敎示)가 떨어지자마자 서둘러 칠선녀를 선발해 공양드렸지. 교주가 거처하는 방은 성전(聖殿)이어서 교주의 부름이 있기 전엔 아무도 들어가지 못하게 돼 있어. 교주실의 바로 옆방이 칠선녀들의 숙소야. 명색이야 교주의 시중을 드는 것이라지만 그 시중이란 게 뻔한 얘기 아닌가. ……싫증이 나면 가까운 측근들에게 하사하고, 다시 신인(新人)들로 칠선녀를 발탁하고…… 땀나는 얘기지. 그런데 칠선녀는 반드시 아직 사내를 모르는 동정녀여야 한다더군. 관세음보살."

갑자기 지산은 발길을 멈췄다. 웅장한 3층 저택의 철대문 앞이었다. 그 집의 대문에는 아무런 간판도 붙어 있지 않았다.

"여기가 허공교 본부인가요?"

"교주의 세컨드 집이야. 낮엔 주로 여기에 와 있지."

지산은 한번 크게 헛기침을 하더니,

"객 문안입니다."

하고 소리쳤다.

적요했다. 두어 번 더 불렀지만 아무런 응답이 없자, 지산은 주먹으로 대문을 두드리기 시작했다. 갑자기 앙칼진 개떼의 울부짖음이 허공을 찢었다. 개들은 대문 안에서 짖어 대고 있었는데, 세 마리가 넘는 것 같았다. 나는 가슴이 울렁거려서 한걸음 뒤로 물러섰다. 지산은 여전히 주먹으로 대문을 두들겨 댔다. 문득 개떼의 울부짖음이 그쳤다. 그리고 날카로운 여자의 목소리가 귀를 때렸다.

"누구세요?"

나는 사방을 둘러보았다. 그러나 아무 데도 사람의 모습은 보이지 않았다. 다시 여자의 금속성 목소리가 귀를 때렸다.

"누굴 찾으세요?"

여전히 목소리의 임자는 보이지 않았다. 지산이 말했다.

"예, 지나던 객승입니다. 시주공덕 좀 베푸십시오."

"다른 데로 가보세요. 여긴 시주할 사람 없습니다."

아까보다 조금 부드러워진 목소리였다. 그때서야 나는 알 수 있었다. 대문 어디엔가는 인터폰이 달려 있을 것이며 집 안에서는 텔레비전으로 우리의 모습을 바라보고 있을 것이라는 것을. 지산이 어조를 바꾸었다.

"공덕을 못 베푸시겠다면 할 수 없고, 신님 좀 뵙시다."

잔뜩 경계하는 여자의 음성이 들려왔다.

"누구세요? 댁은."

"땡추라면 알 거요. 지산이라는 땡추라고 전해 주슈."

잠시 침묵이 흘렀다. 지산이 나를 향해 한쪽 눈을 찡긋했다. 여자의 말소리가 들려왔다.

"신님은 지금 안 계십니다. 지방으로 식구들 수련회 지도하러 가셨어요."

지산의 입술이 비틀렸다.

"박복한 중생이로구먼. 방포(方袍)* 걸쳤던 인연으로 제도해 주러 왔더니…… 관세음보살. 오거든 전해 주슈. 지장보살이 왔었다구. 그리구 또 전해 주슈. 지옥에서 만나자더라고."

그 집을 뒤로하고 내려오면서 지산이 말했다.

"목소리가 달라. 세컨드를 또 바꾼 모양이야."

그러고 그는 고개를 흔들었다.

"내가 죽일 놈이지. 사기꾼한테 차비 시주받으러 온 내가 죽일 놈이야."

지산과 나는 철저한 일숙주의자(一宿主義者)가 되어 한수 이

---

* 승려가 입는 네모난 가사(袈裟). '승려(僧侶)'를 이르기도 한다.

북의 산을 돌다가 경기도 땅을 헤매다가 충청도 일대의 산사를 순례하던 끝에, 대전 역전에서 목장우유 한 병씩 나눠 마시고 헤어졌다.

어디든 마찬가지였다. 어디든 객승을 괄시했고 적의를 품고 대했으며 또 가는 곳마다 어김없이 불사(佛事)를 하고 있었다. 법당을 짓고 선방을 짓고 종각을 짓고, 산신(山神)·칠성(七星) 독성(獨聖)각을 짓고, 종을 만들고 단청을 하고 전기 공사를 하고 그리고 법당 안의 목불(木佛)·철불(鐵佛)에 번쩍이는 금으로 옷을 입히고 있었다. 아아 신들은 번창하시고, 그 신을 만든 인간들은 자꾸 참혹하게 찌그러들고 있었다.

절은 많았다. 그리고 승려도 많았다. 그러나 진승(眞僧)은 많지 않았다. 말세가 되어 미륵이 나타나는 삼천세(三千世)가 지나면 절에는 가승(假僧)만이 남고 진승은 시은(市隱)하여 저자에 묻힌다던 세존(世尊)의 예언은 맞아들고 있었다. 도제(徒弟) 양성은 구두선(口頭禪)이 되어 버렸고, 사찰은 철저한 주지중심주의(住持中心主義)가 되어 권력 없고 금력 없고 완략 없는 승려는 도태당하고 있었다. 햇빛이 들지 않는 차디찬 산사의 뒷방에서 폐병으로 쓰러지고, 소위 유랑잡승이 되어 산과 거리를 헤매고, 또 자꾸 치의(緇衣)*를 벗어 버리는 것이었다.

---

* 승려가 입는 물들인 옷. 검은색도 붉은색도 아닌 회색에 가까운 색으로, 무너진 색 곧 괴색이라고 한다. '승려'를 달리 이르는 말로도 쓰인다.

불사. 더없이 좋은 말이었다. 그러나 나는 회의하는 것이었다. 그리고 묻고 싶은 것이었다. 지금 이 시간에도 원만히 불사를 회향(廻向)하신 어떤 주지 스님의 장삼 속 깊숙한 곳에 은닉된 예금통장에는 또 얼마의 예금액이 기입될 것인지를.

그러나 그런 것은 또 아무래도 좋았다. 절집도 하나의 사회이기에, 남남이 모여 사는 사회이기에, 부조리나 모순이 없을 수 없는 것이니까.

나는 절집 안의 비리나 부조리를 말하지 않겠다. 일부 승려들의 사악한 위선과 무자비도 말하지 않겠다. 중의 종자가 따로 있는 것도 아니겠고, 그렇게들 살아가는 인총(人叢) 속에서 머리 깎고 치의 걸쳤으니 똑같은 이치겠기에. 세계는 넓다. 우주는 인간들의 간교한 지혜 따위로는 헤아릴 수도 없게끔 광대무변(廣大無邊)하다. 이 무변한 우주에 살아 숨 쉬는 생물이 어찌 모래알보다 작은 이 지구에만 있겠는가. 먹고 배설하는 문제로 지구의 생물들이 각축하고 있을 때 저 별 어디엔가는 우리가 짐작하지도 못할 고차원의 문제를 놓고 중지(衆智)를 모으고 있는 생물들이 있을 것이어늘, 한 줌도 못 되는 무리들의 비리 운운한다는 것은 너무 참혹한 일이겠기에. 당신들은 말하리라. 어떤 문제든 출발은 하나다. 하나를 풀지 못하고 다섯이나 열을 풀 수는 없다. 어떤 집단에 비리나 부조리 또는 모순이 있다면 그것을 밝히고 척결하여 정화시켜야 할 게 아니냐. 최

142

소한 그러기 위하여 최선을 다해야 하지 않느냐, 그것이 인간이 인간일 수 있는 조건이 아니냐고. 그렇다. 옳은 말이다. 그러나, 그래서 문제는 결국 자기 자신에게로 환원된다. 진부한 표현이지만 나는 곧 세계이며 우주이고, 나의 인식은 따라서 우주 인식이 된다. 아아 나의 비밀, 나의 비밀이 풀렸을 때 저 광대무변한 우주의 비밀도 풀린다. 사람 사는 이치는 뭐 어려울 것도 없는 듯했다. 먹고 배설하고, 먹고 배설하기 위하여 낮에는 땀 흘려 일하고, 밤에는 계집의 깊은 살에 살을 비벼 넣으면서 낮의 피로를 풀고, 태양이 뜨는 아침이면 저잣거리로 나가 또 밥을 벌고…… 그렇게들 살고 있었다. 생육하고 번성하고…… 적자(適者)만이 생존하게끔 꾸며진 이 비정한 삶의 법칙 속에서 살아남기 위하여, 근사하게 살아남기 위하여, 그렇게들 살면서 죽어 가고 있는 것이었다.

지산은 늘 심심해했고, 언제나 강렬한 자극을 갈구했으며, 조그만 권태에도 견디지 못해 알코올이 주는 자양(滋養)으로 자신의 허무를 살찌우게 하고 있었다. 그리고 승복을 혐오하고 승려들을 경멸하면서 그들의 위선과 허세와 무식을 향하여 침을 뱉는 것이었다. 그때마다 나는 쏘아붙였다.

"스님이 승복을 벗으면 될 거 아뇨. 아니면 그들을 제도하든지. 다 같은 동업중생끼리 뭘 그래요, 그러길."

그러면 지산은 말하는 것이었다.

"그대는 몰라. 참말 지극히 사랑할 수 있는 자만이 미워할 수 도 있다는 것을."

4

침계루(枕溪樓)의 대종(大鐘)이 길게 다섯 번 울렸다.

대중들은 일제히 자리에서 일어났다.

불단(佛壇) 앞의 지전(知殿)*이 천천히 목탁을 내렸다. 대중
들은 불단을 향하여 일제히 허리를 굽혔다. 다르륵, 다르륵, 두
번 목탁을 고르고 난 지전이 길게 청을 뽑았다. 대중들이 뒤를
따라 합창했다.

차경심심의(此經甚深意)

대중심갈앙(大衆心渴仰)

유원대법사(唯願大法師)

---

* 불전(佛殿)에서 의식을 집전하는 승려.

광위중생설(廣爲衆生說)

조실(祖室) 노선사(老禪師)가 시자(侍者)의 부축을 받으며 법상(法床)에 올랐다.

백설당(白雪堂) 큰방을 꽉 메운 비구, 비구니, 사미, 사미니, 행자, 그리고 우바새, 우바이 등 사부대중(四部大衆)[*]의 눈길이 법상 위로 집중되었다.

노선사는 양구(良久)[**]하고 있다. 한 손에 주장자(柱杖子)를 짚고, 두 눈을 지그시 감은 채, 바위처럼 묵묵히 앉아 있다.

선객(禪客)들의 말석에 끼여 앉아 있던 나는 단전에 힘을 주며 법상을 주시했다.

……입을 열어 말을 하지 않는다고 해서 말이 없는 게 아니야. 말 없는 가운데 참 말이 있어. 개구즉착(開口卽錯), 입을 열면 이미 그르치는 거야. 그리하여 문답무용(問答無用)의 침묵이야말로 선(禪)의 제일의(第一義)가 되는 거야. 언어나 문자가 필요 없는 이심전심(以心傳心)…… 일찍이 세존께서는 열반의 자리에서 평생 동안 단 한 마디도 설(說)한 바 없노라고 말함으

[*] 석가의 가르침을 따르는 네 부류의 사람들을 통틀어 이르는 말. 출가한 남녀 수행승인 비구·비구니와 재가(在家)의 남녀 신도인 우바새(거사)·우바이(보살)를 통틀어 가리킨다. 사미와 사미니는 십계(十戒)를 받고 구족계(具足戒)를 받기 위하여 수행하고 있는 어린 남녀 승려를 가리킨다.
[**] 선가(禪家)에서 선(禪)의 어떤 경지를 보이기 위해 오래도록 가만히 있는 것.

로써 언어나 문자의 공허함을 갈파한 바 있지. 단지 깨달음으로써 깨달음을 전할 뿐이야. 가슴이 답답하군. 나는 저 침묵의 뜻을 알 수가 없어.

선사의 양구는 계속되고 있었다. 숨소리 하나 들리지 않는 고요가 이어지고 있었다.

······어느 날 세존께서 사자좌(獅子座) 위에 오르셨다. 1,200 제자를 위시한 많은 사람들이 설법을 기다리고 있었다. 그런데 세존께선 아무런 말씀도 없으셨다. ······그렇게 뜨거운 차 한 잔 마실 동안 침묵하시던 세존께서 이윽고 한 송이 연꽃을 들어 대중에게 보이셨다. 무슨 뜻인지 알 수 없어 대중은 침묵했다. 그때 제자들 틈에 앉아 있던 상수(上首) 제자 가섭(迦葉)이 빙그레 웃었다. 세존과 가섭의 시선이 서로 맞닥뜨렸다. ······ 일장의 무언극(無言劇) 끝에 세존께서 금구(金口)를 여시었다.

"내게 한 물건[一物]이 있으되, 이것엔 이름도 없고 모양도 없으며 또한 냄새도 없고 색깔도 없다. 이 물건을 일러 정법안장(正法眼藏), 열반묘심(涅槃妙心), 실상무상(實相無相), 미묘법문(微妙法門), 불립문자(不立文字), 교외별전(敎外別傳)이라고 한다. 이것을 오늘부터 마하(摩訶) 가섭에게 전하노라."

이윽고 선사가 눈을 떴다. 그리고 주장자를 번쩍 치켜들면서 소리쳤다.

"이 도리를 알겠는가?"

노인답지 않게 찌렁찌렁한 음성이 방 안의 고요를 부숴 버렸다. 침묵이 흘렀다. 아무도 대답이 없었다. 선사가 말을 이었다.

　"이 물건을 주장자라고 부른다면 촉(觸)할 것이요, 또한 주장자가 아니라고 한다면 배(背)할 것인즉, 대중이여 일러라! 이 물건을 뭐라고 부르겠는가?"

　방 안은 물을 뿌린 듯 고요하였고, 다시 긴 침묵이 이어지고 있었다.

　참으로 묘한 질문이었다. 선사의 손에 들린 것은 분명 주장자라고 불리는 나무막대기다. 그러나 주장자를 주장자라고 부르면 촉한다니, 촉한다는 것은 명상(名相)에 집착하여 주장자의 본체(本體) 즉 실상(實相)을 보지 못한다는 말이요, 그렇다고 주장자를 주장자가 아니라고 하면 배한다니, 배한다는 것은 곧 위배된다는 말…… 아아, 나는 고개를 흔든다.

　선사의 손에 들린 주장자는 눈에 보이는 가시적 현상(現象)이다. 현상에 집착해서 주장자를 주장자라고 부른다면 사량분별(思量分別)하는 논리의 함정에 빠지게 되며, 그렇다고 눈에 보이는 현상을 부정하여 주장자를 주장자가 아니라고 한다면 또한 공(空)의 심연으로 떨어지게 된다. 그러므로 내가 주장자가 되고 주장자가 바로 내가 되었을 때, 그때 바로 주장자의(무엇이든 다 마찬가지) 본체를 보게 되는 게 아닐까. 피아(彼我)와 유무(有無)를 떠나 존재와 대상이 일체(一體)가 되는 경지가 바로 선

(禪)이 아닐까. 나는 또 고개를 흔든다. 이렇게 생각하는 것 자체가 선에서 대기(大忌)로 여기는 사량분별인 것이며, 따지고 증명해서 이치를 캐는 논리의 함정인 것이며, 그리하여 선과는 십만팔천 리가 되는 것이기 때문에.

맑은 호수는 밑바닥의 조약돌이 보인다. 그러나 물이 흐려지면 아무것도 보이지 않는다. 전자는 부처이고 후자는 중생이다. 호수가 하나이듯 부처와 중생은 둘이 아니다. 맑아지면 부처이고 흐려지면 중생이니까. 하지만 이것 또한 관념이야. 관념은 실체가 없어. 따라서 공허해. 관념이나 사변(思辨) 따위가 개입되면 선은 끝장이야. 오직 의심이 있을 뿐……

도량석도 하기 전인 새벽 2시부터 선방의 하루는 시작된다.

얼음을 깨쳐 세수를 하고, 배에 덮었던 좌복을 엉덩이 밑에 받치고 가부좌를 틀고 앉으면, 입승(立繩)*이 세 번 죽비(竹篦)를 친다. 대나무를 한 자 반가량의 길이로 잘라서 손잡이로 세 치쯤 남기고 나머지를 반으로 쪼갠 것이 죽비라는 법구(法具)인데, 이 갈라진 부분을 손바닥에 대고 쳐서 탁 탁 소리를 내는 것이다. 이 죽비 소리를 신호로 입선(入禪)과 방선(放禪)을 하고, 예불을 모시고, 공양을 한다. 선방에서는 말이 필요 없

---

* 선방의 규율과 질서를 다스리는 직책, 또는 그 일을 맡은 승려.

다. 극히 필요한 말 외에는 모든 것을 침묵 속에서 진행한다.

숨소리도 들리지 않는 정적 속에서 척추를 반듯이 펴고, 단전에 힘을 주고, 눈길을 코끝에 고정시킨다. 그리고 저마다 조실로부터 받은 화두를 든다. 그러면 이때부터 번뇌와 망상은 활동을 개시한다. 화두의 틈을 비집고 틈입하여 끈질기게 정신의 집중을 파괴시키는 것이다. 그렇다고 해서 망상이나 번뇌를 의식적으로 없애려는 노력을 해서도 안 된다. 그렇게 하면 이번에는 망상을 없애야겠다는 또 하나의 망상이 추가되기 때문이다. 망상이야 일어나든 말든 나는 나대로 화두만을 의심하면 된다. 그리하여 망상도 지쳐 스스로 물러가고 오직 화두 하나만이 청청하게 떠오르면, 이번에는 망상보다 더 무서운 수마(睡魔)가 달려든다. 그래서 끄덕끄덕 졸다 보면 벼락 치는 소리를 내며 입승의 죽비가 어깻죽지를 난타한다. 깜짝 놀라 다시 멀리 도망간 화두를 쫓다 보면 탁, 탁, 탁, 방선을 알리는 죽비 소리가 들리고 선창엔 부유스름한 여명이 비친다.

대혜(大慧) 선사는 서장(書狀)*에서 말했다. 만일 누구든지 망상 없이 일주일만 계속 화두를 의심한다면 기필코 견성(見性)할 수 있다고. 그렇게 하고도 만약 견성을 못하는 자가 한 명이라도 있다면, 자기는 거짓말을 한 죄로 발설지옥(拔舌地獄)

---

* 중국 송나라 때 선사인 대혜(1088~1163)의 편지를 모은 책.

에 떨어질 것이라고…… 그런데 나는 모를 일이었다. 왜 견성을 못하는지. 왜 일주일을 견디지 못하는 것인지.

목탁 소리가 한 번 길게 울린다. 그리고 운판(雲板)[*]을 때리는 소리가 다섯 번 들려온다. 아침 공양을 알리는 소리다. 선방 대중들은 선실을 나와 조실, 선덕(禪德), 유나(維那), 입승, 찰중(察衆), 병법(秉法), 그리고 법랍(法臘)^{**}의 차례대로 일자안행(一字雁行)을 지어 백설당 큰방으로 내려간다. 길을 갈 때 횡렬(橫列)로 걷지 않는 게 선방 수좌의 법도다. 두 사람 이상이면 반드시 법랍의 순서대로 종렬(縱列)을 지어 기러기떼처럼 외줄기로 걷는다. 그래서 수좌의 행렬을 일자안행이라고 부른다. 대흥사(大興寺) 동국선원(東國禪院)의 동안거(冬安居) 결제 수좌들은 모두가 쟁쟁한 구참 납자(久參衲子)들이어서 나는 항상 안행의 맨 끝에 서야 했다. 안개 자욱한 새벽의 여명을 헤치며 천천히 걷고 있는 그들의 수굿한 어깨를 볼 때마다 나는 이상하게도 어떤 장엄한 비감에 젖고는 하는 것이었다. 그들은 결코 말이 없었다. 일체의 사사로운 대화를 단절하고 오직 화두 하나에만 매달려 침음하는 것이었다. 이 겨울에 결단코 생사일대사(生死一大事)를 해결하고야 말겠다는 듯 모두들 무서운 기

---

[*] 절에서, 재당(齋堂)이나 부엌에 달아 놓고 식사 시간을 알리기 위해 치는 기구. 구리나 쇠로 만든, 구름 모양의 금속판이다.
^{**} 승려가 된 뒤로부터 치는 나이. 한여름 동안의 수행을 마치면 한 살로 친다.

세로 파고드는 것이었는데, 새벽마다 안행의 뒤끝에서 바라보이는 그들의 수굿한 어깨는 왜 그렇게 쓸쓸해 보이던지…… 납덩이처럼 무거워 보이는 그들의 어깨와 어깨 사이에서 나는 문득 양쪽 어깨뼈가 위로 솟은 지산의 얇은 등을 떠올리는 것이었다. 결국 마찬가지일 것이었다. 나를 포함한 저들이 선방이라는 세속과 격리된 장소에서 화두에 매달려 침음하고 있는 것이라면 지산 또한 세속의 한복판인 저잣거리의 뒷골목을 헤매며 허무라는 괴물과 피투성이의 한판 승부를 벌이고 있을 터이기 때문에.

겨울 아침 5시면 아직도 어둡다. 촛불이 밝혀진 불단을 향하여 합장 반배(半拜)하고 선반에서 발우를 내린다. 불단을 마주한 정중앙 벽 쪽으로 조실 스님이 앉으면 그 오른쪽이 수좌들의 자리가 된다. 법랍의 차례대로 조실 스님의 옆에서부터 시작하여 맞은편 불단 밑까지 반원형을 이루어 앉는다. 선방에서 세속의 나이는 필요 없다. 첫 안거 중인 이십비구(二十比丘)라도 견성을 하면 조실로 추대되고, 칠십비구라도 견성을 못했으면 견성한 이십비구의 발 아래 무릎을 꿇는다. 그리고 늦게 계(戒)를 받은 소위 늦깎이라면 탁자 및 하판(下板)에 앉아야 하고 일찍 계를 받아 불문에 들어온 소위 올깎이라면 상판(上板)에 앉는다. 이것은 하나의 불문율, 그리고 천년을 내려온 선원청규(禪院淸規)로서 엄격하게 준수된다. 조실 스님의 왼편으로는 주지, 강사(講師), 종무소 삼직(三職)[*], 그리고 강원(講院)의 학인(學人) 순으로 역시 반원형을 이루어 앉는다. 입승이 세 번 죽비를 때리면 합장을 하고 전발게(展鉢偈)를 외우고 나서 발우를 편다. 딱, 죽비 소리가 나면 사미들이 천숫물[**], 밥, 국, 반찬의 순으로 진지(進旨)[***]한다. 각자 자기가 먹을 양만큼의 밥과 식성대로의 국과 찬을 네 짝의 발우에 받고 나면 다시 딱, 죽비를 친다. 다시 합장을 하고 십념경(十念經)과 해탈주(解脫呪)를 외우고 나면, 공양 시작을 알리는 세 번의 죽비 소리가 들린다.

아침은 대개 죽을 먹는다. 보통 흰죽 아니면 누룽지를 잘게 빻아서 끓인 것이다. 특별히 잣죽이나 깨죽이 나오기도 하는데 그런 날은 조실 스님의 생신날이라든가 신도들의 대중공양이 들어왔을 때에 한한다. 죽을 먹는 것은 어려운 선방 경제 때문이기도 하고, 또 위에 부담을 안 주고 정신을 맑게 하기 위해 예부터 내려오는 전통이다. 세존께선 재세시(在世時)에 일일일식(一日一食)을 하셨다고 한다. 두 끼의 공양은 배고픈 중생들을 위하여 사양하셨다는 것. 그래서 하루 한 끼 또는 오후 불식(午後不食)을 고집하는 승려들도 있지만 보통의 사람들로서는 체력이 달려 무리다. 그래서 생겨난 것이 조죽약석(朝粥藥夕)

---

[*] 절의 주지를 돕는 세 직무. 총무, 교무, 재무.
[**] 천수수(千手水). 절에서 승려가 공양할 때 먼저 받아 놓는 맑은 물. 이 물로 바리와 수저를 씻고 난 다음 찌꺼기까지 죄 마셔 버린다.
[***] 발우에 밥을 나누어 담는 절차.

이라는 불가(佛家)의 끼니법이다.

수저 소리 하나 나지 않는 정적 속에 밥을 다 먹으면 숭늉이 돌려진다. 젓가락 끝에 김치쪽을 끼워 깨끗하게 발우를 닦으면 음식물의 찌꺼기가 모아지는데, 마지막으로 그것을 마신다. 그 물을 절정수(折情水)라고 부른다. 옛날 어떤 처녀가 한 잘생긴 선방 수좌에게 연모의 정을 품게 되었다고 한다. 혼자서 가슴을 태우던 그 처녀는 수좌가 발우공양을 하는 모습을 문틈으로 엿보게 되었다. 그린 듯이 앉아 절도 있게 공양을 하는 수좌의 의젓한 모습에 처녀는 더욱 연심의 도를 높이게 되었다. 그런데 밥을 다 먹고 난 수좌가 발우를 씻더니 그 물을 홀짝 마셔 버리는 것이었다. 밥그릇 닦은 물을 마시다니, 처녀는 정이 떨어져서 다시는 절에 나타나지 않게 되었다고 한다. 정을 끊게 한다는 그 절정수는 그러나 더러운 게 아니다. 자기가 먹고 난 음식물의 찌꺼기인데 더러울 까닭이 있는가. 절정수를 마시고 나서 밥을 담았던 어시발우*에 천숫물을 부어 수저부터 차례로 씻고 나면 탁, 소리와 함께 천수통이 돌려진다. 그렇게 모아진 천숫물을 기울이면 그래도 얼마간의 찌꺼기가 남게 되는데, 그것을 헌식대(獻食臺)에 쏟아 날짐승들이 쪼아 먹게 한다. 밥티 한 쪽도 버리는 법이 없는 것이다.

* 국을 담는 가장 큰 발우.

맨 처음에 받은 물로 어시발우부터 차례로 정결하게 씻는다. 흰 발우수건으로 물기를 닦는다. 그리고 처음 발우를 펴던 순서를 역으로 다시 접어 보자기로 싼다.

아침 공양을 마치고는 도량 청소와 가벼운 운동을 한다. 그리고 세 시간의 좌선. 점심을 먹고 나서 차를 마시며 선담(禪談)을 나누다가 다시 세 시간의 좌선. 산책과 세탁 등을 하다가 저녁을 먹고 또 세 시간의 좌선을 하고 나면, 취침을 알리는 삼경 종소리가 들린다. 그러면 각자 앉았던 자리에 그대로 누워 깔고 앉았던 좌복을 배에 덮는다. 이것은 그러나 보통의 정진이고, 세 시간의 수면과 공양 시간을 뺀 나머지 시간을 좌복 위에 앉아 있는 가행(加行) 정진이 있고, 공양 시간을 뺀 전 시간을 수면 없이 앉아 배기는 용맹(勇猛) 정진이 있다.

나는 겨울 3개월을 가행정진으로 버텼는데 그것은 순전히 고집이었다. 나도 부처가 될 수 있다는, 되어야겠다는 오기 같은 고집…… 아아 그것은 또 얼마나 허망한 일이었던가.

"이 도리를 알겠는가?"

선사는 계속해서 다그치고 있었지만 200명이 넘는 대중이 모인 백설당 큰방은 물을 뿌린 듯 고요했다. 선사는 다시 한 번 소리쳤다.

"이 도리를 알겠는가?"

그때 내 옆에 앉아 있던 수관(水觀) 수좌가 벌떡 일어나더니 대중들을 헤치고 법상 앞으로 나갔다.

그의 목에는 묵언(默言)이라고 씌어진 조그만 목찰(木札)이 걸려 있었다. 그는 나와 비슷한 또래의 수좌였는데 먼발치에 여자의 그림자만 비쳐도 외면할 정도로 계행(戒行)이 시퍼런 율사였으며 또 금강(金剛)처럼 단단한 신심의 소유자여서 선배 수좌들로부터 기대와 사랑을 받고 있는 터였다. 그는 10월 보름날 밤 선방 대중들이 동국선원 큰방에 모여 동안거 방(榜)을 짤 때,

"대중 스님네께 한 말씀 드리겠습니다. 숙세(宿世)의 업(業)이 지중(至重)한 탓인지 도무지 공부에 진척이 없습니다. 그래서 이번 한 철은 묵언으로 지낼까 합니다."

라고 말한 뒤부터 입 한 번 떼지 않고 지내 오는 터여서 묵언 수좌로 불리고 있었다. 그리고 그는 또 연비 수좌라는 별명으로 불리기도 했다. 그의 왼쪽 손에는 손가락이 한 개도 없었다. 비구계(比丘戒)를 받는 날 엄지를, 그리고 해마다 한 개씩의 손가락을 부처님께 공양드림으로써 신심을 북돋웠다는 것이다. 나는 그의 둔중한 물체로 짓이겨진 듯한 반 토막 손을 볼 때마다 들기름에 전 명주 헝겊을 손가락에 감고 불을 붙이는 모습을, 생살이 타들어 가는 아픔을 참으며 오직 성불, 성불을 기원하는 모습을 떠올리며, 그 처절한 극한 신앙심에 전율하는

것이었다.

법상 앞에 선 수관은 세 번 절하고, 선사의 손에 들린 주장자를 빼앗아 버렸다.

사람들의 시선이 수관에게로 집중되고 있었다.

수관은 다시 세 번 절하고 주장자를 법상 위에 놓더니, 도로 자리에 와 앉았다.

그때까지 미동도 하지 않던 선사가 절레절레 고개를 내저었다.

"수좌가 주장자를 봤으나, 주장자가 수좌를 보지는 못했다."

그렇게 말하고 나서 선사는 쿵, 하고 주장자로 법상을 내려쳤다.

"옛날에 신심이 장하고 참선에 많은 관심을 갖고 있는 노파가 있었지. 어느 날 이 노파의 집에 참선하는 수좌가 하나 찾아왔어. 노파는 이 수좌를 깊이 존경하여 조그만 초암(草庵)을 지어 주고 정성껏 시봉(侍奉)을 했단 말야. 세월은 유수 같아 노파가 수좌를 시봉한 지 10년이 흘렀고, 그 수좌는 참으로 계행이 청정하고 공부를 잘해 좌선삼매(坐禪三昧)를 얻게 되었겠다. 그런 어느 날 노파는 수좌의 공부를 알아보려고 마음먹었지. 그래서 자기의 딸 중에 열일곱 살 한창 피어오르는 꽃송이같이 어여쁜 처녀가 있는데 곱게 분단장을 시키고 화려한 비단옷을 입히고 나서 귀에 대고 뭐라고 소곤소곤하더니 수좌가 공부하고 있는 암자로 보냈단 말야. 암자에 도착한 처녀가 방문을 두드리니 대답이 없어. 그래서 문을 열어 보니 수좌는 면벽(面壁)하고 앉아 좌선삼매에 빠져 있는 게야. 그래서 처녀가 들어오는 것도 몰랐지. 방으로 들어간 처녀는 다짜고짜로 수좌의 무릎 위에 달랑 올라앉는 게야. 그러더니 수좌의 귀에 대고 은근한 목소리로 묻는단 말야. 스님, 이때의 경계(境界)가 어떻습니까? 그러나 수좌는 요지부동, 앉음새 하나 흐트러짐 없이 바위처럼 묵묵히 앉아 있더란 말야. 그러자 처녀가 이번엔 쪽, 소리가 나게 수좌의 입을 맞추고 나서 또 묻는 게야. 스님, 이때의 경계가 어떻습니까? 그때서야 수좌가 담담한 어조로 말하는 게야. 늙은 고목나무가 찬 바위[寒巖]를 의지하니 삼동(三冬)에 온기가 없구나, 하고 말야. 집으로 돌아간 처녀가 자초지종을 노파에게 고했겠다. 그러자 노파가 벌컥 화를 내며 소리 지르는 게야. 아이구 분하다. 저런 흉악한 땡추에게 속아서 10년 헛공양을 드렸구나, 하고 말야. 그리고 노파는 암자로 달려가더니 수좌에게 욕설을 퍼부어 내쫓아 버리고는, 초암에 불을 질러 버리는 게야."

선사는 잠시 말을 끊더니 대중을 둘러보았다. 숨소리 하나 들리지 않는 정적이 방을 메우고 있었다.

"이것은 1,700공안 중에서도 유명한 파자소암(婆子燒庵)이란 공안이야. 눈 밝다는 납자들도 왕왕 걸려드는 공안이지."

선사는 다시 말을 멈추더니 대중을 둘러보았다.

"자, 이것은 또 무슨 도리인가? 노파는 왜 무념무상(無念無想)의 경지에 이른 그 수좌를 땡추라고 욕하면서 쫓아내고 암자를 불 질렀을까? 처녀가 입을 맞추며 이때의 경계가 어떠냐고 물었을 때 수좌가 뭐라고 대답을 했어야 되었겠는가? 대중이 만약 그 수좌였다면 그런 경우 뭐라고 대답하겠는가? 대중은 일러라! 일러라!"

그때 구참 수좌인 여몽(如夢) 화상이 벌떡 일어서며,

"나온 구멍으로 쑤셔 박아라!"

하고 소리쳤다.

그러자 선사가 맞받아 소리쳤다.

"암자도 태우고 네 몸뚱이도 태운다!"

그리고 선사는 다시 한 번 쿵, 하고 주장자로 법상을 내려쳤다.

"슬프다. 근자에 선문(禪門)에서 공부하는 모양을 볼 것 같으면 죽은 법(法)의 송장을 붙잡고서 도(道)를 알았다 소리치는 자가 있으니, 이것은 동타지옥(同墮地獄)의 업만 짓는 것이라. 오로지 실답게 참구하여 금강불괴(金剛不壞)의 구경처(究竟處)를 찾을 일이다. 구경처라 하면 그 자리는 어떤 자리인가? 화엄경(華嚴經)에 이르되 만약에 사람이 삼세(三世)의 모든 부처를 알고자 할진대 뻑뻑이 그 법계성(法界性)을 보아라, 모두가

다 마음으로 짓는 것이라 하셨고, 법화경(法華經)에 이르되 대통지승불(大通智勝佛)이 십겁(十劫)을 좌도량(坐道場)했으되 부처가 앞에 나타나지 않아 성불을 하지 못했다 했으며, 원각경(圓覺經)에 이르되 일체중생의 모든 환화(幻化)가 다 여래(如來)의 원각묘심(圓覺妙心)에서 나왔다 했으며, 금강경(金剛經)에 이르되 만일 모든 상(相)을 보되 상이 상이 아닌 것을 볼 수 있으면 곧 여래를 본다 하셨으니 모두가 다 그 자리를 말씀하심이라. 그렇기에 그 자리는 모든 현성(賢聖)의 할아비이며 모든 법의 근원인 고로 전불(前佛)·후불(後佛)이 마음으로써 마음을 전하고 문자를 세우지 않으셨던 까닭인 것이며, 부처님이 다자탑전(多子塔前)에서 가섭과 자리를 나투시고 영산회상(靈山會上)에서 꽃을 들어 보이시고 사라쌍수(沙羅雙樹) 아래서 곽시쌍부(槨示雙趺)하시어 이 세 곳에서 가섭에게 교(敎) 밖에 별도로 전하셨으며, 가섭은 또 아란(阿難)에게 전하사 조조상전(祖祖相傳)으로 해동국(海東國) 두륜산하(頭輪山下) 노골(老骨)에게까지 이르렀는바, 이것이 바로 부처와 조사(祖師)의 심인(心印)이며 일체중생의 본래면목(本來面目)이라. 이것을 일러 사람들은 부처라 마음이라 법이라 하나, 부처라 해도 죽고 마음이라 해도 죽고 법이라 해도 죽을 것인즉, 과연 이 자리가 어떤 자리인가? 이 도리는 언어가 끊어지고〔言語道斷〕 마음길이 녹아 없어진〔心行處滅〕 곳에서야 보이는 도리인즉, 명안조사(明眼祖師)

의 가르침이 없이는 배울 수가 없는 도리로세. 한 생각이 일어
날 때 일체가 생기고 한 생각이 멸할 때 일체가 멸하는 것이
니, 한 생각의 기멸(起滅)이 곧 우주의 건괴(建壞)와 인생의 생
사(生死)라. 세상에서 제일로 수승(殊勝)한 공부가 무슨 공부인
가? 그것은 참선일세. 바쁘고 바쁘도다. 가는 것은 세월이고 오
는 것은 죽음이네. 금생에 공부 않고 언제 또 사람으로 태어날
것인가."

선사는 다시 주장자를 들어 법상을 쳤다.

"산승(山僧)에게 오늘 배암의 발〔蛇足〕이 있으니, 추엽락(秋葉
落)이요 동설강(冬雪降)이로다. 가을에는 잎이 떨어지고 겨울에
는 눈이 내리는구나. 어억!"

대종 소리처럼 우렁찬 선사의 할(喝)*이 방 안을 흔들었다.

선사는 주장자를 세 번 치고, 법상을 내려왔다.

수관과 나는 눈 덮인 산길을 오르고 있었다. 해제와 함께 묵
언을 튼 수관이 두륜산 정상에 있는 석불 참배를 내게 제의해
왔던 때문이었다.

가지마다에 잔뜩 눈을 얹고 서 있는 동백나무에는 피처럼
붉은 동백꽃이 피어 있었다. 온 산을 덮고 있는 백설과 백설 속

---

* 선종(禪宗)에서 법의 경계를 보일 때에 쓰는 외마디 소리.

161

에 각혈처럼 피어 있는 붉은 꽃…… 천년의 침묵이 하 답답해 동백꽃이 피었다는 어떤 시의 구절처럼 그것은 신비한 자연의 조화였다……. 차가운 눈 속에서도 꽃은 핀다. 더러운 진흙 속에서도 연꽃이 핀다. 그런데 내가 진정 나일 수 없는 이율배반의 현실은 무슨 까닭인지…… 나는 알 수가 없었다.

"어리석은 짓이었어."

성한 오른손으로 반 토막의 왼손을 문지르며 수관이 중얼거렸다.

"뭐가?"

"어리석게도 나는 불보살(佛菩薩)의 가피(加被)*를 기대했던 거야."

"연비한 걸 후회하나?"

"후회가 아니라 스스로의 어리석음을 꾸짖고 있는 거지."

"화상이 바랐던 불보살의 가피는 결국 없었다는 얘긴가?"

"있고 없고가 문제가 아니라 그런 것을 바라고 손가락을 태웠던 내 행동이 유치하기 짝이 없었다는 얘기지."

"나는 화상이 부러워. 화상의 그 처절한 신심이 무섭기도 하고……."

수관은 쓸쓸하게 웃었.

---

* 부처나 보살이 자비를 베풀어 중생에게 힘을 줌.

"웃기는 얘기야. 부처까지도 추방시킨 철저한 개체로서 부딪쳐 뚫고 나가야 하는 게 선(禪)이야. 선은 자력(自力) 신앙이야. 아니, 신앙이란 말도 맞지 않아. 믿을 건 나 자신밖에 없으니까. 그런데 난 불보살의 힘을 빌리려고 했어. 그들의 힘을 빌려 성불에의 기간을 단축시키려고 말이야. 손가락을 태우면서, 그 생살이 타들어 가는 아픔을 이를 악물고 견디면서 나는 발원(發願)하는 것이었지. 부처님, 그리고 보살님! 업이 두텁고 미련한 중생을 도와주소서. 혼자서 가기에는 너무 힘든 길이옵니다. 당신들의 대자대비하신 마음으로, 그 오묘 불가사의한 신통력으로 도와주소서. 니르바나〔彼岸〕의 저 언덕에 이르도록 이끌어 주소서, 하고 말야. 얼마나 웃기는 얘기야."

뜻밖에도 그는 회의하는 언어를 뱉어 내고 있었다.

"웃긴다는 표현은 너무한걸. 선이 아무리 자력 신앙이라고는 하지만 우리는 미약한 중생이고, 미약한 중생인 이상 불보살의 가피를 기대하는 것은 당연하지 않을까."

"난 지금까지 손가락 다섯 개를 공양드렸어. 성불만 할 수 있다면 손가락만이 아니라 이 몸뚱이까지도 불태워 공양드릴 수 있다고. 그런데 아무런 가피도 없는 거야. 단 한 마디의 대답도 없는 거야."

괴로운 듯 수관은 고개를 숙였다.

"몸뚱이를 불태우고 나면 무얼 가지고 성불을 하지?"

수관은 대답하지 않았다. 힘없이 고개를 숙인 채 묵묵히 걷고 있었다. 나는 진심으로 말했다.

"화상의 신심은 참으로 경탄할 만해. 기필코 한소식(깨달음)하게 될 거야."

"화상이야말로 무서운 공부꾼이지. 정진하는 걸 내가 눈여겨봤다고."

수관은 나를 바라보며 빙긋이 웃었다. 나는 얼굴이 붉어졌다.

"무슨 소리야. 난 손가락 하나도 태우지 못하는 겁쟁이일 뿐이야. 족탈불급(足脫不及)이라고."

"자꾸 손가락 얘길 하니까 정말 부끄러워지는군. 비웃는 것 같아서 말야. 난 정말 손가락 태운 걸 부끄러워하고 있어."

"천만에. 아무나 할 수 있는 일이 아니야. 그런 독한 마음이라면 뭐는 못하겠어."

뿌지직 뿌지직 하는 소리가 들려왔다. 눈의 무게를 견디지 못한 동백나무 가지가 찢어지는 소리였다.

수관이 내게 물었다.

"법운 수좌는 그냥 머무를 셈인가?"

"별 계획도 없고…… 그냥 사는 거지 뭐. 화상은?"

"떠날 작정이야. 어디 가서 토굴 생활을 해야겠어. 천편일률적이고 고답적인 선방 생활에 질렸어. 밤낮 똑같은 소리고……

164

화두가 제대로 들릴 만하면 죽비 소리에 일어나야 하고……
도무지 번거로워서 안 되겠어."

수관의 얼굴이 홍조를 띠고 있었다.

"아무 구애 받지 않고 자유롭게 해봐야겠어. 해제법문 때도
그래. 언제나 똑같애. 하긴 똑같을 수밖에 없는 건지도 모르지
만. 죽음과 같은 침묵과 질식할 것 같은 순종의 분위기를 깨
뜨려 버리고 싶었던 거야. 내가 참말 그 도리를 알아서 그랬던
건 아니야. 그리고 조실 스님의 답변도 나는 미리 예상하고 있
었고. 틀림없어. 어디든 마찬가지였으니까. 큰스님들의 법문은
한결같아. 그래도 여기 조실 스님의 법문은 나은 편이지. 가을
엔 잎이 떨어지고 겨울엔 눈이 내린다…… 참 문학적인 게송
(偈頌)이었어. 왜 모두들 순한문으로 게송을 읊고 법문을 하는
건지 모르겠어. 수좌들도 알아듣기 힘든 판이니 일반인들이
야 말할 것도 없지. 현대엔 현대에 맞는 언어가 필요해. 그리고
불교 자체의 현대화가 절실해. 선방도 현대적 설비로 개조돼야
해."

……세상에는 도(道)를 깨쳤다는 승려들이 많았고, 저마다
한 산중의 조실로 군립하면서 도를 깨쳐 보겠다고 찾아오는 납
자들을 지도하고 있었는데, 그렇게 세상에 이름이 나 있는 승
려들일수록 건방진 얘기지만 실망을 안겨 주고는 하는 것이어

서 나는 숨은 도인, 즉 성명 삼 자 위에 아무런 관사(冠詞)가 붙지 않은 스님을 찾아 헤매기도 했다. 하긴 실망하고 말고가 애당초 없는 것이기도 하지만, 큰스님들은 내 답답한 가슴을 시원하게 해주지 못했다. 아무도 육성(肉聲)을 들려주지 않았다. 천 년 전 중국의 선승(禪僧)들이 그때그때 방편(方便)으로 뱉은 언어, 그 구전된 사어(死語)를 인용할 뿐이었다. 주장자로 쿵쿵 법상을 울리고, 할을 하고, 양구를 하고, 해박한 한문 실력을 자랑했지만 그것은 자기의 목소리가 아니었다. 타인의 목소리였다. 언어나 문자로써 어떤 진실이나 진리를 타인에게 보여주거나 가르쳐 준다는 건 애당초 불가능한 것이다, 라는 말로 자위하고는 했지만 그래도 뭔가 떨떠름했다. 뭔가 있을 것이다. 아니, 꼭 있어야만 한다. 깨쳤다면, 깨쳤다면 바로 부처라고 우리는 귀 아프게 들어 왔지 않은가. 깨친 자만이 깨친 자를 알 수 있는 법이라고 하지만…… 그렇다면 깨치지 못한 자는 평생 알아듣지도 못한다는 말인가. 깨친다는 것은 그러나 또 무엇인가. 다 부질없는 짓이 아닐까. 생명은 유한한 것이고, 결국 인간은 죽는 것이고, 지금도 죽어 가고 있는 것이고, 죽어서 죽은 그림자까지도 혼자 가야 하는 비정하게 철저한 개체인 것을…… 문득문득 하산을 생각했지만, 그러나 그것은 안 될 말이었다. 내게 있어 하산은 참담한 패배요 비겁한 도주였다. 깨치기 위하여 몸부림치다 안 될 때는 차라리 저 법당의 등상불

(等像佛)과 함께 소신(燒身)으로 이 몸뚱이를 부처님께 공양드 릴지언정……

"그건 나도 동감이야. 현대엔 현대에 맞는 법문이 필요하다 는 거. 그리고 자기의 목소리가 중요하지. 남들이 뱉고 난 찌꺼 기가 아니라 자기 자신이 증오(證悟)한 경계에서 토해 내는 참 자기의 목소리 말야. 하지만 선방이, 그리고 사찰이 현대화된 다는 건 반대야."

"어째서?"

"이건 내 회고 취미 때문인지도 모르지만, 어쩐지 그래. 산사 에 휘황한 전깃불이 들어오고, 스팀 보일러 장치가 되고, 현대 적 설비의 식당에서 사문들이 장삼 자락을 휘날리며 공양을 한다는 건 좀 안 맞는 얘기 아닐까."

"뜻밖에 법운당은 보수적이군."

"그런지도 모르지. 하지만 세상을 봐. 어떻게들 살고 있지? 매연과 공해로 더러워진 하늘 아래서 제대로 숨도 못 쉬잖아. 모두가 현대화라는 이름으로, 경제발전이란 이름으로 옛것을 파괴했기 때문이야. 자작자수(自作自受)의 업보(業報)지. 세상은 그만두고 우리가 사는 산을 보자고. 산은 땀 흘리며 걸어서 올 라가는 데 의미가 있어. 그런데 관광개발이라는 이름으로 길을 뚫고, 호텔과 유흥장을 만들어 세상의 온갖 더러움을 끌어들여 오염시키고 있지 않나 말야. 사찰은 또 어때? 중수(重修)라는 이름으로 또는 보수(補修)라는 이름으로 마구잡이로 뜯어놓고 시멘트를 처발라 그윽한 산사의 정취를 엉망으로 만들고 있지 않나 말야. 가장 좋은 방법은 그냥 놔두는 거야. 산은 옛 산대로 절은 옛 절대로 그냥 놔두는 거야. 그게 제일로 좋은 현대화지. 시급히 현대화해야 될 것은 이런 것들이 아니라 인간이야. 인간들의 썩은 마음이야."

"법운당의 말뜻은 알겠어. 하지만 사찰이라고 해서 굳이 왕조시대에 살 필요가 어디 있어? 불교 혼자 19세기, 아니 더 전 세기에 주저앉은 채 시대보고, 세상보고 따라오라고 해서야 되겠냐구? 종교가 시대의 조류를 따라가야지."

"아니지. 종교가 시대의 조류를 따라가서는 안 되지. 시대의 조류가 잘못된 것이라면 바로잡아 주고 바른길로 가도록 이끌어 주는 게 종교의 사명이지. 안 그럴까?"

"글쎄…… 물론 진리 자체야 만고에 불변이지. 하지만 그 진리를 펴는 방법만큼은 달라져야 하는 게 아닐까. 기독교를 봐. 얼마나 능동적이고 생동감에 넘쳐. 기독교가 20대의 팔팔한 청년이라면 불교는 팔십노인이야."

"수관 수좌의 말대로 불교가 팔십노인이라면, 그 팔십노인의 굽은 등뼈를 반듯하게 펼 수만 있다면, 산사를 허물고 그 자리에 빌딩을 올려도 무방하지. 하지만 현대화라고 해서, 그리고 문명이라고 해서 반드시 좋은 것만은 아닐 거야. 분명 인간을 이롭게 하기 위한 문명이고 현대화지만, 그러나 그것이 인간을 불행하게 만들고 있으니까 말이야."

석불은 하얀 설불(雪佛)이 되어 외롭게 서 있었다. 수관과 나는 석불의 눈을 털어 내고 주위를 깨끗이 청소했다. 그리고 두 손을 모아 합장을 했다. 어디선가 쿵, 쿵, 설해목 넘어지는 소리가 들려오고 있었다.

다음 날 수관은 토굴 생활을 하겠다며 지리산으로 떠났다.

며칠 후 나도 바랑을 챙겼다. 결제 해제 없이 한군데서 끝장을 내자고 스스로 다짐하면서 마음을 다잡아 보았지만 소용이 없었다. 여럿이 함께 공부할 때는 망상이 생기고 나태한 마음이 생겨도 서로가 경책해 주고 또 격려해 가면서 공부가 되었지만, 모두들 어디론가 무거운 바랑의 잔영(殘影)만을 남겨 놓고 떠나 버린 텅 빈 선실에서 나는 도저히 배겨 낼 수가 없는 것이었다. 어쩌면 나는 역마살을 타고났는지도 모를 일이었다.

5

　어디에도 둥지를 틀지 못한 채 방황하는 한 마리의 새처럼
표표히 떠돌다 벽운사에 들렀을 때, 뜻밖에도 지산이 거기 있
었다. 처음 만났을 때처럼 객실의 한 귀퉁이에 앉아서 손에 술
잔을 들고 있던 그는 예의 자조하는 것 같고 냉소하는 것 같은
미소를 지었다.

　반가웠다. 살아 있다는 것이. 살아서 숨 쉬고 있다는 것이.
그것이 비록 세상 사람들의 조소와 비난을 받는 타락이고 악
덕 생활이라고 할지라도, 살아서 살아 있는 아픔과 서러움을
온몸으로 견디고 있다는 것이 여간 반갑고 대견한 게 아니었다.

　"그동안 어디 살았어요?"

　"나야 언제나 삼일수하(三日樹下)의 객(客)이지. 비정한 윤회
속에서 잔인한 악순환의 되풀이야. 그대는?"

"선방 한 철 났어요."

"그래, 부처의 발가락 한 개쯤 잡았나?"

"발가락은 고사하고 그림자도 못 잡았습니다."

"그림자는 잡히지 않는 법이지. 그림자는 원래 존재하지 않으니까. 그건 그렇고, 한잔해. 선방에선 참선하고, 잡승을 만나면 잡승이 되는 거야."

그는 내게로 잔을 내밀었다. 눈처럼 하얀 액체가 넘칠 듯 부어졌다.

"스님은 도대체 언제까지나 이렇게 살 셈입니까? 늘 취해서만 세상을 살 작정이냐구요?"

나는 화가 났다. 늘 죽는다고 입버릇처럼 말하면서 그러나 늘 또한 살아 있는 그가 밉기도 했다. 도대체 뭐란 말인가. 처음이나 두 번째나 항상 그 모양 그 꼴이 아닌가. 극약을 무슨 보물처럼 품고 다니면서, 세상에 태어난 것을 죄송스러워하고, 살아 있는 것을 짐스러워하면서, 자기의 소중한 삶을 마치 타인의 것인 양 저만치 떨어져서 멀거니 바라다보고…… 그것은 정녕 나 자신에 대한 분노인지도 몰랐다. 아무것도 이룬 것이 없는 나 자신에 대한 짜증 같은 분노.

"놔둬. 이렇게 비틀거리며 사는 것도 삶의 한 방법인 거니까."

지산은 여전히 오연하게 틀고 앉아서 술잔을 들여다보고 있었다.

"그렇다고 이렇게 술이나 마시면 어쩌자는 겁니까?"

지산이 입술을 비틀었다.

"어찌 안 취하고 건딘단 말인가? 맑은 정신으로 세상을 살아 가려는 속물들을 위해 불경과 바이블은 필요한 것이지. 맑은 정신으로 살아가길 포기한 자에겐 이미 불경 따윈 필요 없는 거야. 그대는 그대의 방법대로 살아가라고. 참선이 그대가 택한 방법이라면 철저하게 참선에 매진해서 끝장을 내고. 잔 이리 내, 안 마시겠으면."

지산은 내 앞에 놓였던 술잔을 집어 들더니 단숨에 마셔 버리는 것이었다.

지산에게는 설명하기 힘든 묘한 매력이 있었다. 그것은 그의 몸 전체에서 짙게 풍기는 소위 허무의 체취 때문인지 아니면 상식이나 논리 따위를 애초부터 무시하고 드는 엉뚱한 궤변 때문인지 알 수가 없었다. 모든 반(反) 승려적인 행위를 거침없이 자행하는데도 그것이 조금도 이상하다거나 어색해 보이지 않고 차라리 당연한 것으로 받아들여지는 까닭은 어디에 있는 것인지. 자기의 말대로 진실하게 방황하고 진실하게 타락하고 있기 때문일까. 모든 것을 던져, 모든 일상의 범용한 안락과 보장된 생활을 던져, 그리고 참으로 생사까지도 던져 방황하고 있기 때문일까. 어떤 것이든, 그것이 비록 비정상적인 것이라고 할지라도 진실로 진실하게만 매진한다면 어떤 아름다움을 잉태

172

하게 되는 때문일까. 지산을 대할 때마다 나는 이상하게도 나 자신이 비열한 위선자처럼 생각되어 견딜 수가 없는 것이었다.

"사실은 난 스님이 부러워요. 성실한 수좌도 못 되고 그렇다고 스님처럼 성실한 잡승도 못 되고…… 희지도 않고 검지도 않고…… 중도 아니고 속(俗)도 아니고…… 난 아무것도 못할 인간인 것 같아요……."

"술을 마셔. 괴로울 땐 술이 제일이야."

"술을 마신다고 괴로움이 소멸될까요?"

"순간은 망각할 수 있지. 하지만 더욱 심화되지. 더 견딜 수 없는 아픔이 엄습하지. 난 그것을 바라며 술을 마시고, 차라리 그것을 즐기고 있는 셈이지만……."

"그렇다면 소용없는 일 아네요?"

"그래, 소용없는 일이야. 숨이 끊어지는 순간까지 팔만사천 번뇌를 등에 지고서 아프게 살아야 하는 게 인간의 숙명이니까."

그는 잔뜩 미간을 찌푸리면서 잔을 뒤집었다. 창밖으로부터 옷자락 스치는 소리가 들려오고 있었다. 눈이 내리는 모양이었다.

"수절(守節) 10년의 과부가 생활고로 치마를 벗는다면 참혹한 일이겠지."

"무슨 말예요?"

"……주지를 한번 해볼까 싶어."

"주지요?"

"응. 진짜 주지를…… 진실로 법다운 주지를. 이렇게 하는 것이 참말 주지다, 하는 주지의 전범(典範)을 보여 주고 싶어."

나는 웃음이 나왔다.

"원 스님도…… 스님이 무슨 재주로 주질 해요. 승려증도 없으면서."

"물론 농담이야. 다만 그런 생각을 해봤다는 것뿐이지. 하지만 오해하지 말아. 방황 10년을 청산하고 착실한 수도승이 돼 보겠다는 장한 발심에서가 아니니까. 다만 고달파서 그래. 어딜 가나 승려증과 주민등록증을 보자는 통에 돌아다니기도 힘들고…… 제일로 이 육신이 고달파서 한번 그런 생각을 내봤던 것뿐이야."

"그동안 어디로 다녔어요?"

"여기저기…… 미친개처럼. 그대가 선방에서 좌선하는 동안 난 방황을 화두 삼아 거리를 헤맨 거야. 왜, 들어 보겠어? 미친개의 이야기를."

어디로 갈까, 하고 지산은 잠시 망설였다. 인간은 누구나 어떠한 곳이라도 갈 곳이 있어야 한다는데 그는 더 이상 어디에도 갈 데가 없었다. 비가 내리고 있었다. 빗줄기는 홑겹의 승복

174

속으로 가차 없이 뚫고 들어왔다. 기적 소리가 들려오고 있었다. 많은 사람들이 빠르게 움직이고 있었다. 어디로 가나……입산본사(入山本寺)인 수덕사로 가볼까. 거기서 처음부터 다시 시작해 볼까. 그는 삽교까지 표를 끊고 열의 후미에 붙어 섰다. ……국민학교 1학년 때 수덕사로 원족(遠足)*을 갔었지. 줄줄이 늘어선 웅장한 기와집. 온몸에 번쩍이는 금칠을 하고 높다란 탁자 위에 멍청히 앉아 있는 불상들. 시퍼렇게 삭도 친 머리 위에 유리 조각처럼 부서져 빛나던 햇살. 울긋불긋한 그림들. 그림 속에서 툭 불거진 왕눈으로 큰 칼을 치켜들고 있는 신장(神將). 어흥, 하고 금방이라도 달려들 것 같은 호랑이. 호랑이 옆에 앉아 있는 노인의 배꼽까지 내려오는 흰 수염. 찡그린 얼굴로 노려보는 십육 나한(十六羅漢). 그런데 이상하게도 나는 하나도 무섭지 않았으며 마치 오래전부터 살던 집에 온 것 같은 기분이었지. 눈이 부리부리하고 키가 껑충한 잿빛 두루마기의 사내가 내 머리통을 쓰다듬으며 혼잣말로 중얼거렸지. 중상(僧相)이야, 중상. 그때서야 나는 무서움증이 일어 그 사내의 손을 뿌리치고 아이들 틈에 섞였지. 그것은 참으로 이상한 일이었어. 탱화(幀畵) 속의 험상궂은 신장들에게선 따뜻한 친근감을 느끼고, 귀엽다고 머리를 쓰다듬어 주던 사람에게서는 무

* 소풍.

175

서움을 느꼈다는 것은. 그 스님은 예언자였어. 나는 중이 되었으니까. 아니야. 그는 잘못짚었어. 나는 중이 아니니까. 바로 앞사람이 개찰구 속으로 들어서고 있었다. 그는 갑자기 정거장을 나왔다. 짜장면으로 요기하고 다시 차부로 갔다. 염낭 속에는 이제 동전 한 닢 남아 있지 않았다. 아주 평화스러운 기분이 되었다. 아아 무일푼이라는 것은 이렇게 기분 좋은 것이로구나. 이 몸뚱이까지도 버려 버리면 얼마나 더 기분이 좋을까. 차부를 벗어났을 때 누가 그의 옆구리로 바짝 붙어 서며 우산을 받쳐 주었다. 교활하게 생긴 중늙은이 여자였는데 그 여자는 볼장 다 본 여자 특유의, 그러나 아직 왕년의 가락이 남아 있는 노창(老娼)처럼 눈가에 주름을 모았다.

"어디서 오시나?"

"미안합니다."

"뭐가 미안하우. 어느 절에 계시는 대사님이냐니깐?"

"절이 없어요. 그래서 미안해요."

"호호. 원 이런 싱거운 대사님 봤나. 그래 어디루 가우?"

"모르겠어요. 미안해요. 잘못했어요."

"츳츳…… 안됐수, 젊은이가."

잠시 측은한 눈길로 바라보더니 그 여자는 등을 보였다. 버스가 저만치 빗속을 뚫고 달려가고 있었다. 그 여자가 다시 왔다. 뭐가 우스운지 한바탕 소리 죽여 클클거리며 웃던 그 여자는 갑자기 은근한 목소리로 속삭였다.

"내 참한 샥시 하나 소개 올릴까."

"무료라면 좋습니다."

출정 전야의 병사처럼 그는 비장하게 말했다. 그 여자의 눈가에 다시 주름이 잡혔다.

"호호. 그렇다니까. 내숭 떠는 줄 알았다구. 그러지 말구 요것만 내셔."

그의 턱밑으로 여자의 손가락 세 개가 올라왔다.

"죄송합니다. 정말 무일푼이라구요."

그는 정말 죄송스러웠다. 3천 원만 있으면, 아니 한 5천 원만 있으면 이 아주머니 구전 떼주고, 영험 없는 재수패나 떼면서 비 오는 날 공치는 울분을 씹고 있을 어떤 창녀와 육백*이나 둬 판 치고 소주나 둬 병 까면서 그 여자의 자서전(自敍傳)을 훔쳐볼 수 있을 텐데…… 아아, 무일푼이라는 것은 또 이렇게 불편한 거로구나. 갑자기 빗줄기가 뺨을 때렸다. 그는 쿨럭쿨럭 기침을 하기 시작했다. 비가 내리고 있었지만 거리에는 많은 사람들이 활기차게 움직이고 있었다. 그는 사람들을 바라봤다. 사람들 중에 여자만을 바라봤다. 여자의 유방만을 바라봤다. 그리고 그는 가만히 바지 속에 손을 집어넣었다. 조그맣게

---

* 화투 놀이의 하나. 얻은 점수가 600점이 될 때까지 겨룬다.

위축된 고깃덩어리가 밍클 쥐어졌다. 그는 그를 스치고 지나가는 여자들의 출렁이는 젖가슴과 터질 듯 팽팽한 엉덩이를 깊은 원한으로 바라보면서 자꾸 그것을 만졌다. 필사적인 손놀림 끝에 그것은 서서히 그리고 완강하게 팽창되었다. 아아, 나는 살아 있는 것이구나. 발기된 자지를 만져 삶을 확인하고 비로소 그는 안심하는 것이었다.

"아니, 이거 지산 수좌 아냐?"

어떤 사내가 그의 승복 소매를 잡으며 소리쳤다. 누굴까? 어느 절에서 만났던 학생인가? 그는 멍청하게 서서 반갑게 손을 내미는 사내를 쳐다봤다.

"나 모르겠어? 은죽사 선방에서 같이 정진하던 일지(一指) 수좐데."

아, 알겠다. 일지 수좌. 은죽사 선방에서 용맹정진할 때 원주 (院住) 보던 스님. 그 겨울에는 유난히도 눈이 많이 내렸지. 그리고 그때 나는 신심과 계행이 투철했던, 왈 중이었지. 그러다가 여자를 만났지. 그리고 파계를 했지. 승적을 박탈당하고, 떠돌이 유랑잡승으로 헤매며 숨 쉬고 있지. 비겁하게, 그리고 추악하게 살아서 숨 쉬고 있지. 그 여자가 보고 싶어. 내 스커트 주고 가요, 라고 소리치던 그 여자…… 그 여자는 지금 무엇을 하고 있을까.

"이렇게 머릴 기르고 양복을 입고 있으니 알아볼 수가 있나?

178

그래, 어떻게 된 거야?"

"그렇게 됐지. 좌우간 가자구. 집에 가서 옛날 얘기나 좀 하자구."

그는 택시를 잡더니 지산의 등을 밀었다.

"장가든 재미가 그래 비구승 재미만 한가?"

맥주가 담긴 유리잔을 들어 올리며 지산이 물었다. 그러자 그는 대답 대신 허허허 하고 제법 생의 신산(辛酸)을 맛본 사람처럼 공허하게 웃는 것이었는데, 그런 그의 웃음 속에는 비록 환속은 했지만 세속 생활의 허망함과 산문(山門)에의 향수 같은 것이 짙게 담겨 있었다. 누구의 말처럼 한번 산문에 발을 디딘 사람은 비록 환속을 한다 해도 산을 잊을 수 없는 법이며, 그래서 또 영원히 승려인지도 모를 일이었다.

모든 게 인연 아니겠어. 중노릇도 환속도…… 평생 중노릇하겠다고 부처님 앞에서 연비했지만 그만 이렇게 돼버렸어. 그냥 인연 따라 사는 거지…… 돈도 좀 벌었지만, 산 생각이 나서 미치겠어. 어쩌다 거리에서 먹물옷을 보게 되면 그날은 아무것도 못한다구.

그때 젊은 여인이 방으로 들어왔다.

"여보, 인사드려. 옛 도반이야."

여자가 고개를 숙였다. 평범한 외모였지만 퍽은 순해 보이고 심덕이 좋아 보였다. 옆방에서 아기 우는 소리가 들렸다. 여자가 목례를 하더니 방을 나갔다.

"아이는 몇이나 돼?"

"계집애 하나야. 이제 돌이 지났는데 어찌나 귀여운지 몰라. 문득문득 다 때려치우고 다시 산으로 가고 싶은 생각이 들다가도 딸애만 보면 그런 생각은 이내 사라지지. 이게 사람이 사는 것이구나, 이게 사람 사는 재미란 거구나, 하고 말야."

문득 까닭 모를 그리움 같은 게 지산의 가슴을 흔들었다. 아아, 이렇게 사는 건가. 결혼을 하고 새끼를 낳고 범용한 일상에 울고 웃으며…… 그는 벌떡 일어났다.

"아니, 왜 그래?"

"그만 가봐야지."

"이 밤중에 어딜 간다는 거야?"

"이 사람아, 승과 속이 다르지 않나. 승은 산으로 가야지."

"원 사람두. 고집은 여전하군. 하룻밤쯤 묵어가면 어때서."

"열심히 살게. 그리고 산 생각이 날 때마다 화두를 들게. 부설거사(浮雪居士)*가 돼보라구."

지산이 방을 나서는데 일지가 무엇인가를 손에 쥐여 주었다. 여러 장의 지폐가 든 봉투였다. 지산은 잠시 생각하다가 그중 한 장만 뽑았다.

---

* 신라 때의 거사. 원래 승려였는데 여자로 인해 환속, 세속에서 살면서 공부를 열심히 하여 큰 깨달음을 얻었다고 한다.

"시주로 생각하고 받겠네."

비는 여전히 쏟아지고 있었다. 지산은 중국집에 들어가 배 갈을 한 병 샀다. 그리고 눈에 보이는 여인숙으로 들어갔다. 그는 방바닥에 배를 깔고 엎드렸다. 그리고 배갈을 조금 방바닥에 붓고 성냥을 그었다. 45도짜리 알코올은 푸른 불꽃을 배암의 혀처럼 떨며 황홀하게 타올랐다. 불꽃은 생명처럼 활활 타올랐다. 찬란한 것이 되어지기를. 내 생도 저 불꽃처럼 찬란한 것이 되어지기를. 관세음보살. 그는 병을 입에 대고 크게 삼켰다. ……이것만이 진실인가. 지금 알코올이 식도를 거쳐 위장을 지나 창자 속으로 흘러들어 가고 있다는 이 사실만이 진실인가. 그는 부르르 진저리를 쳤다. 불은 꺼져 가고 있었다. 번쩍하고 최후로 한 번 크게 빛나더니, 이윽고 칼로 자르듯 단호하게 꺼져 버렸다. 사라져 버린다. 모든 것은 사라져 버린다. 형해 (形骸)도 남기지 않고. 관세음보살. 그는 다시 방바닥에 술을 붓고 성냥을 그었다. 그리고 입으로 병을 가져갔다. 잠시 후 그는 잠이 들었다. 꿈속에서 그는 사자가 되었다. 그는 여학교의 교문 앞에 쭈그리고 앉아 있었다. 그의 엉덩이 밑에는 바랑이 놓여 있고 두 손은 턱을 받치고 있었다. 소줏빛으로 해맑은 얼굴들이 지나가고 있었다. 푸성귀처럼 싱싱한 웃음소리가 얼굴을 때리고 있었다. 그는 두 손을 펴서 얼굴을 만져 보았다. 꺼칠꺼칠한 피부와 딱딱한 각질의 뼈가 손바닥 안에서 서걱거렸다.

조금 힘을 주어 문지르면 백골만 남고 살은 전부 떨어져 버릴 것 같았다. 여학생들의 해맑은 얼굴에 투영된 낯짝이 몹시 추악해 보인다고 생각하며 그는 손바닥으로 얼굴을 가렸다.

여관방 하나씩 잡고 술과 고기와 계집의 살에 탐닉해 있는 살찐 사내들에게 치사하게 빌붙어 주린 순대나 채우며 이래선 안 되는데, 정말 이래선 안 되는 건데…… 탄식, 그리고 또 탄식. 그러나 태양이 지면 견딜 수 없는 것이었다. 공연히 마음이 울적하고 천지에 몸 둘 곳 없는 고적감에 부르르 부르르 진저리를 치는 것이었다. 그리하여 그는 또 그의 염낭에서 요금이 지불되지 않는 비루한 술잔을 들고 앉아 그 사내들이 침을 튀기며 지껄여 대는 도적질하는 얘기와 그 도적질한 돈으로 여하히 쾌락을 즐길 것인가 하는 식은땀 나는 얘기를 들어 줘야 하는 고역을 치르게 되고는 하는 것이었다.

그는 수각에서 냉수를 한 바가지 들이켰다. 그리고 객실 쪽으로 가는데 어이 객스님, 하고 부르는 소리가 들렸다. 노전채* 마루에 두 사람의 승려가 앉아 있었는데 가까이 가보니 그중의 하나가 아는 얼굴이었다.

"주지 스님께 인사드리지."

지면(知面)의 승려가 가리키는 승려에게 그는 허리를 접으며

* 노전(爐殿). 대웅전과 그 밖의 법당을 맡아보는 사람의 숙소.

합장을 했다. 그 승려는 짤막하지만 다부진 체격에 얼굴빛이 검었으며 쏘는 듯 날카로운 눈빛을 하고 있었다. 지면의 승려가 말했다.

"지산당, 얼굴 많이 상했구먼."

"소주가 밥이니까."

그때 주지가 말했다.

"초식하는 비구승에게 소주는 독약이야."

지산이 말했다.

"그렇지도 않지요. 설봉(雪峰) 스님 보세요. 보름, 한 달씩 곡기 끊고 소주만 자셨어도 얼굴이 학처럼 맑으셨잖아요."

주지가 몸을 흔들며 웃었다.

"설봉 큰스님이야 도인이셨으니까 그렇지. 범부가 도인 흉내 내다간 그나마 범부도 떨어진다구."

지산이 말했다.

"범부 떨어지면 도인 되는 거 아닙니까."

주지가 웃음을 딱 그쳤다.

"범부 떨어지면 축생(畜生)이 되는 게야, 축생이."

바다가 보고 싶어 바다가 보이는 언덕으로 갔다. 가을 바다는 그리고 승복 색깔이었다. 바람이 불고 있었다. 바람은 머리를 풀어헤치고 달려들며 그의 승복 자락을 물어뜯었다. ……아아, 저 바람 소리. 천수경을 외우다가 목탁을 집어 던지고 문

183

득 떠나게 만들었던 저 바람 소리. 그러나 떠난 자는 반드시 다시 돌아오지. 떠나 봐야 아무것도 없지만, 아무것도 없다는 것을 확인하기 위해서도 떠나게 되는 것이고, 그것이 중생의 삶이며, 그리하여 중생은 각성케 되는 것이며, 부처와 가깝게 되는 것이지. 바람은 나를 미치게 하고 나를 타락케 하여 나를 파멸케 했어. 나를 파멸케 한 바람을 그러나 나는 사랑해. 파멸은 성취이며 다시 시작할 수 있는 용기와 그리고 또다시 시작할 수 있는 지혜를 가르쳐 주기 때문이지. 그리하여 나는 파멸을 사랑하는 것이지. 모두들 죽음과 같은 침묵 속에서 익히 알려진 방법, 단 한 번도 회의해 보지 않고 답습해 온 방법으로 부처를 만나려고 할 때, 새로운 방법으로 부처를 만나려는 자가 하나쯤 있다는 것은 얼마나 신나는 일인가. 그것이 비록 파멸이고 도로(徒勞)로 끝나게 된다 해도 뼈 빠지는 번뇌를 수반하지 않은 성취보다 백번 값진 것이기 때문이지. 감탄사처럼 찍혀 있는 섬. 그 섬 위로 갈매기 한 마리가 날고 있다. 갈매기는 멀리 자꾸만 멀리 날아간다. ……아아, 저 갈매기의 등에 업혀 바다의 끝으로 가고 싶구나. 그런데 이상한 일이다. 미지(未知)의 세계가 두렵다. 내가 왜 이럴까. 옛날의 나는 이렇지 않았는데. 미지의 세계라면 노자 한 푼 없이도 저 새벽의 욕정과도 같은 열망으로 이를 갈아붙이며 달려가서, 몸으로 부딪쳐서, 실체를 확인하고는 했었는데. 그것이 비록 무지개 같은 허상(虛

像)이었을지라도 나는 달려갔고, 그 허상의 정체를 온몸에 지문처럼 탁본(拓本)해 가지고 와서, 그 허상이 주는 허망함을 또 다른 세계로 향한 열망으로 이겨 내고는 했었는데. 아아, 이제 나는 모험을 두려워하고 확실하게 결과가 보장된 세계나 찾을 만큼 노쇠해 버린 것일까. 아니다. 나는 아직도 시퍼런 청춘이다. 31년 8개월의 젊음이다. 파이팅.

목어(木魚)*가 울었다. 저만치 앞에 허리 굽은 노니(老尼)**와 그 여자의 상좌인 듯싶은 청니(靑尼)가 천천히 걸어가고 있었다. 연싯빛 놀이 점점 낮아지기 시작하더니 다복솔이 밀생한 산자락을 돌아 그 여자들의 푸른 머리 위에 잠시 머물렀다가 이윽고 땅속으로 한숨처럼 잦아들고 있었다. 가람(伽藍)을 뒤로하고 산길로 접어들었을 때 지산은 풀 위에 앉았다. 먹장삼을 걸친 비구니들이 법당을 나오는 게 보였다. 그 여자들은 삼삼오오 짝을 지어 법당 뜨락을 거닐며 소곤소곤 이야기를 나누고 있었다. 지산은 잿빛 장삼 속에 은닉되어 햇빛과 바람을 쏘이지 못하는 그 여자들의 유방과 섹스가 가엾다는 생각이 문득 드는 것이었는데, 그것은 그 여자들이 지금 한창 이성과 사랑의 밀어를 나누고 양양한 인생의 설계에 가슴 부풀어야

---

* 나무를 깎아 잉어 모양을 만들고 속이 비게 파낸 것. 우리나라에서는 둥근 것은 목탁, 긴 것은 목어라고 한다.
** 늙은 여승.

185

할 젊은 청춘의 처녀들이기 때문이었다.

　……하루는 댓 명의 젊은 학인 비구니들이 버섯을 따러 왔다며 우리의 토굴로 왔지. 절에 온 지 이삼 년밖에 안 되는 앳된 여자들이었어. 그 여자들은 아직 중물이 들지 않아서라기보다 엄격한 규율 속에 통제받는 강원 생활에서 잠시 해방된 자유시간을 마음껏 즐기려는 마음으로 젊은 비구승들 앞이지만 스스럼없이 웃고 떠드는 것이었고 우리 또한 시퍼런 계율에 묶여 있는 처지였지만 어쨌든 한 겹 치의를 벗으면 펄떡펄떡 뛰는 피가 온몸을 회전하는 젊은 사내들인지라 까닭 모르게 들뜨고 즐거운 기분으로 잡담을 나누었으며 그리고 나는 자주 재담을 지껄여 그 여자들을 즐겁게 했고 그때마다 그 여자들은 처녀 특유의 몸짓으로 입을 가리며 까르르 까르르 웃어 쌓는 것이었지. 그럴 때 그 여자들은 비구니가 아닌 하나의 암컷이었고 우리 또한 비구승이 아닌 한 마리의 젊은 수컷이었어. 버섯을 따러 왔다고 그 여자들은 말했는데, 그러나 그것은 순전히 명분에 불과하다는 것을 우리는 알 수 있었지. 정말 버섯을 따러 왔다면 버섯을 따서 담을 무슨 망태기 같은 것이 있어야 할 텐데 그 여자들의 손엔 아무것도 들려 있지 않았거든. 잡담도 시들해지자 그 여자들은 자꾸 우리에게 버섯이 많이 나는 곳을 알려 달라고 조르더군. 우리는 그저 눈에 보이는 길가에 돋은 버섯이나 몇 뿌리 따다 찌개를 만들어 먹었을 뿐이었

지. 산중에 살고 있지만 정작 어디쯤이 버섯이 많이 나는 곳인지 알지 못하고 있었지. 하지만 그 여자들이 자꾸 조르는 바람에 우리는 못 이기는 체하고 그 여자들을 따라 나서는 것이었어. 나는 지금 그 여자들이 자꾸 졸라 대서 못 이기는 체 따라 나섰다고 했는데 이 말은 진실이 아니야. 그 여자들이 조르지 않았다면 우리가 졸라서라도 그 여자들과의 시간을 연장했을 테니까. 그만큼 우리는 청춘이 주는 갈증으로 목말라했으며 뭐라고 딱 짚어서 말할 수 없는 어떤 공상으로 가슴 두근거려 했으며 뭔가 또 자꾸 억울하다는 생각에 뒷덜미를 잡혀 있는 젊은 비구승이었으니까.

우리들은 아무런 의미도 없는 이야기를 나누며 까닭 없이 헤프게 웃어 가며 능선 쪽으로 오르고 있었어. 우리는 우리가 늘 맡아 와서 이제는 별로 감각도 못 느끼는 저 법당의 만수향(萬壽香) 타는 냄새와는 다른 미묘한 방향(芳香)이 솔바람에 섞여 볼을 간지럽히는 수림 사이를 헤치며 버섯이 아니라 잊어버리고 있던 젊음을 찾아 헤매는 것이었지. 그때 어머, 하고 작게 부르짖는 소리가 들렸어. 커다란 단풍나무 밑에 한 비구니가 허리를 숙인 자세로 무엇인가를 들여다보고 있었어. 어디로들 갔는지 주위엔 아무도 없더군. 나는 얼른 심호흡을 했어. 그리고 왜요, 무엇이 있습니까? 하고 물었지. 그 여자는 내 쪽으로 고개를 돌렸다가 이내 허리를 숙이면서 조그맣게 말하더군.

"이것 좀 보세요. 너무너무 예쁜 버섯이네요."

제일 어려 보이고 수줍음을 많이 타던 비구니였어. 나는 그 여자의 곁으로 다가갔는데 다리가 후들후들 떨렸어.

"이쁘죠?"

라고 그 여자가 말했어. 그리고 그 여자는 한 손으로 입을 가리며 살짝 웃는 것이었어. 낙엽 틈으로 삐죽이 솟아 있는 버섯은 몸 전체가 핏빛인 독버섯이더군.

"예쁘군요. 하지만 조심해야죠."

내가 말했지. 왜요? 하는 표정으로 그 여자가 나를 바라보았어. 그리고 그 여자는 다시 허리를 숙였어. 나는 그 여자의 흰 모가지와 좁은 어깨, 그리고 방방하게 벌어진 엉덩이에 주고 있던 시선을 얼른 떼고 그 여자처럼 허리를 꺾어 버섯을 들여다보았지. 그러나 수컷에게서는 결코 풍기지 않는 야릇한 냄새가 자꾸 코끝을 자극하는 것이어서 옆눈으로 그 여자의 벌어진 저고리 틈 사이로 언뜻언뜻 보이는 우윳빛 유방을 훔쳐보는 것이었지. 내 심장이 뛰는 소리가 내 귀에 똑똑히 들리더군. 나는 어찔어찔 현기증이 일어나서 두어 차례 힘껏 머리를 흔들었지. 보숭한 귀밑 솜털이 애처로운 어린 니승(尼僧)의 발그레 홍조 띤 뺨이, 그 여자의 흰 모가지와 저고리 틈으로 언뜻언뜻 보이던 유방의 영상이, 그리고 나뭇가지에 사뿐히 앉아 있는 고추잠자리의 눈물처럼 투명한 날개의 은빛 떨림이 한데 어우

러져 내 마음의 깊은 골짜기로 바람처럼 지나가고 있었어. 나는 필사적으로 화두를 떠올렸어. ……나는 하마 그 여자의 손이며 또는 어깨를 끌어안을 뻔했던 손을 거두고, 거둔 손으로 선혈처럼 돋아 있는 요염한 독버섯을 뽑아 들었어.

"위험한 것은 가까이하지 않는 게 상책입니다."

나는 손에 든 독버섯을 힘껏 숲속으로 던져 버렸어. 그리고 그 여자의 얼굴을 떳떳하게 바라보았지. 그 여자의 얼굴에는 웃음기가 보이지 않았고 차라리 아름답게 보이는 엄숙한 얼굴 위로 서늘한 기운이 감돌고 있어서 보는 자로 하여금 공연히 비장한 마음이 들게 하는 예의 니승의 얼굴로 환원되어 있었어. 나는 그런 그 여자의 차라리 슬프게 보이는 표정을 무너뜨려 보려고 마음에도 없는 익살을 떨었는데, 그러나 그 여자는 조금도 웃지 않는 것이어서 나를 쓸쓸하게 만드는 것이었지.

"어머, 내 정신 좀 봐. 이 스님네들이 어디로 갔다지."

그 여자는 조그만 목소리로 혼잣말처럼 중얼거리더니, 나를 향해 다소곳이 합장을 해 보이고 나서, 산 아래쪽을 향해 한 마리의 작은 산짐승처럼 풀쩍풀쩍 뛰어가는 것이었지.

이제 니승들은 보이지 않고, 그 여자들이 견고한 법의(法衣) 사이로 저녁 바람을 훔쳐 담던 산사의 뜨락에는 그 여자들이 읽어 대는 독경(讀經) 소리가 속삭임처럼 낮게 흘러 다니고 있었다. ……그렇게 그 여자들은 자꾸 터져 나오려는 청춘에의

189

갈증을 유방과 함께 광목천으로 꽁꽁 동여매고, 저 끝을 알 수 없는 피안(彼岸)을 향하여 오르고 또 오르다가 어느덧 청춘을 바람 속에 묻어 버린 자신을 발견하고 이마에 깊은 번뇌의 골을 파면서 관세음보살, 하고 탄식처럼 부르짖겠지. 만종(晩鐘)이 울었다.

지산은 빈 토굴이라도 하나 얻을까 해서 두 다리 사이에서 요령 소리가 나도록 산골짜기를 더뒀는데*, 빈 곳은 한 군데도 없었다. 골짜기마다에 총총히 박혀 있는 토굴·석굴·움막·텐트 등에는 신지망생(神志望生)들이 어김없이 틀고앉아서 목쉰 소리로 신의 이름을 부르고 있는 것이어서 도무지 뚫고 들어갈 수가 없는 것이었다. 삼칠일 단식(斷食)을 사흘 전에 트고 죽을 먹기 시작한다는 그 지망생은 그러나 기운이 있어 보였고, 아침 이슬처럼 얼굴이 맑았으며, 그리고 무엇보다도 눈이 초롱초롱 빛나고 있는 것이어서 지산은 여간 부러운 게 아니었다. 아, 이렇게 되는구나. 어쨌든 하나의 뚜렷한 믿음, 세상에서야 뭐라고 비웃든 개의치 말고 자신이 믿고 있는 것의 성취를 위하여 일사불란하게 추구해 나가면, 그리고 아아 무엇보다도 어육주초(魚肉酒草)를 멀리하고 한군데서 마음잡고 살아가노라면 이렇게 건강하고 눈이 맑아지는 것이구나. 산마다 골마다 지천으

---

* 더투다 : 샅샅이 찾아다니다.

로 서식하고 있는 신지망생을 눈이 맑다는 단 한 가지 사실로
써, 아니 자기가 믿고 추구하는 바를 위하여 일사불란하게 전
진할 수 있다는 의미에서, 나는 존경해야겠구나. 산왕대신(山王
大神)을 부르는 사내들의 목쉰 기도 소리가 골짜기로부터 간헐
적으로 들려오고 있었다. 찬송가를 부르는 여자들의 날카로운
금속성 목소리도 들려오고 있었다. 지산은 그들까지도 존경하
고 싶어졌다. 그들이 목쉰 소리로 부르짖어 찾고 있는 신을 존
경하는 게 아니라 그들의 그 처절하리만큼 강인한 신심을 존경
하고 싶어지는 것이었다.

"일체가 다 마음의 조활데 떠돈다구 마음이 잡히겠수? 관세
음보사알."

나무뿌리처럼 주름이 많은 노니의 얼굴에 잠깐 쓸쓸한 표정
이 비쳤다가 사라졌다. 그 늙은 여자는 다시 천천히 단주를 굴
리기 시작했다.

"예서 한 철 나시우. 중이 어디 가면 별수 있나…… 부처님은
정을 끊으라구 하셨지만 우리네 중생이야 어디 그러우. 다 정으
루 사는 게지. 관세음보사알."

지산은 천왕문 앞에서 잠시 걸음을 멈추고 뒤를 돌아보았
다. 법당을 들어가는 노니의 구부정한 뒷모습이 보였다. 이 세
상은 그렇게 황막하지만은 않다고 그는 생각했다. 가랑비가 내
리고 있었다. 후줄근히 젖어 드는 바짓가랑이를 추스르며 영

191

마루에 올랐을 때 은은히 종소리가 들려왔다.

　이 종소리 듣고 번뇌 끊고
　지혜의 문이 열리소서
　삼계(三界)를 벗어나
　원컨대 성불하여
　고해중생 건지소서

　그는 천천히 고개를 내려가면서 또다시 뼈 빠지게 번민하는
것이었다. ……참말이지 인생이라는 것을 노트에 연필로 쓰는
것이라면 전부 지워 버리고 처음부터 다시 쓰고 싶을 정도로
31년 8개월 살아온 내 인생은 실패작이었어. 문제작을 노리다
가 결국 범작(凡作) 한 편도 쓰지 못하고 마는 영원한 작가지망
생처럼 나는 너무도 완벽한 삶을 추구했기에 평범한 삶도 살지
못하고 죽어 가는가 봐. 완벽한 삶의 추구라는 것도 생각하면
보편성을 획득지 못한 사제(私製)여서 그야말로 치기(稚氣)를
벗어나지 못한 어린아이의 수작에 불과했다는 생각이 들어 얼
굴이 붉어지는 것이지만, 아무튼 나는 철저한 아웃사이더로서
이승에서의 주민등록증을 취득지 못한 채 저승의 문턱에 서
있는 것 같아. 한 번도 생의 현장에 참여해 보지 못한 채 외곽
으로 비실비실 돌며 현장의 인간들을 경멸했고 그들로부터는

경멸을 당했지. 부끄러워. 헛되이 입만 살아서 부처니 중생이니 떠들어 대고 있으니 이래 가지고야 어찌 깨달음을 얻겠어. 말로는 고통 받는 일체중생을 내 몸처럼 사랑해야 한다고 하면서 실제로는 내 몸 하나도 사랑하지 못하고 있으니. 아아, 나야말로 가승(假僧)이 아니고 무엇이겠어. 관세음보살.

"흐흐흐…… 내가 입산하던 날, 우리 어머니가 뭐랬는지 알아?"

느닷없이 지산은 숨넘어가는 소리로 웃어 젖혔다.

"네 뜻이 정 그렇게 확고하다면 할 수 없는 일이지…… 기필코 성불하여 고해중생을 제도하거라. 장부가 한번 큰 뜻을 세웠으면 반드시 성취해야 하느니…… 성불하기 전엔 에밀 찾을 생각 마라. 일자(一子)가 출가(出家)하면 구족(九族)이 생천(生天)이라고 했어. 너 하나 성불하기만 일구월심 축수할 테니…… 라고 말하면서 내 등을 밀었다구. 흐흐흐. 그대의 모친께선 뭐라고 축사하시던가?"

그러나 그는 내 답을 기다리지도 않고 노랜지 염불인지 모를 소리를 웅얼거리는 것이었다.

남은 것은 빛바랜 가사 한 장뿐이로다
그물도 치지 않고 고기를 잡으려 헤매는 중생이여

모든 곳으로 통한다는 길

그 길을 따라

피땀으로 헤매었네 10년 세월

길은 멀어라 아침이여

돌아보니 아아 나는

어느새 다시 출발점

이 저녁 나타난 부처는

백골 같은 허무로 나를

술 마시게 하는구나

술 마시게 하는구나

……깊은 밤이면 그 여자는 느닷없이 벌떡 일어나고는 했다. 퉁소 소리가 들린다는 것이었다. 그러나 내 귀에는 아무 소리도 들리지 않았다. 바람 소리였다. 발정한 여름 뱀들이 마당의 잡초를 뒤집으며 짝을 찾아 헤매는 소리였다. 그런데도 그 여자는 자꾸 아버지가 부는 퉁소 소리라고 우기는 것이었다. 봐, 저 소리. 구만리 장천을 짝을 잃고 날아가는 외기러기의 울음 같은 저 소리. 그 여자는 초점 풀린 눈으로 허공을 응시하며 소리쳤다. 아냐, 저건 바람 소리야. 뱀 우는 소리야. 나가지마. 무서워. 나는 그 여자의 치맛자락을 붙잡고 늘어졌지만 그 여자는 그러나 무서운 힘으로 뿌리치고 밖으로 뛰어나가는 것

이었다. 그때마다 그 여자의 눈에서는 신들린 여자처럼 시퍼런 불길이 솟았고, 창백한 얼굴에서는 기괴로운 그림자가 흔들리고 있었다. 아아, 그 여자는 드디어 미쳐 버린 것일까. 나와 누나는 꼭 부둥켜안은 채 홑이불을 머리까지 뒤집어쓰고 엎드려 몸뚱이가 졸아들고 입술이 갈라지는 공포에 전율하다가 지쳐 잠이 드는 것이었다. 자다 깨어 보면 언제 돌아왔는지 우두커니 앉아 있는 그 여자를 발견할 수 있었다. 그러면 누나와 나는 함께 달려들어 밤이슬에 젖어 축축해진 그 여자의 옷을 벗기고, 수건으로 이마와 가슴의 흥건한 땀을 닦아 내고 양손을 하나씩 나눠 잡고 끌면, 실신하듯 그 여자는 그 자리에 쓰러지고는 하는 것이었다. 그러면 나는 그 여자의 적삼을 헤치고 달빛처럼 뽀얀 젖을 만지며 놀다가, 그리고 까닭 모르게 슬퍼져서 꺽꺽 목 맺힌 울음을 삼키며 젖꼭지에 입을 대는 것인데, 그때마다 싸늘한 야기(夜氣)와 함께 내 것이 아닌 귀신들의 비릿한 정액 냄새가 코를 찌르는 것이어서 진저리를 치며 힘껏 깨물면, 아, 하고 짧게 부르짖으며 그 여자는 끊어져라 내 모가지를 끌어당기는 것이었다.

달빛 퍼부어 내리는 밤이면 별당채 쪽에서 퉁소 소리가 들려왔다. 나는 그 여자의 무릎에 누워 그 여자의 젖을 만지면서 그 현묘한 소리가 장음으로 길게 이어지다가 단음이 되어 토막토막 끊어져서 이윽고 산산이 부서져 달빛 속에 묻히는 것을 바라보며 잠이 들고는 했는데 아름답다기보다 그 소리는 차라리 서러운 슬픔의 덩어리 같은 것이어서 잠결에도 나는 꺽꺽 목 맺힌 울음을 삼켜야 했다.

"그 일에서 손을 떼지 않으면 의절(義絕)이여. 앞으론 애비라고 부르지도 말 것이고…… 크흐흐음."

세차게 장죽을 빠는 조부의 허연 수염발이 가늘게 흔들리고 있었다. 단정히 무릎을 꿇고 앉은 아버지는 말이 없었다.

"어허, 불효한 자식이로고. 크흐흐음."

놋재떨이가 깨지는 소리를 냈다. 아버지는 이윽고 천천히 그러나 힘차게 고개를 들었다.

"아버님, 소자 나이 서른입니다. 세상사의 이치나 선악을 조금은 안다고 할 수 있는 나이입니다. 사람은 자기의 신념대로 살아야 한다고, 그것이 비록 죽음이라고 하더라도 굽혀서는 안된다고, 소자는 배웠습니다. 용서하십시오."

조부는 침통한 얼굴로 묵묵히 장죽만 빨았다. 연기가 나오지 않자 쌈지에서 담배를 꺼내 담더니 딱, 소리가 나게 성냥을 그었다. 늘씬하게 키가 큰 아버지의 두루마기 자락이 대문 밖으로 사라지고 있었다. 조부의 장탄식이 뒤를 이었다.

"차라리 농사꾼을 만들걸…… 식자우환이라더니, 멸문지화를 어이할꼬……."

언제부터인가 그 여자는 배가 아프다고 가슴을 쥐어뜯으며 온 방 안을 뒹구는 것이었다. 찢어지게 달이 밝은 밤이나 비 내리는 오후, 그리고 지붕을 덮은 루핑*과 천막 조각을 날릴 듯 바람 부는 날이면 그 여자의 복통은 더욱 맹렬하게 창궐하고는 했다. 그때마다 누나와 나는 울면서 손을 잡고 읍내로 달려가는 것이었다. 안경을 끼고 키가 큰 그 의사는 우리에게 호두만 한 눈깔사탕을 한 알씩 주고는 했다. 그 사내를 따라 달리는 길 옆으로는 바다처럼 깊고 넓은 저수지가 있었는데, 나는 눈깔사탕을 그 저수지 속으로 힘껏 던지고는 했다. 그 사내는 그 여자의 팔뚝을 어깨까지 걷어 올려 주사를 놓고 하얀 가루약을 입에 넣어 주고 그리고 하얀 배를 손가락으로 튕겨 보다가 귀를 대고 한참 동안 무슨 소리를 듣다가 부얼부얼 징그럽게 털이 돋은 손으로 슬슬 문지르고는 하는 것이었는데, 이상도 하지. 그 여자의 복통은 그때마다 씻은 듯 가라앉는 것이었으니.

"스님."

"응."

"어떻게 사는 것이 바르게 사는 길일까요?"

"결국 진실이야. 어떻게 살든 자기를 속이지 말고 진실하게

* roofing. 지붕을 이는 일. 또는 그 일에 쓰는 재료. 보통 섬유 제품에 아스팔트 가공을 한 방수포를 이른다.

197

사는 것밖에 없어."

"그런 추상적인 것 말고요."

"결국 추상일 수밖에 없어. 예수도 석가도 마찬가지야. 사랑이지. 사랑하는 거지. 그리고 타인을 사랑하기 위해선 우선 자기 자신부터 사랑할 수 있어야지."

"사랑할 수 없을 때는요?"

"죽어야지. 미련 없이 떠나야지. 발버둥 친다는 건 추악해. 살아 봐도 그건 이미 자기의 삶이 아니야."

"그렇다면 아직은 스님도 가능성을 가지고 있는 건가요?"

"1밀리쯤 남았을까. 거의 종점에 온 느낌이야."

답답하고 우울한 침묵이 흘렀다. 나는 피로해서 자리에 눕고 싶었다.

"그만…… 자지요."

지산은 대답 대신 부스럭거리며 염낭을 뒤지더니 조그만 쪽거울을 꺼냈다. 그리고 거울에 얼굴을 비춰 보며 중얼거렸다.

"염치없는 짓이야. 이 낯짝을 가지고 뭐 부처가 돼보겠다구? 흐흐. 이 말라비틀어진 낯짝, 이 소주에 절어 장아찌가 된 낯짝, 이 여자가 그리워 벌겋게 충혈된 눈깔, 이 야비하고 비루한 똥개 같은 낯짝으로 무슨 부처를 이루겠다고…… 흐흐. 귀퉁배기 맞을 짓이야."

그는 또 자기비하의 언어를 늘어놓기 시작한 것이었다. 언제나 그랬다. 그것은 하나의 정해진 순서였다. 귀신처럼 웅크리고 앉아 묵묵히 독작(獨酌)을 하고, 상황을 저주하는 독설을 뱉고, 그리고 결국은 자기비하의 탄식으로 총부리를 돌려 대는 것이었다. 나는 벽을 향해 몸을 눕혔다.

손바닥으로 방바닥을 두드리는 소리가 들려왔다. 그것은 장단을 맞추는 소리였다. 염불조로 웅얼거리는 지산의 목소리가 낮게 흘렀다.

"아름답고 아름답다 서른두 가지의 대장부상(相)이 있으니 발바닥이 판판하고 손바닥에 수레바퀴 같은 무늬가 있고 손가락이 가늘면서 길고 손발이 밀가루처럼 부드러우며 손가락 발가락 사이로 얇은 비단결 막(膜)이 있고 발꿈치가 공처럼 둥글고 원만하며 발등이 높고 원만하며 장딴지가 사슴 다리처럼 탄력 있고 팔을 펴면 무릎까지 내려오며 오므라들어 몸 안에 숨어 있는 자지는 말의 그것과 같으며 키는 두 팔을 편 길이와 같으며 털구멍마다 빛나는 검은 털이 나고 그 털은 또 위로 쏠려 있으며 몸뚱이는 황금빛으로 눈부시며 그 몸에서 솟는 광명은 한 길이나 되며 살결이 보드랍고 매끄럽기 찰떡과 같으며 두 발바닥 두 손바닥 두 어깨 정수리가 모두 판판하고 둥글며 또 두텁고 두 겨드랑이는 편편하고 몸매는 사자와 같고 몸이 곧고 단정하며 양 어깨가 둥글며 두둑하고 가지런하고 빽빽하고 눈처럼 흰 이빨은 마흔 개나 되며 특히 송곳니가 희고 크며

뺨은 사자의 뺨 같고 목구멍에서 맛 좋은 진액이 나오며 혀가 길고 넓으며 맑은 목소리는 10리 밖까지 들리며 속눈썹은 소의 것과 같고 두 눈썹 사이에 흰 터럭이 있고 정수리에는 살상투[*]가 있는데 이것을 일러 대장부의 생김새라 하더라."

손바닥 장단이 멎었다. 낄낄거리는 웃음소리가 뒤를 이었다. 다시 방바닥을 두드려 장단을 맞추는 소리가 들렸다.

"1미터 78에 55킬로 비루먹은 똥개인데 예쁜 여자 마주치면 넋이 빠져 달아나고 맛 존 음식 떠올리면 침방울이 떨어지고 화두 들면 잠이 오고 밥보다 술이 좋은 이 물건이 항차 무엇으로 인간인가 슬프고 슬프도다."

장단과 사설이 멎었다. 갑자기 고요가 깔렸다. 나는 슬그머니 벽을 등지고 돌아누웠다.

지산은 방분(放糞)하는 자세로 쪼그리고 앉아 있었다. 그는 사타구니 사이에 고개를 박고 무엇인가를 열심히 들여다보고 있었다. 나는 상체를 일으켰다. 아, 하고 나는 숨을 삼켰다. 지산은 자기의 남근(男根)을 들여다보고 있는 것이었다. 번데기처럼 바짝 오그라붙은 그의 남근은 손가락 마디만 했다. 지산이 그것을 잡고 흔들며 *끄끄끄*…… 하고 낮은 오열을 터뜨렸다.

---

[*] 육계(肉髻). 부처의 정수리에 있는 뼈가 솟아 저절로 상투 모양이 된 것. 인간이나 천상에서 볼 수 없는 일이므로 무견정상(無見頂相)이라고도 한다. 부처의 팔십수형호의 하나다.

"*끄끄끄*…… 어머니…… 무엇을 일러 인간이라 합니까……
끄끄끄…… 무엇을 일러 부처라 하며 무엇을 일러 중생이라
합니까…… 무엇을 일러 세상이라 하며 또 무엇을 일러 살아
있다 하는 겁니까…… *끄끄끄*…… 관세음보살…… 관세음보
살……"

이튿날 지산은 주지와 대판으로 싸움을 했다. 벽운사에는
그동안 주지가 바뀌어 있었다. 지산과 행자 생활을 함께 했다
던 승려는 사표를 내고 지산의 사숙 되는 50대의 노장이 주지
로 있었는데, 그는
"밤낮 자빠져서 술이나 처먹고 예불 한번 안 모시는 너 같은
놈이 중이냐! 너 같은 땡추 때문에 불공이 안 들어온다구! 이
불법 망치려고 원력 세우고 입산한 마군이 새끼야! 당장 나가,
당장 나가라구!"
하며 고래고래 고함을 지르는 것이었고, 지산은
"형식적으로 예불이나 착실히 모시고 뜻도 모르면서 염불이
나 잘 외우는 게 중입니까? 참말 어떤 것이 중이고 중의 본분
인지 따져 볼까요? 그리고 나 때문에 망할 불법이라면 그런 불
법은 백번 망해도 좋습니다. 나는 술을 마시면서 부처님을 사
랑하고자 발광하고 있지만 당신들은 위선과 자기기만의 장삼
속에서 부처님을 욕되게 하고 있는 것입니다. 누가 오라고 해서

들어온 절집이었던가요? 스스로 떠나고 싶은 마음이 일어나기 전엔 한 발자국도 움직이지 않겠습니다."

라며 고집스럽게 버티는 것이었다. 그러나 잠시 후 그는 바랑을 챙기고 있었다.

"모든 것의 끝으로 가고 싶다. 고독의 끝, 번뇌의 끝, 허무의 끝……."

만날 것이라고 했다. 모든 것의 끝에서 모든 것의 처음을. 그리고 또 이길 것이며 삼킬 것이라고 했다. 고독과 번뇌와 욕망과 절망과 허무와 그리고 나를 삼키고 너를 삼키고 삼계(三界)를 삼켜서 드디어 아무것에도 걸림이 없이 하늘을 비상(飛翔)하는 한 마리의 새가 될 것이라고 했다. 그래서 자기는 이 지구 최후의 인간이 되겠노라고 말하는 것이었다. 그러면서 그는 자기를 못 견디게 하는 것은 허무라고 했다. 그래서 그 허무의 실체를 규명해 봐야겠다는 것이었다. 허무는 자기에게 있어 바로 삶과 같은 것이라고 했다. 우리들은 살아 숨 쉬고 있지만 그러나 우리들이 숨 쉬고 있는 이 삶의 정체는 아무도 모른다고 했다. 불타에게도 불가사의한 존재가 바로 삶이요 허무라고 했다.

"중생들의 발길이 닿지 않는 섬으로 가야겠어. 싯다르타가 왕궁을 버리고 설산으로 갔듯이, 예수가 예루살렘을 떠나 광야로 갔듯이, 나는 절을 떠나 섬으로 간다."

"어느 섬으로 갈 겁니까?"

"설산은 인도에 있다지만 내가 갈 섬은 이 지상에는 없는지도 몰라."

"혹시 엉뚱한 생각 하는 건 아니겠지요?"

"모두 다 재미없는 것들이지만, 그러나 죽으면 더 재미없으니, 어쨌든 살긴 살아야지."

나는 정말 지산이 그를 그렇게도 못 견디게 하는 허무의 실체를 규명하고 허무의 실체를 뛰어넘어서 지구 최후의 인간이 되기를, 그래서 이 세상의 모든 답답하고 음습한 것들을 밝게 조명할 수 있는 빛이 될 수 있기를 진심으로 빌었다.

밤이 깊다.

깊은 밤의 적요를 가르며 보리수 잎이 떨어진다. 짙게 깔린 어둠을 뚫고 생성과 소멸과 환생(還生)의 어머니인 대지의 가슴에 얼굴을 묻는다. 거부하는 몸짓으로 떨어진다는 릴케의 표현은 잘못이다. 체념이 아니다. 순응(順應). 죽음이 아니고 시작이며 새로운 세계가 열리는 무한한 가능의 문이다. 죽음이 두려워 회피하고, 타협하고, 저항하고, 몸부림치다 결국 죽고 마는 인간보다 나뭇잎은 얼마나 지혜로운가. 불티 같은 수유(須臾)*의 이해에 연연하여 아귀처럼 각축하다 힘없이 꺼져 버리는 인간보다 나뭇잎은 얼마나 의젓한가. 이런 의미에서 나는

* 잠시.

의식(意識)이 없는 초목에까지 불성(佛性)을 부여한 불타의 혜안(慧眼)과 자비에 합장한다.

또 하나의 보리수 잎이 떨어진다. 순응하는 몸짓으로 떨어진다. 그것은 질서라고 해도 좋다. 어떤 보이지 않는 절대한 힘에 의한 섭리(攝理)라고 해도 무방하다. 그러나 그토록 정연한 질서와 절대한 섭리에 저항하고 싶은 게 중생 아닌가. 그것이 중생의 중생스러움이 아닌가.

밤은 또 하나의 절망이다.

다시 태어나기 위하여 죽어야 하는 이 밤을 그러나 나는 거부한다. 거부하면서 파수꾼처럼 밤을 밝히고 싶다. 망상이라고 해도 좋고 번뇌라고 해도 좋다. 나를 아는 모든 사람들에게 편지를 쓰고 싶고, 내생에 만나게 될 모든 사람들에게까지 육필로 편지를 쓰고 싶고, 그리고 답장을 받고 싶다. 일기를 쓰고 싶다. 최소한 이 밤만큼은 나체가 되어 일기를 쓰고 싶다.

모두 잠들었다. 존재하는 모든 것들은 다 윤회를 멈춰 버린 이 밤에게 죄송스러워서 바람도 발뒤꿈치를 들고 지나간다. 죽어 가는 이 밤을 위하여 노래라도 불러 주자. 노래를 불러 이 적막한 밤을 생명으로 충전시키자. 그래서 번뇌 따위도 만가(挽歌)가 되지 않고 찬가(讚歌)가 되게 하자.

밤이 깊다.

너무 깊어서 더 이상 깊어질 수 없는 시간이다. 우우 바람이 분다. 여명(餘命)이 얼마 남지 않은 촛불이 흔들린다. 아주 신선한 바람이다. 죽어서 다시 태어난 바람이 내 번뇌의 치마를 자꾸 들춘다. 치마를 벗어 버리고 싶다. 아아 번뇌의 치마를 벗어 버리고 싶다. 종교도 결국은 인간에게 죽음을 가르쳐 주기 위해 생긴 것이 아닐까. 나는 촛불을 끄고 책상 위에 엎드린다.

언제부터인가 나는 불면증에 시달려 하얗게 밤을 새우고 새벽 도량석 소리가 각성처럼 귀청을 두드리는 소리를 들으며 실신하듯 쓰러져 이내 죽음 같은 잠에 빠졌다가 사시마지(巳時摩旨)*를 올리는 종소리를 듣고서야 일어나고는 하는 것이었다. 어쩌면 나는 병이 들었는지도 모를 일이었다.

잠 못 이루는 밤마다 많은 생각들이 나를 괴롭혔다. 망상과 번뇌임이 분명한 그 생각들은 내 멱살을 틀어쥐고 놓아주지 않는 것이었는데 망상과 번뇌임을 알고 있기 때문에 더욱 고통스러운 것이었다.

그 여자의 그려지지 않는 얼굴과 희고 탄력이 넘치는 영주의 육체, 그리고 "무서워요"라고 부르짖던 옥순이의 눈물 그렁그렁한 얼굴이 뒤범벅이 되어 자꾸만 떠오르고는 했다.

모든 것의 끝으로 가고 싶다. 고독의 끝, 번뇌의 끝, 욕망의 끝, 절망의 끝, 허무의 끝…… 하고 오열처럼 내뱉던 빛바랜 한

---

* 사시인 오전 9시에서 11시 사이에 부처 앞에 올리는 밥.

지처럼 창백한 지산의 얼굴이 떠올랐다. 생피처럼 뚝뚝 떨어지던 그 허무의 언어, 그 절망의 언어들이 배암처럼 내 몸뚱이를 휘감고는 했다. 나는 이미 그의 허무와 절망에 침윤당하고 있는지도 모를 일이었다. 그것들은 벌써 내 몸 속 깊은 곳에서 암세포처럼 자라나고 있는지도 모를 일이었다.

나는 해탈문(解脫門)에 기대서서 산자락을 물들이고 있는 타는 듯 붉은 저녁놀을 바라보고 있었다.

이 세상에서 저녁놀처럼 아름답고 또 슬픈 것이 있을까. 그처럼 철저히 존재를 인식시키고 그 인식의 명료한 흡수가 나의 뇌리에 깊숙이 탁본되기도 전에 놀은 참 허망하게도 어둠에게 자리를 내줘 버리는 것이니. 직절(直截)한 결의. 일도양단하듯 그렇게 명백한 삶의 태도를 나도 나의 삶에 보여 줘야 하는 것이 아닐까. 아무런 뉘우침도 미련도 없이 사라지는 놀은 그래서 더욱 서럽도록 아름답고 죽어 버리고 싶도록 슬프게 삶의 허망함을 보여 주는 것일까.

언제부터인가 나는 놀이 지는 시간이면 산문에 기대서서 산사로 이어진 산길에 망연한 눈길을 던진 채 누군가를 기다리는 버릇이 생겼다. 그것이 누구라는 확연한 실체는 없었다. 누구라도 좋았다. 그러나 아무도 오지 않았다. 밤이 왔을 뿐이었다.

……나는 보리(菩提)에게 편지를 썼다. 보리는 내가 벽운사

에서 학생법회를 지도할 때 알게 된 소녀였다. 보고 싶다고 썼다. 그러나 그 보고 싶다는 대상이 꼭 보리여야 할 이유는 없었다. 답장이 올 때쯤 해서부터 나는 초조해지기 시작했다. 그 애가 정말 온다면 꼭 무슨 일이 일어날 것 같은 예감이 들었다. 우체부가 올 시간이 되면 나는 견디지 못하고 해탈문 밖으로 달려 나가는 것이었다. 그리고 저만큼 산자락을 돌아 오고 있는 우체부의 빨간 가방을 바라보며 두근거리는 마음으로 편지를 기다리는 것이었다. 그런데 이상도 하지. 그런 내 마음의 밑바닥에는 애타게 기다리는 마음과 그 애가 와서는 안 된다는 이율배반적인 마음이 갈등을 일으키는 것이었으니. 그러나 갈등은 쓸데없는 것이 되고 말았다. 일주일, 열흘이 지났지만 그 애는 나타나지 않았으며 답장 또한 오지 않았으니까. 여름이 가고 도둑처럼 가을이 왔을 뿐이었다.

……한 통의 편지가 왔다. 나는 방문을 걸어 잠그고 봉투를 뜯었다. '절망하고 또 절망할 일이다. 절망의 끝에는 뭔가 있을 것이다. 뭔가. 너는 네 절망에 값할 만큼, 그리고 26년 살아온 네 삶에 값할 만큼 충분히 아파야 하고 충분히 불행해져야 한다. 법운.' 그것은 내가 나한테 보낸 편지였다. 사흘 전 불공을 하고 돌아가는 어떤 보살에게 부쳐 달라고 부탁했던 편지였다.

때를 거르는 날이 많아졌고, 팔목이 점점 가늘어지고 있었다.

산에는 어둠이 참 빨리 온다. 반야심경(般若心經) 한 번 외우는 동안에 놓은 그 핏빛 치마를 벗어 버리는 것이고 나는 모래를 뿌린 것처럼 서걱거리는 가슴을 쥐어뜯으며 방으로 달려와 실신하듯 쓰러지는 것이었다. 그리고 창문에 와 부서지는 달빛과 그 달빛을 흔들며 지나가는 마른바람 소리에 흠칫흠칫 놀라면서 잠을 이루지 못하는 것이었다.

누가 나를 부르는 것 같아 문을 열어 보면 아무도 없었다. 바람이었다. 보리수 잎 떨어지는 소리였다. 반 넘어 잎 떨어진 보리수나무 가지 사이로 달이 얼굴을 내밀고 있었다. 아아, 보리수는 구하는 자에게 깨우침을 준다는데 왜 나에게는 잡을 수 없는 달빛만을 주는지 모를 일이었다.

우우 바람이 분다.

보리수 잎이 떨어진다. 보리수 잎은 가지로부터 천천히 떨어져 내려 비석(碑石)의 몸뚱이를 어루만지듯 쓸며 흘러서 비석을 떠받치고 있는 거북이의 머리 위에 정지한다. 보물로 지정되어 국가의 보호를 받고 있는 비석이다. 비석의 주인공은 옛 시대의 국사(國師) ○○대사이다. 비석의 전면에는 대사의 일대기가 음각되어 있다. 태양을 입으로 삼킨 태몽을 꾼 여인의 뱃속으로부터 세상에 나와서, 대사가 될 조짐을 예시해 주는 비범한 신동의 소년기를 거쳐 입산수도, 견성성불함으로써 국가의 스승이 되어 빛나는 족적을 남기고 열반에 들었다는 내용인데, 그러나 그것은 타인의 손으로 씌어진 자서전일 것이었다. 스스로의 손으로 씌어지지 않은 자서전이란 하나의 훌륭한 결과를 향해 달려가는 모든 훌륭함의 일사불란한 구보일 것이었다. 타인이 썼기 때문에 주관이 배제된 객관적인 기록이라고 말할 수도 있겠지만, 그러나 죽은 자를 폄훼(貶毁)하는 글을 쓸 리는 만무하다. 물론 한 인간의 삶의 궤적을 돌에 새겨 후세에 남길 정도라면 그 사람의 생애가 만인의 귀감이 될 만큼 훌륭했겠지만, 그렇다고 해서 그 사람의 삶의 내용이 동시대의 다른 이들보다 반드시 뛰어난 것이었다고 할 수 있을까. 어쩌면 그는 왕권(王權)에 아부 아첨하여 정치권력을 업고 무고한 중생들 위에 군림했던 권승(權僧)은 아니었을까. 방편이라는 이름으로 또는 법력이라는 이름으로 혹은 중생 제도라는 미명하에 세 치 혀를 적당히 놀려 권력가의 환심과 신임을 얻어 영혼보다는 육신을 기름지게 살다 간 위선자는 아니었을까. 부당하게 배고프고 부당하게 병들고 부당하게 핍박받는 중생들에게는 목탁 한번 때려 주지 않고서 부처의 허상으로 호국(護國)을 떠들어 대던 가승(假僧)은 아니었을까. 역사는 언제나 진실보다는 힘(力)의 편이었으니까. 나는 역사의 양지쪽에 등장하는 인간들을 충분히 신임하지 못한다. 이런 나의 생각은 비정상일까.

우우 또 바람이 분다. 보리수 잎은 이제 빠른 속도로 떨어져 내린다.

나는 나에게 깊이 절망하고 있었다. 이름도 없고 모양도 없고 냄새도 없으며 색깔도 없는 도(道)라는 것을 잡아 보려고 필사적으로 발돋움해 손을 뻗쳐 보지만 잡힐 듯 잡힐 듯 그것은 잡히지 않고 윤회는 또 무섭게 빨라서 입산한 지 어언 6년이 지나가 버린 것이다. 6년. 싯다르타는 6년 수도 끝에 대각(大覺)을 이루었다는데 나는 소각(小覺)도 못 이루고……

깨치면 누구나 부처가 될 수 있다지만, 그래서 부처는 고유명사가 아니고 보통명사라지만, 그러나 그것은 천재들의 이야기이고 범부로서는 안 될 말이었다. 부처가 될 종자는 처음부터 따로 정해져 있는 것인지도 모른다. 범부면 범부답게 범속하게 살아야지, 주제넘게 깨쳐 보겠다는 허망한 꿈을 꾸며 단 일회밖에 배당되지 않은 청춘을 적막한 산속에서 장사 지내고 있는 나 같은 인간이야말로 참말 구제받기 어려운 중생이 아닐까.

오대산 선원에서 여름 안거를 용맹정진으로 보냈지만 '병 속의 새'는 여전히 요지부동이었으며, 그리하여 나는 승려 생활에, 그리고 성불이라는 추상명사에 깊이 절망하고 있었다.

나는 여전히 해탈문에 기대서서 점점 희미해져 가는 놀을 바라보며 누군가를 기다리고 있었다.

……찬란한 금빛 가사를 어깨에 드리우고 한 손에 우담발화

211

(優曇鉢花) 꽃 한 송이를 드신 부처님께서 그 영원의 미소를 입가에 띠시며 내게로 오고 계셨다. 겹친 옷자락 사이로 순백의 젖가슴이 하마 보일 듯, 자국마다 구슬 소리를 내며 관세음보살님께서 내게 오라고 오라고 손짓하고 계셨다.

그러나 부처님도 관세음보살님도 그곳에 안 계셨다. 대웅전 법당 속에서 침묵하고 계셨다. 내 마음의 깊은 호수에 잠겨 있었다.

누군가 또 내 이름을 부르는 것 같아 귀를 곧추세워 보지만 그것은 바람 소리였다. 내 마음이 울고 있는 이명(耳鳴)이었다.

산은 언제나 말이 없다. 정연하게 생의 질서를 보여 주며 그렇게 말없이 산은 거기 앉아 있다. 방황하지 않고 서두르지 않고 생이 아무리 고통스럽다고 해도 회피하거나 타협하지 않고 달관한 도인처럼 의연하게 앉아서 낙엽이 스스로를 장송(葬送)해서 삶을 얻듯이 그렇게 삶을 얻고 있는 것이다. 산을 보면 언제나 나는 자신이 초라해 보여 견딜 수가 없다.

나는 또 하산을 생각하고 있었다.

……착하고 분수를 아는 여인과 짝을 지어 도토리 같은 아이들을 낳고, 사랑하고 미워하고 기뻐하고 슬퍼하고, 열심히 땀 흘려 일함으로써 입으로 밥을 넘길 때마다 부끄럽고 또 부끄러워서 죽고 싶어지는 참담한 자괴심에서 벗어나 웃으며 내 몫의 밥을 먹을 수 있고, 범속한 일상에 만족하며, 못다 이룬

꿈이 있다면 그 꿈을 이세에게 걸어 보고……

'평범이 진리라는 말이 있다. 평범하게 살고 싶어 하산한다' 라는 말을 무슨 오도송(悟道頌)처럼 남긴 채 치의를 벗던 도반들의 얼굴이 떠오르기도 한다.

놀은 이제 빠른 속도로 어둠에게 자리를 내주고 있다. 낮과 밤이 서로 인수인계를 하는 일몰(日沒)의 지점에 서서 나는 망연하게 산문 밖을 바라보고 있었다.

그때 누군가 산자락을 돌아오고 있는 게 보였다. 새의 날개처럼 두루마기 자락을 펄럭이며 휘적휘적 걸어오고 있는 껑충하게 큰 키의 객승, 지산이었다.

방에 들어오자 그는 부스럭거리며 바랑을 뒤져 고량주 병을 내놓았다.

"여전하시군요."

나는 웃었다.

"여전하지 못해. 이 육신도 이제 금 간 것 같애."

그는 웃지 않았다.

그러면서도 그는 여전히 잘도 마셨고, 결국 내가 마을 주막에 가서 막소주 한 되를 더 받아 와야 했다.

---

* 고승들이 부처의 도를 깨닫고 지은 시가.

그는 남해안의 크고 작은 섬을 두루 돌다가 여수에서 뱃길로 다섯 시간 거리에 있는 천불도(千佛島)라는 조그만 섬에서 살았다고 했다. 조선왕조 중엽의 대야승(大野僧) 진묵(震默)이 만년을 어부로 보냈다는 전설이 있는 그 섬의 바닷가에 움막을 쳤다고 했다.

　살을 저미는 외로움 속에서 진정으로 자기가 살아 견딜 만한 가치가 있는 인간인가 하는 각박하고도 비장한 질문을 던지면서 허무와의 피나는 싸움을 했다고 했다. 자기에게 있어 허무는 바로 성불의 첩경이 될 수 있는 화두와도 같은 것이라고 했다. 그러면서 그는 성불은 자유라고 했다. 이 세상의 그 어느 것에도 걸림이 없는 대자유인이 바로 부처라고 했다.

　바다는 육감적으로 꿈틀거리면서 자기에게 투신할 것을 종용했지만 그때마다 갈매기를 바라보며 투신의 유혹을 극복했다고 했다. 인간들은 불티 같은 수유의 이해에 각축하고 있지만 갈매기는 자유를 찾아 하늘을 비상하는 어떤 가능성이라고 했다. 그러면서 그는 자살은 범부로서는 불가능한 일이라고 했다. 적어도 견성한 자여야만 된다고 했다. 그리하여 자살은 구원으로 이어지는 가교 같은 것이라는 엉뚱한 말을 하면서 낄낄거리고 웃는 것이었다.

　"독하게 맘먹는다고 되는 게 아니더군. 천불도에서 끝장을 내려고 했던 것이 다시 또 산이야. 결국 안 되는 얘기야. 나는

분명히 철두철미 절망하기 위하여 태어난 놈이니까. 관세음보
살."

그는 여전히 암울하고 절망적인 언어를 뱉어 내고 있었다.
나 역시 암담한 심정으로 그의 절망에 동조하고 있었다.

"희망은, 희망은 없는 것인가요?"

"희망은 무한하지. 그러나 나는 글러먹었어."

"스스로 포기한다는 건 비겁하지 않아요?"

"포기는 안 해. 방법은 한 가지 남았으니까."

"……?"

"절망으로 절망을 이기는 거야."

그의 가늘고 긴 손가락 사이에 끼워진 담배에서 타버린 재
가 방바닥으로 떨어지고 있었다. 그는 깊숙이 연기를 빨아들였
다.

"한 대의 담배. 한 대의 담배가 주는 이 완벽한 절멸감(絶滅
感)…… 무엇으로 담배의 공덕을 보답해야 할까. 어떤 붓으로
도, 세상의 그 어떤 물감으로도 담배의 연기를 그릴 수는 없지.
소신공양(燒身供養)*으로 각(覺)을 얻는 중이 있다면 담배 또한
제 살을, 뼈를, 피를, 그리고 몸 전체를 불살라 그릴 수 없는 영
혼 같은 연기를 허공에 뿌리면서, 고뇌하는 자에게 일순의 행

---

* 자기 몸을 태워 부처 앞에 바침. 또는 그런 일.

215

복한 절멸감을 공양하고, 최후엔 그 그림자까지도 허공에 공양 드리고…… 그리하여 담배는 각을 얻는 것이지. 아아, 담배 보살"

그는 미친 것 같았다. 그래서 그런지 눈동자도 초점을 잃고 흐릿해 보였다.

"드디어 미친 건가요?"

"미쳐?"

필터만 남은 꽁초를 끼우고 있는 지산의 손가락이 가늘게 흔들리고 있었다.

"내가 나 미치는 걸 아는데야 환장할 노릇이지. 하지만 난 너무 영리해서 완전히 미치려면 아직도 더 많은 비극적 과정을 거쳐야 될걸. 나는 분명히 철두철미 불행해지려고 이승에 왔으니까."

그는 새 담배에 불을 붙였다.

"얼마 전 어머니가 열반하셨지. 이 지지리도 못난 자식의 이름을 부르면서, 애터지게 부르면서, 그래도 성불하길 저승에서도 빌겠다고 하시면서…… 흐흐흐…… 성불…… 성불이란 게 뭔지…… 아아 참말 한번 반짝 빛나 보지도 못하고 최후의 기착지로 가는 건가…… 항시 마지막인 길…… 그래도 항시 출발점인 길…… 길……"

대웅전 뒷숲에서 목탁새가 울었다. 성불 못한 중이 죽어서 된다는 그 새는 장엄염불(莊嚴念佛)처럼 구슬프게 울고 있었다. 지산은 뭐라고 하는지 알아들을 수 없는 말로 중얼거리더니 이윽고 픽 하고 모잽이*로 쓰러졌다. 그리고 새우처럼 척추를 접고, 두 손을 사타구니 사이에 찌른 채 코를 골았다. 나는 그런 그를 망연하게 바라보고 있었다.

　……그러나 견뎌야 하지 않을까요. 안 취하고 견뎌야 하지 않을까요. 안 취하고 하늘 같은 고독과 허무를 이겨야 하지 않을까요. 아니죠. 취해야죠. 알코올 없이 취할 수 있어야죠. 그것이 진실로 멋진 취함이 아닐까요. 그리하여 고독도 허무도 한입에 삼키고 한번 크게 웃을 수 있어야 하는 게 아닐까요. 나는 알고 있습니다. 생을 포기한 듯이 세상을 냉소하면서 마구 독설을 뱉어 내고 있지만, 그러나 누구보다도 생을 열망하기 때문에 그것은 스스로에게 부단히 쏘아 대는 각성의 화살일 것이며, 스스로를 방기(放棄)한 것처럼 보이지만 누구보다도 자기 자신에게 열중하고 있기에 타인들보다 극심한 당신의 우울과 고독과 허무와 절망을. 그리고 무엇보다도 진지한 생의 자세를. 건방진 얘기지만 세상 사람 모두가 당신을 비난하고 몰이해의 돌멩이를 던진다고 해도 나만은 깊은 곳에서 당신을 이해할 수 있을 것 같습니다. 온갖 악덕과 타락이라고 도매금으로 매

* 옆 방향.

217

도되는 방황까지도 그리하여 진실에 그리고 진리에 도달하고
자 몸부림치는 값진 번뇌라고 풀이하는 것입니다. 그것은 피안
으로 향한 숭고한 정신의 방황이며 방황하는 영혼이 택한 고
통스러운 생의 방법이라고 믿기 때문입니다. 당신은 당신이 하
고자 마음만 먹는다면 해낼 수 있는 능력이 있다고 믿기 때문
에 당신의 그 절망과 방황이 애처로운 것입니다. 무절제한 생활
과 반승려적인 행위의 치마 속에 속살처럼 다순 인간성을 은
닉하고 있는 당신이 싸늘한 냉소를 따뜻한 미소로 바꾸고, 절
망에만 부여했던 뜨거운 열정을 희망으로 바꿔서, 스스로 패
배했다고 믿고 있는 생(生)과의 재회가 이루어질 수 있기를.

부스럭거리는 소리에 나는 잠을 깼다. 지산이 주섬주섬 옷
을 입고 있었다.

"아니, 왜 그래요?"

"노랑할배께 인사드리려고. 무주사에 방부 들이게 해달라고
말이야."

"나는 또…… 잘 생각했어요. 함께 살아요. 사형님께 잘 말
씀드릴게요."

나는 그가 뜻밖에도 장삼과 가사를 수(受)한 정장으로 도량
석을 하겠다며 나가는 데도 놀랐지만 그보다도 무주사에 방부
들이겠다는 것이 여간 반가운 게 아니었다.

나는 이불 속에 누운 채 그가 이산(怡山) 선사의 발원문을 외우며 도량을 도는 소리를 꿈결처럼 듣고 있었다. 뜻밖에도 그의 염불 소리는 여간 청아하고 낭랑한 게 아니었다. 술을 마시면서 주체할 길 없는 생의 아픔을 마구 표출해 내던 탁하고 비애스러운 음성이 아니었다.

……얽히었던 애정 끊고 삼계고해(三界苦海) 뛰어나서 시방세계(十方世界) 중생들이 모다 성불하사이다 허공 끝이 있사온들 이내 소원 다하리까 유정(有情)들도 무정(無情)들도 일체종지(一切種智) 이뤄지다…….

잠시 염불 소리가 끊기고 일정한 간격을 두고 목탁 치는 소리만이 들려오더니 다시 염불 소리가 들려왔다. 그러나 그것은 염불이 아니었다. 누군가의 시를 염불 곡조에 맞춰 외우는 것이었다.

……사랑한다고
……사랑한다고……
이 한마딧말 임께 아뢰고
나도 이제는 고향에 돌아갔으면……
허나 나는 여기 섰노라

앉아 계시는 석가의 곁에······

    나는 빙그레 웃으면서 다시 깊은 잠 속으로 빠져들어 갔다. 저 저문 바닷가의 게들처럼 방황하는 그의 영혼이 무주사에서 잠재워질 수 있기를 바라면서.

    그런 나의 기대는 그러나 다음 날 외출했던 사형이 귀사(歸寺)함으로써 참담하게 깨져 버리고 말았다. 사형은 지산과 초면이었지만 지산이라는 이름을 듣더니 단박 안색이 변하면서 노골적으로 싫어하는 기색이 역력했다.

    "미안하지만 방부를 허락할 수 없습니다. 보시다시피 빈찰(貧刹)이고 방사(房舍)도 부족해 놔서······."

    사형은 어색한 표정으로 단주를 굴리고 있었다. 지산의 입술이 묘하게 비틀렸다.

    "모두들 그렇게 말하지요. 사찰경제가 빈한해서, 방사가 없어서······ 하지만 주지 스님의 혈색 좋으신 얼굴을 보니 꼭 그렇지만도 않은 것 같습니다."

    나는 당황하여 지산을 제지했지만 그는 여전히 독설을 퍼부어 댔다.

    "하숙비 내는 속인들에겐 법당이라도 비워 주고, 돈 안 생기는 중들의 방부는 거절하고, 뭐 새삼스러울 것도 없지요."

    사형은 얼굴을 찡그리며 나가 버렸다. 나는 심히 난처했다.

기도처로 유명한 무주사의 살림은 유족했고 방사도 여유가 있었다. 나는 지산과 한방을 쓸 테니 방부를 허락하라고 사정했지만 사형은 막무가내였다. 오히려 땡추하고 어울린다고 나를 꾸짖으면서 묵은 공문서철을 뒤적여 보여 주는 것이었다. 지산의 제적을 알리는 총무원의 공문이었다.

"부처님도 인연 없는 중생은 제도하지 못한다고 말씀하셨소. 파계를 하고 승적을 박탈당한 사람을 받을 수 없으니 그리 알고 법운 수좌도 그런 사람과 가까이하지 말아요. 근묵자흑(近墨者黑)이라고……."

나는 사형에게 은죽사 사건의 전말과 진상을 상세히 얘기하고, 함께 살아 보지도 않고 한 인간을 단죄한다는 것처럼 위험한 것은 없다. 또 백번 잘못했다 해도 백번 용서해 줄 수 있다는 데 불타의 위대성이 있는 게 아니냐. 그것이 자비와 교화를 부르짖는 승려의 본분이 아니냐. 자비문중(慈悲門中)이라는 절집에서 그를 축출한다면 그는 어디로 가야 한단 말이냐. 그리고 참말 그가 돌이킬 수 없는 타락자로 전락하게 된다면 그 책임의 일단은 사형님에게도 있다. 라는 것을 누누이 얘기했지만 사형은 상체를 천천히 흔들면서 단주를 굴릴 뿐이었다.

내가 방으로 갔을 때 지산은 바랑끈을 조이고 있었다. 나도 급하게 바랑을 챙겼다.

"법운 수좌도 떠나나?"

"떠납니다. 지산 스님 주지 한자리 시켜 드리려고요."

"흐흐흐. 내게 주지를 준다고?"

"그래요. 왜 주지 해보고 싶다고 했잖아요. 이 절보다 훨씬 좋은 절 주지 시켜 드릴게요."

나는 여름에 봐두었던 비어 있는 암자를 얘기했다. 오대산 록에 있는 그 암자는 아무도 욕심내지 않는 폐찰(廢刹)이어서 한 생각 잊고 정진에 몰두하기에는 십상인 곳이었다. 아무도 간섭하지 않고 시비하지 않는 그곳에 가서 참말 피나는 정진을 해보자는 내 제의에 지산은 동의했다.

7

마을을 벗어나 읍으로 가는 신작로에 접어들자 조금씩 눈발이 흩날리기 시작했다.

벌겋게 드러난 황토흙 사이로 키 작은 소나무가 듬성듬성 서 있는 야트막한 야산을 오른쪽으로 끼고 길은 곧게 이어져 있었고, 길 왼쪽으로는 객토 무더기가 띄엄띄엄 쌓여 있는 논바닥이 황량하게 널려 있었다.

공허한 바람 소리가 뿌옇게 흐려 오는 허공을 베며 지나갔다. 껑충하게 키가 커서 더 굽어 보이는 지산의 등에 매달린 바랑이 몹시 무거워 보였다. 나는 고개를 흔들어 얼굴에 달라붙는 눈송이를 떨어내며 걸음을 빨리했다.

"꼭 공동묘지를 지나가는 기분이군."

요란한 기침 끝에 걸쭉한 가래를 뱉고 난 지산이 저고리 소매 속에 맞찌르고 있던 손을 빼어 코를 풀었다.

"하긴 중생에겐 삼계가 다 무덤이지. 관세음보살."

그는 바랑을 한번 추슬렀다.

"태어나지 말아라. 죽기가 괴롭느니. 죽지 말아라, 태어나기 괴롭도다…… 원효는 니힐리스트였어."

보따리를 든 손이 저려 왔다.

"어째서 원효가 니힐리스틉니까? 그 말은 생사윤회를 벗어나자는 뜻일 텐데요."

"마찬가지야. 깨달음을 얻어서 생사를 벗어난다 해도. 해탈(解脫)이라고들 말하지. 하지만 해탈로서 모든 게 끝나는 것일까…… 또 새로운 윤회의 시작일 뿐이야."

"스님은 마치 견성(見性)한 것처럼 말하는군요?"

"견성은 쉬운 일이지. 실행이 어려울 뿐. 관세음보살."

눈발이 점점 굵어지고 있었다. 하늘은 짙은 잿빛이었다. 눈송이는 부르짖으며 아우성치며 끝없는 생멸(生滅)을 되풀이하고 있었다. 다함이 없는 중생의 팔만사천 번뇌처럼 수천 수만 송이의 만다라(曼陀羅)*가 되어 미친 듯이 춤을 추고 있었다.

부르르, 진저리를 치면서 나는 기계적으로 걸음을 옮기고 있었다. 앞서 가는 지산의 바랑 위로 수북하게 눈이 쌓여 있고

---

* 부처가 증험한 것을 나타낸 그림. 우주 법계의 온갖 덕을 갖춘 것이라는 뜻에서 이렇게 이른다.

쌓여 있는 눈 위로 또 눈이 덮이고 있었다.

지울 길 없는 연비 자국처럼 뚜렷이 찍혀지는 우리의 발자국 위로 눈이 덮여서 잠시 후면 흔적도 없이 사라져 버릴 것이다. 산다는 것, 살아 있다는 것도 어쩌면 우리의 발자국 같은 것인지도 모른다. 영겁(永劫)의 시공(時空)에서 보면 참으로 찰나의 순간이 삶이라는 것인지도 모른다. 그 정체불명의 삶이라는 괴물 때문에 아득바득 애를 태우며 산다는 게 어쩐지 우습기도 하다. 부처는 무엇이고 중생은 또 무엇이라는 말인가. 결국 한 가지의 번뇌를 더 추가할 뿐이 아닌가. 어쩌면 나는 헛고생을 하고 있는 것인지도 모른다. 본래 존재하지도 않는 새를 꺼내겠다고 단 일회밖에 배당되지 않은 청춘을 적막한 산속에 장사 지내면서 천신만고 끝에 병 속에 손을 집어넣었는데 손에 잡히는 것은 그러나 바람뿐이고, 병 속에 갇힌 손을 꺼내지 못해 몸부림치는 진퇴유곡의 상태……

"우리 저 집에서 몸 좀 녹이고 갈까?"

지산이 길의 오른쪽으로 보이는 슬레이트집을 가리키며 나를 돌아보았다. 그 집의 유리문에는 '주류 안주 일절'이라고 씌어 있었다.

"저긴 술집 아닙니까?"

그는 손으로 입을 막으며 잦은 기침을 했다.

"상관없어. 요기두 좀 하고, 어한*이나 하다 가자구."

나는 잠시 망설이다가,

"좋습니다."

라고 말하면서 그의 뒤를 따랐다.

술청에는 아무도 없었다. 바랑을 벗으면서 지산이 주인을 찾았지만 대답이 없었다. 나는 보따리를 입구 쪽에 내려놓고 드럼통을 거꾸로 세운 탁자 앞에 놓인 좁고 긴 목의자 위에 궁둥이를 붙이고 앉았다. 방문 쪽으로 솥단지가 두 개 걸려 있고 그 옆으로 유리가 깨져 비닐로 막아 놓은 플라스틱 찬장이 한 개 놓여 있을 뿐인 술청은 썰렁했다. 다시 한 번 지산이 아까보다 조금 큰 소리로 주인을 불렀다. 그러고도 한참을 있다가 방문이 열리고, 머리며 얼굴이 부스스한 젊은 여자가 나왔다. 그 여자는 손바닥으로 입을 탁탁 때리며 하품을 했다. 지산이 목장갑을 벗어 드럼통 위에 놓고, 손바닥을 맞비볐다.

"어 춥다. 뭣 좀 요기할 게 없을까?"

그 여자는 다시 한 번 하품을 했다.

"술집서 술은 안 찾고 요기는 무슨 요기유."

"중이 술 먹는 거 봤소?"

여자가 눈을 가늘게 해가지고 지산을 쳐다봤다.

"중은 사람 아닌가."

---

* 추위에 언 몸을 녹임. 또는 추위를 막음.

지산이 입술을 비틀며 웃었다.

"사람이 아니라 생귀(生鬼)지. 산 귀신이라고. 흐흐흐."

여자의 눈이 더욱 가늘어지면서 눈꼬리에 주름을 모았다.

"이거 보라구요. 나도 왕년에 중하구 독하게 연애해 본 적도 있다구요. 팔자 기박해서 화류계로 풀렸지만 시방도 그때 생각만 하면 가슴이 미어지는 것 같다구요."

여자의 얼굴에 잠시 쓸쓸한 표정이 비쳤다. 지산이 맞부비고 있던 두 손을 합쳐 합장을 했다.

"흐흐 이거 오늘 보살을 친견(親見)하는걸. 관세음보살."

"내 연애 얘기 한번 들어 보실래요?"

그 여자는 한 손으로 입을 가리며 살짝 웃었는데, 마치 수줍음을 타는 소녀처럼 보였다.

"연애 얘긴 이따 이부자리 속에서 들어야지."

"웃기지 말라구요. 누구 맘대로."

"마음이야 본래 없는 것. 내 맘도 아니고 네 맘도 아니지."

"손님도 없고 심심해 죽겠어요. 쥔아줌마가 친정 다니러 가서 사흘째 혼자 있걸랑요."

"말만 잘하면 한번 주겠다 이건가?"

"못 줄 것도 없죠. 누구처럼 드레스 입고 시집갈 것도 아니고……."

"못 갈 건 뭐 있나?"

227

"소용없다구요. 젓가락 팔자는 술상 앞에서 끝나는 게 최고라구요."

그렇게 말하는 여자의 얼굴은 산전수전 다 겪은 노련한 작부처럼 보였다. 지산이 낄낄거리며 웃었다.

"선재(善哉)* 선재라. 색시는 술상 앞이 부처 앞이고, 중은 부처 앞이 술상 앞이로구나. 관세음보살."

"어디서들 오세요?"

"온 곳을 알면 왜 이러고 앉았겠나? 그건 그렇고, 뭣 좀 요길 해얄 텐데."

"라면밖에 없어요."

"그거라두 서너 개 삶으슈. 막걸리 한 되 먼저 주구."

여자가 지산의 가슴팍을 쥐어박는 시늉을 하면서 호들갑스럽게 웃었다.

"호호호. 그럴 거 같드라. 내 댁에를 척 보니 땡땡이중 같드라구요. 호호호."

지산이 그 여자의 방방하게 벌어진 엉덩이를 철썩 소리가 나게 때리면서 호탕하게 웃어 젖혔다.

"하하하. 눈 밝은 보살이구먼. 잘 봤어. 나는 땡추야. 아주 흉악한 땡추지. 그러니 이 땡추하고 독한 연애 한번 또 해보자구.

---

* 한문투의 글에서, '매우 좋구나'의 뜻으로 쓰는 말.

하하하."

　못나게도 나는 가슴이 쿵쿵 뛰고 얼굴이 붉어지는 것이어서 시선을 발밑으로 떨어뜨렸다. 지산은 자작으로 막걸리를 마시면서 라면을 삶느라고 아궁이 앞에 쭈그리고 앉아 있는 여자와 음담이 섞인 농지거리를 주고받는 것이었는데 익숙한 술꾼처럼 수작이 아주 자연스러웠다. 나는 손마디를 딱딱 꺾으면서 심한 열패감을 느꼈다.

　술을 마시고 여자와 음담패설을 예사로 나누는 지산은 분명히 파계승이다. 그런데 이상한 일이다. 내가 계율의 강 앞에 발이 묶여 협소한 소승(小乘)의 세계를 살면서 위선자가 되고 있을 때, 그는 계율의 강을 자유자재로 넘나들며 광활한 무애(無碍)의 대승(大乘) 세계를 살고 있는 자유인인지도 모른다는 생각이 드는 것이니. 계율의 노예가 되어 부단히 돌출하는 욕망에 멱살을 잡혀 있는 나보다 그가 훨씬 인간적이며 또 어떤 의미에서는 진짜 중인지도 모른다는 생각이 드는 것이니.

　언젠가 그가,

　"술과 여자를 모르고는 부처의 세계를 안다고 할 수 없지. 술과 여자야말로 적나라한 중생의 세계이며 또한 부처의 세계인 까닭이지. 계율이란 목적이 아니고 수단일 뿐이야. 우리가 배고플 때 밥을 먹듯이 욕망이 일어날 때는 여자를 안아 보는 거야. 아주 자연스러운 현상인 거지. 성불, 성불 하지만 성불을 한다고 해서 지상을 떠나 천상에서 노는 것도 아니고 밥을 먹지 않고 살 수 있는 것도 아니야. 인간일 뿐이지. 다만 인간이 되는 것뿐이야."

라고 말하기에,

"타락된 행위에 대한 비겁한 자기 합리의 궤변을 농하지 마시오. 스님의 행위는 분명 파계이고 타락입니다. 부처님께서는 말씀하셨습니다. 차라리 독사의 아가리에 자지를 집어넣을지언정 여자와 가까이해서는 안 된다고. 출가사문이 계율을 파할 때, 그때 사문의 생명은 끝나는 거요."

라고 쏘아 주었는데 그는 예의 입술이 비틀리는 묘한 미소를 지을 뿐이었다.

상관없는 일이었다. 술을 마시고 여자를 가까이하는 것이 그가 택한 공부의 방법이라면 비난을 할 이유가 나로서는 하등 없는 것이니까. 나는 나의 방법대로 공부하면 되는 것이니까. 지산과의 토굴 생활은 그렇게 서로의 세계를 간섭하지 않는 가운데 이어지고 있었다.

그렇다고 그가 매일같이 술이나 마시고 여자 생각이나 하는 것은 아니었다. 밥 한 톨 입에 안 넣고 열흘, 보름씩 꼬박 술을 마시는가 하면 또 언제 그랬느냐 싶게 틀고앉아 좌선삼매에 몰입하기도 했다. 그러다가도 또 발작이 나면 양치질을 할 때 쓰는 돌소금을 안주로 해서 독한 막소주를 바리때로 퍼마시며

주룩주룩 눈물을 흘리는 것이었다. 왜 우느냐고 물었더니, 허무해서 그런다고 했다.

"허무를 뛰어넘기 위해 입산을 했던 게 아니던가요?"

"그래. 우리가 우리의 인생에서 최초의 허무에 부딪혔을 때, 초극하기 위한 방법으로 택한 것이 입산이었다. 공부를 했다. 허무를 뛰어넘었다. 그런데 그게 아니더란 말야. 뛰어넘었는데, 보니까 더 큰 허무가 기다리고 있더라 이거야. 또 뛰어넘었지. 허허. 또 기다리고 있어요. 허무의 첩첩산중이라…… 관세음보살"

"결국 좌절인가요? 좌절의 슬픔인가요? 그래서 우는 건가요?"

"……허무를 모조리 극복해 버린 꼭대기에 앉아 계신 분이 바로 부처야. 하지만, 하지만 말야. 부처가 되고 난 후에 오는 참말 커다란 허무를 어찌 견딜 것인가 겁난단 말야. 흐흐. 이거 지옥에 떨어질 소린가…… 관세음보살"

꿀꺽 꿀꺽 꿀꺽…… 목울대가 기운차게 아래위로 움직이고 있다. 크흐, 하고 탄식 같은 소리를 뱉으면서 빈 잔을 내려놓는다. 그는 다시 잔을 기울인다. 대접을 반쯤 채우고 술은 더 이상 나오지 않는다. 주전자를 상하좌우로 흔들어서 최후의 한 방울까지 따른다. 그리고 그는 화두를 들고 참선삼매에 든 선 승처럼 술잔에 시선을 던진 채로 그린 듯이 앉아 있다. 이럴 때 그의 표정은 꼭 노사를 닮았다. 잠시 후 잔을 들어 올리는 그의 길쭉하게 야윈 얼굴에 일순 짙은 허무의 그림자가 드리운다.

그의 얼굴에는 뭐라고 표현하기 어려운 미묘한 분위기가 언제나 안개처럼 자욱하게 깔려 있어 보는 이로 하여금 참으로 쓸쓸한 느낌에 젖어 들게 하는 것이었다. 슬픔이라고도 우수라고도 표현할 수 없고 뭐랄까, 막연하게 그저 허무라고 해야 맞을 그런 분위기……

여자가 라면이 담긴 양재기 두 개를 우리의 앞에 놓았다. 뜨거운 라면이 뱃속으로 들어가자 추위가 한결 가셨다. 지산은 국물을 조금 마시고 입맛을 두어 번 다시더니 수저를 놓았다.

"왜 안 해요?"

"별루 염이 없구먼. 시장할 텐데 마저 들지. 그리고 아가씨……."

지산은 술 한 되를 더 시키는 것이었다. 암자까지 돌아갈 일이 걱정되어 나는 불안했는데 불그레 홍조를 띤 그의 얼굴은 태평스러웠다. 지산이 내게 말했다.

"라면 들구 먼저 올라가라구. 곧 뒤따라갈 테니까."

지산의 옆에 바짝 붙어 앉아 술을 따르던 여자가 나를 빤히 바라보며,

"스님두 한잔하시우."

하고 말했다. 그리고 스웨터 주머니에서 궐련 한 가치를 꺼내어

물었다. 지산이 성냥을 그어 불을 붙여 주면서,

"아서. 저 스님은 진짜 스님이야. 술은 나 같은 땡추나 마시는 거야."

라고 말했다. 그 말이 나에게는 비웃음으로 들렸다. 나는 고개를 숙이고 라면 국물을 들이마셨다.

"혼자만 먹지 말고 나도 한 잔 주시우. 땡땡이 스니임."

여자가 담배 연기를 지산의 얼굴에 살짝 내뿜으며 한쪽 눈을 찡긋했다. 지산이 여자의 어깨를 끌어안았다.

"오냐. 한 잔 주지. 한 생각 돌리면 삼계가 다 내 것인데 까짓 술 한 잔이 문제냐. 관세음보살."

나는 급하게 내 몫의 라면을 비우고 술집을 나왔다. 눈은 더욱 세차게 쏟아지고 있었다.

장갑을 꺼내기 위하여 주머니에 손을 넣다가 나는 보따리를 술집에 두고 왔다는 데 생각이 미쳤다.

다시 술집으로 갔을 때 술청에는 아무도 없었다. 보따리를 들고 문을 나서는데 여자의 간드러진 웃음소리가 들렸다. 그리고 지산의 염불 소리가 들렸다.

홀연히 생각하니 도시 몽중이로다 천만고의 영웅호걸 북망산의 무덤이요 부귀문장 쓸데없다 황천객을 면할쏘냐 오호라 나의몸이 풀끝의 이슬이요 바람앞의 등불이라 삼계도사(三界導

233

師) 부처님이 정녕히 이르시되 마음깨쳐 성불하여 생사윤회 영단(永斷)하고 불생불멸(不生不滅) 저국토에 상락아정(常樂我淨) 무위도(無爲道)를 사람마다 못닦으면 다시오기 어려우니……

아미타부울. 나는 입속으로 조그맣게 아미타 부처님을 불렀다. 지산의 염불 소리는 뭐랄까, 혼을 부르는 것 같은, 가슴 저 밑바닥에 깊은 슬픔을 간직하고 있는 자의 소리 죽여 흐느끼는 오열 같은, 죽은 자라도 그 소리를 듣고는 벌떡 일어나지 않고는 못 배길 것 같은, 그렇게 절절히 폐부에 와 부딪치는 영탄조의 구슬픈 가락이었다. 술집에서 흘러나오는 승려의 염불 소리…… 도저히 어울릴 수 없는 이 장면이 그러나 조금도 어색하지 않고 차라리 따뜻한 친화감으로 내게 받아들여지고 있었다. 그의 염불은 계속되고 있었다.

오호라 슬프도다 오늘내일 가는것이 죽을날에 당도하니 푸줏간에 가는소가 자욱자욱 눈물일세 예전사람 참선할제 마디그늘 아꼈거늘 나는어이 방일(放逸)하며 무명업식(無明業識) 독한술에 하루해를 보내는고 지각없는 저나비가 불빛을 탐하여서 제죽을줄 모르도다……

여자의 교성과 젓가락 두드리는 소리, 그리고 노랫소리가 뒤를 이어 들려오고 있었다. 나는 술집을 뒤로했다.

그래서 어쩌자는 것인가. 술을 마시고 여자와 살을 섞고 통곡 같은 염불이나 읊으면서 그렇게 한세상을 보내겠다는 것인가. 그렇게 해서 허무로부터 도주하겠다는 것인가. 그렇게 해서 그 순간은 도주할 수 있을지 모른다. 하지만 그것은 비겁한 회피가 아닌가. 정면 대결을 회피하고 비실비실 외곽으로 돌며 살아간다는 것은, 그렇게 살아 있는 삶이라면, 그것은 치욕이 아닌가. 지산을 비난할 자격이 그러나 내게 있는 것일까.

'병 속의 새'를 꺼냈을 때 모든 문제는 해결된다고 노사는 말했다. 그렇다면 문제는 간단하지 않은가. 전심전력, 새를 꺼내는 일에만 진력하면 되니까. 그런데 그렇게만은 되지 않는다는 데 문제가 있다. 진실로 인간이 되기 위하여 잠시 인간적인 행위를 유보시키고 있는 것인데, 이 유보 기간이 못 견디게 고통스러운 것이다. 나도 술이 마시고 싶고 여자의 부드러운 살에 내 거친 살을 비벼 보고 싶다. 지산보다 더하면 더했지 조금도 모자라지 않는다. 하지만 나는 이백오십 가지의 계를 받아 지키는 비구가 아닌가. 계란 그러나 또 무엇인가. 지산의 말이 아니라도 계란 하나의 수단이요 방법일 뿐, 목적 자체가 아님은 자명하지 않은가. 그런데, 그런데 왜 이렇게 고통스러운가…….

요란한 경적 소리와 함께 육중한 지엠시 한 대가 내 옆에 멈쳤다. 짙게 화장을 한 젊은 여자가 창문 밖으로 고개를 내밀며 소리쳤다.

"읍내까지 몇 킬로쯤 되지요?"

운전석에 앉아서 한 손으로 여자의 허리를 감싸 안고 있던 뚱뚱한 흑인 병사가 하얀 이를 드러내고 웃어 보였다.

"한 10킬로쯤 될 겁니다."

여자가 흑인 병사에게 뭐라고 영어로 말하더니 다시 고개를 내밀었다.

"어디까지 가시는지 태워 드리죠."

"아닙니다. 난 저쪽으로 갑니다."

나는 오른쪽으로 완만하게 늘어선 산자락을 가리켰다. 그때 흑인 병사가 어깨를 으쓱 추켜올렸다 내리면서,

"오우 망크. 세인트 망크."

하고 말했다. 지엠시는 이내 눈보라를 일으키며 달려갔다. 망크, 망크, 세인트 망크. 나는 흑인 병사의 말을 되뇌어 보며 실소를 터뜨렸다.

아침에 처음 보는 중년 여인이 암자로 찾아왔다. 그 여자는 자기가 절을 하나 지었는데 오늘이 바로 봉불식(奉佛式)을 하는 날이라고 했다. 그러니 가서 점안(點眼)*을 좀 해달라는 것이었다. 나는 점안이라는 것은 법력이 높은 고승이나 할 수 있

236

는 것이지 아무나 했다가는 불벌(佛罰)을 받는다는 말로 완곡하게 거절했다. 그러나 그 여자는 돌아가지 않고 끈질기게 졸랐다.

"하이고 무슨 말씸이라구요. 내 척 보니 알 것구만이. 신님 눈에 불법이 꽉 들어찼구만 그려이. 우리 절 부천님 영검하시게 신님 같은 젊은 도사가 가줘야 쓰겠구만이. 보싯돈은 섭섭 찮이 드릴 것잉께."

그때 방에서 좌선 중이던 지산이 나왔다. 보살이 깊숙이 허리를 굽히며 합장을 했다. 지산이 말했다.

"부처님은 어디서 모셔 오셨습니까?"

"서울이지라. 우선 부천님 한 분허구 산신님 한 분만 모셨는디, 차차 헹펜 봐서 큰 걸루다 개비할라요."

지산은 수긋하여 뭔가 생각하는 눈치였는데 나는 웃음이 나와 견딜 수가 없었다.

뻔한 얘기였다. 서울에서 동대문 쪽을 향해 종로통을 걷다 보면 길가 쇼윈도에 틀(型)로 찍어 낸 불상이 죽 진열되어 있다. 온몸에 번쩍이는 금멕기를 칠하고 하루 종일 진열대 위에 우두커니 앉아서 유리창 밖으로 바쁘게 오가는 중생들의 주머니 속을 헤아리고 있는 부처. 개당 일금 몇만 원정이면 몇 트럭

---

* 불상을 만들거나 불화를 그리고 나서, 마지막으로 눈동자를 그려 넣음.

이라도 공장도 가격으로 떼올 수 있는 싸구려 마네킹 같은 부처. 그 부처를 모셔 놓고 장사를 하자는 것이다.

수굿하여 있던 고개를 쳐들며 지산이 힘차게 말했다.

"갑시다. 우리가 점안해 드리죠."

광대뼈가 튀어나오고 각이 진 얼굴을 활짝 펴면서 보살이 합장을 했다.

"하이고 도산님들. 고맙구먼이."

지산이 내 귀에 대고 조그맣게 말했다.

"이게 다 노랑할배 음덕 아닌가. 마침 양식두 다됐고…… 가보자구."

50여 호 되는 마을의 복판에 자리 잡고 있는 보살 절은 잔칫집처럼 많은 사람들로 북적거렸다. 우리는 보살을 따라 법당으로 쓰일 방으로 들어갔다. 방 안에는 거의가 늙은 여자들이 가득 앉아 있었는데, 그 여자들은 뭐라고 하는지 알아들을 수 없는 주문을 웅얼웅얼 외우고 있었다.

수염이 많은 사내가 우리에게 담배를 권했다.

"이건 존 건 아니우만 태울라우."

보살이 눈을 흘겼다.

"이이는 주책읎씨. 아, 도산님들이 담배 태남."

사내는 멋쩍게 웃으며 내밀던 담배를 자기의 입에 물었다. 밖으로 나가며 보살이 말했다.

"앉아들 계시요이. 후딱 마지를 올릴 것잉께."

방 윗목으로 베니어합판에 붉은 천을 씌운 불단(佛壇)이 있고, 불단 위에는 타오르는 촛불과 울긋불긋한 지화(紙花)가 어지럽게 놓여 있었다. 그 위 벽에는 '오방신장(五方神將)', '북두대성(北斗大星)', '산왕대신(山王大神)'이라고 서툰 붓글씨로 씌어진 창호지가 붙어 있었다. 막향(香) 타는 매캐한 냄새가 코를 찔렀다. 담배 생각이 나는지 코를 벌름거리던 지산이 사내에게 말했다.

"부처님 친견이나 할까요?"

"무신 말씀인지?"

"좀 뵙자는 말씀입니다."

"아, 네. 이리루 오시우."

사내는 담배를 끄더니 꽁초를 귓등에 꽂았다. 뒤꼍 툇마루에는 대형 라면박스가 두 개 놓여 있었다. 아들로 보이는 예비군 바지의 청년이 포장을 끌렀고, 사내가 덮여 있는 신문지를 걷어 내자, 중학생 앉은키만 한 불상과 산신상이 나타났다. 석고로 빚어진 불상은 몹시 조악했다.

우리는 불상과 산신상을 품에 안았다. 그때 늙은 여자 하나가 앞장을 서더니 무슨 주문을 외우면서 오색 종이 오린 조각을 우리의 앞길에 뿌렸다. 불단 위로 불상을 안치하고 나서 지산이 말하였다.

"벼루하고 붓이 있어야겠습니다. 붓은 가느다란 세필루."

잠시 후 청년이 손바닥만 한 벼루를 가져왔다.

"붓은 이것밖에 없시다."

청년의 말투는 매우 불손했는데 아마도 자기 모친의 직업에 대해서 불만이 많은 것 같은 눈치였다. 붓은 그리고 세필이 아니라 아이들이 그림 그릴 때 쓰는 화필이었다.

"됐습니다. 먹이나 가시오."

청년이 먹을 가는데 먹 가는 것이 거칠어서 먹물이 방바닥에 튀었다. 사내가 청년의 머리통을 쥐어박을 듯하다가 우리를 쳐다보며 씩 웃더니, 먹을 빼앗아 자기가 갈기 시작했다.

그때 여자들이 마지불기와 떡시루를 안고 들어오고, 삼색 과일과 각종 나물 접시, 그리고 맨 마지막으로 마른 명태 한 쌍과 삶은 돼지 대가리가 불단 위로 배설되었다.

"시작허십시다이, 신님들."

노란 회장저고리에 남색 치마, 그리고 머리에 검은 전립을 쓰고 붉은색 쾌자를 걸친 보살이 북을 들고 들어왔다.

우리는 바랑에서 장삼과 가사를 꺼내 수(受)하고 불단 앞에 나란히 섰다. 지산은 요령을 잡고 나는 목탁을 들었다. 나는 천수경을 외우기 시작했다.

정구업진언(淨口業眞言) 수리수리 마하수리 수수리 사바하 오

방내외안위제신진언(五方內外安慰諸神眞言) 나무 사만다 몯다
남 옴 도로도로 지미사바하……

그때 보살이 북채를 높이 들어 올렸다. 그리고 그 여자는 날
렵하게 손을 움직이기 시작했다. 사람들이 불상과 산신상을
향하여 끝없이 큰절을 해 올리기 시작했다. 단상에는 수북하
게 지폐가 쌓여 가고 있었다. 보살의 손놀림이 더욱 빨라지고
있었다. 지산이 요령을 흔들기 시작했다.

딸랑 딸랑 딸랑 딸랑……

아승지겁(阿僧紙劫)*으로 이어지는 중생들의 팔만사천 번뇌
처럼 요령 소리는 끊어질 듯 끊어질 듯 그러나 끊어지지 않고
다시 또 이어지고 있었다.

……승려 사회보다 세속 사회에 더 많이 이름이 알려진 대
종사(大宗師)의 유해에서 수습했다는 사리(舍利)를 친견했던
적이 있다. 사리는 투명한 유리상자 속에 안치되어 있었다. 사
람들은 이구동성으로 찬탄해 마지않았다. 아아 거룩하신 큰스
님께서 불쌍한 사바의 중생들을 긍휼히 여기시는 애민지정(哀
愍之情)으로 이렇듯 훌륭한 사리를 남기고 가셨구나.

* 년, 월, 일이나 어떤 시간의 단위로도 계산할 수 없는 무한히 긴 시간.

사람들은 사리에서 휘황한 광채가 난다고 찬탄해 마지않으며 끝없이 절을 해 올리는 것이었는데, 나는 아무리 들여다보아도 녹두알 또는 좁쌀알 크기의 잿빛 덩어리로밖에는 보이지 않는 것이어서 조그만 감동도 일어나지 않았다. 사리함 앞에 놓여진 커다란 복전함(福田函) 속에는 빳빳한 지폐가 가득히 쌓여 있었다.

사람들은 어마어마한 거액의 시주금을 거둬서 역사에 길이 남을 기념비적이고 문화재적인 사리탑을 세운다고 했다. 그러나 그것은 그 대종사에 대한 모욕일 것이라고 나는 생각했다. 그것은 사리라는 허상에 대한 사랑이지 살아 숨 쉬고 있는 인간에 대한 사랑은 아닐 것이기 때문이었다. 참말로 불에 넣어도 타지 않고 망치로 두드려도 부서지지 않으며 그리고 오색찬란한 광채를 뿜어내는 사리가 몇 가마씩 쏟아졌다 해도 그것이 도대체 무슨 의미가 있는 것인지 나는 모를 일이었다. 그것은 아무리 비천하더라도 살아 숨 쉬고 있는 인간의 단 1초 동안의 생명보다도 값질 수 없는 것일 터였다. 인간들은 쓸데없이 죽은 자에게 자꾸 넘치는 의미와 가치를 부여함으로써 자기들의 피할 길 없는 죽음에 대해 어떤 보장과 약속을 받아 두려고 하는 것인지도 모를 일이었다. 그러나 그것은 죽은 자가 원하는 바가 결코 아닐 터였다. 가난하고 병들고 부당하게 고통 받는 중생 몇백 명 아니 몇천 명을 구제할 수 있는 막대한 금액으로 탑을 세워 타다 남은 뼈의 잔해를 사리라는 이름으로 받들어 모시는 것을 그 대종사께서 아신다면 뭐라고 하실까. 불타께서 당신의 형상을 만들어 번쩍이는 금칠을 해놓고 일신의 복락과 영화를 누리게 해달라고 돈 놓고 엎드려 비는 것을 아신다면 뭐라고 하실까.

요령 흔들기를 멈춘 지산이 먹물 찍은 화필을 들고 불상 앞으로 다가갔다. 사람들은 더욱더 열심으로 큰절을 해 올렸고 신명이 오른 보살은 어깻짓을 해가며 북채를 휘둘러 댔다. 나는 쓰디쓰게 웃으며 목탁을 두드렸다.

서가모니불, 서가모니불, 서가모니불……

불상의 눈에 점을 찍고 난 지산이 사람들을 향하여 가부좌를 틀고 앉았다. 그리고 그는 크게 한 번 기침을 했다. 사람들의 시선이 그에게로 집중되었다.

"본래 점안이라고 하는 것은 글자 그대로 불상의 눈에 점을 찍는다는 말입니다. 점을 찍는다는 것은 혼을 집어넣는다는 말이요, 그럼으로써 나무나 돌로 깎아 만든 형상에 생명을 불어넣는다는 것이며, 그리하여 비로소 부처님으로 모시게 되는 것입니다. 이것은 그러므로 법력(法力) 수승(殊勝)한 도인만이

243

할 수 있는 불사(佛事)인 것입니다. 법력도 수행도 없는 일개 야승(野僧)에 불과한 소승이 오늘 이 자리에 모신 불상에 점안을 했습니다. 돈 주고 사온 돌멩이의 눈에 땡땡이 중놈이 점을 찍었다고 해서 돌덩어리가 부처 되겠습니까?"

방 안에 가벼운 동요가 일어나고 있었다. 푸른 기운이 도는 보살의 눈꼬리가 위로 치켜지고 있었다. 지산은 그러나 개의하지 않고 말을 계속했다.

"하지만 돌멩이가 아니고 똥덩어리면 또 어떻습니까? 중요한 것은 여러분이 절하는 대상물이 아니라 마음입니다. 지극히 사무치게 간절한 마음이 가 닿았을 때, 그때 돌멩이도 나무토막도 심지어 똥덩어리까지도 다 부처가 되는 것입니다. 그러므로 부처의 공덕을 입을 수 있는 것입니다. 이것이 신앙의 본질이며 종교의 목적인 것입니다."

방 안이 다시 조용해졌다.

"보다 중요한 것은 생명 없는 물체에 점안을 하는 것이 아니라 스스로의 어두운 마음의 눈에 점을 찍어 밝은 등불을 켜야 하는 것입니다. 복 달라고 비는 것이 불교가 아닙니다. 마음 깨쳐 스스로 부처 되자는 것이 불교입니다. 관세음보살."

지산이 장삼을 벗었다. 사람들이 수군거리며 고개를 끄덕였다. 나는 가사와 장삼, 그리고 요령과 목탁을 보자기에 챙겼다. 보살이 사나운 눈매를 지우지 않은 채 쌀 두 말과 돈 3천 원을 내놓았다. 우리는 서둘러 그곳을 나왔다. 지산이 말했다.

"가짜 중놈이 가짜 부처의 눈깔에 점안을 했구나."

그리고 그는 잿빛으로 찌푸려 오는 하늘을 향하여 악을 썼다.

"아아, 내 눈깔에 점안은 누가 해주나!"

퍼부어 내리는 눈발을 헤치고 암자에 도착했을 때는 온 산에 짙은 어둠이 깔리고 있었다. 오한이 나고 골치가 지근지근 아파 왔다. 항아리 바닥에 붙은 쌀을 긁어 밥을 지었다. 너무 시어서 입에 넣으면 부르르 하고 꼭 소변 직후처럼 몸이 떨리는 신김치하고 몇 술 뜨고 한 그릇은 아랫목에 묻었다. 그리고 일찍 자리에 누웠지만 잠이 오지 않았다. 밤이 깊도록 지산은 돌아오지 않았다. 몽땅 마셔 버리는 모양이었다. 정말로 내일 아침에 지산이 빈손으로 터덜터덜 올라온다면 이제 인연을 끝내야겠다고 생각했다. 나는 울적한 기분으로 몸을 뒤채다가 자리에서 일어났다. 그리고 몇 번을 망설이다가 지산의 바랑을 끌렀다. 맨 밑에서 낡은 잡기장이 나왔다. 지산은 평소 잡기장을 꺼내 놓고 무엇인가를 끄적거리고는 했는데 그때마다 나는 여간 궁금한 게 아니었다. 나는 촛불을 당겨 놓고 잡기장을 펼쳤다.

나는 내가 인간으로 태어났음을 진실로 기뻐해 보고 싶지만, 안 된다. 태연한 얼굴로 살아가는 인간들을 보면 무서워진다.

인간이란 어쩌면 가장 저주받은 동물이 아닐까. 사랑 어쩌구 떠들어 대고 있지만 따져 보면 동물적인 욕정의 산물이 인간 아닌가. 고깃덩어리와 고깃덩어리의 마찰 끝에 쏟아지는 소주 한 잔의 양도 못 되는 액체가 나를 태어나게 한 원흉이라니…… 웃지 않을 수 없구나.

종교, 예술, 사상, 그리고 눈곱만 한 자비 따위를 갖고 있다고 해서 인간이 다른 생물보다 우월하다고 할 수 있을까. 인간이 만물의 영장이라고 하는 것은 인간들의 가엾은 자존심일 뿐이다. 인간들은 겸손해져야겠다.

종교.

그것은 차라리 음습한 외설(猥褻)이다.

부처는 신(神)이 아니라는 진언(眞言), 누구든 깨치면 부처가 될 수 있다는 아편 같은 다라니(陀羅尼)* 때문에 신세 조진 젊은 놈들이 이 땅에 무릇 기하(幾何)일까.

차라리 신의 존재를 긍정하고 그래서 구원을 신의 은총과 섭리에 얼마쯤 부담시키는 종교였다면 이토록 고통스럽지는

---

* 범문(梵文)을 번역하지 않고 음(音) 그대로 외는 일. 자체에 무궁한 뜻이 있어 이를 외는 사람은 한없는 기억력을 얻고, 모든 재액에서 벗어나는 등 많은 공덕을 받는다고 한다.

않으리라.

딱히 어둠도 아닌 뿌연 잿빛 허공 속에서 뒤뚱거리는 삶의 배때기에 밤마다 이빨과 함께 갈아 온 원한의 칼을 꽂고 나는 똑똑히 보아줄 테다. 그 괴물의 몸뚱이에서 흐르는 피가 붉은지 흰지 아니면 나를 미치게 하는 잿빛인지를.

밤은 깊고 깊은 밤은 결단을 재촉한다. 인생과 종교에 절망한 자가 가야 할 길이 어디인가를 나는 묻지 않겠다. 명약관화한 사실 앞에서 주저하는 어리석음을 되풀이할 만큼 한가한 나이도 아니다. 아아 산다는 것은 무좀 같은 것인가. 긁어도 긁어도 피가 나게 긁어도 가려움이 소멸되지 않는 악성 무좀 같은 것.

어찌할 거나. 밤을 밝혀 번뇌를 걸러 냈지만 최후로 남는 앙금 같은 허무를 나는 어찌할 거나. 허무가 시작되는 곳에 종교가 있다면 종교가 끝나는 곳에는 무엇이 있는가. 이 밤이 그대로 저승으로 이어지는 기차가 되었으면 나는 더 이상 바랄 게 없겠다.

부처는 부처고 중생은 중생일 뿐. 개에게도 불성(佛性)이 있다는 말에 속아서는 안 된다.

부처는 결코 불교를 만들지 않았다. 중생들이 쓸데없이 불교를 만들어서 부처를 욕되게 하고 있다.

이 절에 고양이가 한 마리 있는데 녀석이 어찌나 외로움을 타는지 모른다. 고양이도 고독을 아는 모양이다. 하지만 녀석은 행복하다. 하루에 쥐 한 마리만 잡으면 되니까. 요새는 이따금 새도 잡는다. 새들이 잘 노는 덤불 속에 포복하고 있다가 새가 앉는 순간 번개같이 앞발로 채는 것이다. 내가 반야탕(般若湯)*을 마시러 마을에 내려갈 때면 녀석이 강아지처럼 졸졸 따라온다. 그런데 해탈문 옆에 있는 늙은 은행나무쯤에서 정지한다. 잡아 끌어도 안 된다. 그래서 한번은 녀석의 모가지에 줄을 매어 끌어 보았다. 그랬더니 녀석은 발딱 하늘을 보고 자빠져서 죽은 체했다. 녀석은 참 미련하다. 의식주 걱정이 있나 차비 걱정이 있나, 마음 내키는 대로 돌아다니다가 배고프면 쥐한 마리 잡아먹고 졸리면 숲속에서 자고, 그리고 다시 떠나면 될 텐데. 그래서 삼팔선도 뚫고 시베리아 벌판, 유럽 대륙을 거쳐 아프리카까지도 고양이 등록증 필요 없이 갈 수 있을 텐데. 나는 왜 고양이로 태어나지 않았는지 모르겠다. 보다도 하늘을 비상하는 새로 생겨나지 않았는지 모르겠다.

참 이상한 일이야. 떠돌 땐 잘도 견디는데 안정을 했다 하면 병이 나는 것이니. 지병(持病)인 편두통이야 익숙한 처지라 개

---

* 승려들의 변말로, '술'을 이른다.

의할 것 없다 처도 한해 지구의 논바닥처럼 입술이 쩍쩍 갈라지는 고열과 금방 갈아입은 내의가 후줄근히 젖어 드는 식은 땀은 또 웬일인지. 하긴 이따위 증세 또한 걱정할 필요 없어. 일정한 시기가 경과하면 스스로 사라져 버리니까. 발병에서 치유까지는 대개 한 달쯤 걸리니까. 그리고 오늘이 바로 여기 온 지한 달 되는 날이니까. 신통하게도, 아니지 관습에 의하여 상기의 증세는 가라앉았어. 하지만 문제는 정작 지금부터야. 절망도 아니고 고독도 아니고 뭐랄까, 허무랄까. 하지만 허무도 아니고…… 관세음보살. 뭐 그런 것이 뒷덜미를 틀어쥐고 있는 것인데…… 하여, 가뜩이나 사시랑이인 육신이 더 형편 무인지경이 되어 버렸어. 하지만 육신이야 쭈그러져 봤자지. 정신의 고갈이 두려울 뿐. 도무지 아무것도 생각나지 않고 생각하기 싫고 심지어 술도 싫고…… 그냥 괜히 슬플 뿐이야. 또 시작인가. 그 징그러운 권태. 그리하여 나는 또 떠나게 되는 것이었지. 이를 악물어 볼까. 그러나 나는 또 알고 있지. 터진 입술에서는 피만 나올 뿐이라는 것을. 맹서는 금연(禁煙)과 같다는 것을. 그리하여 나는 중생이라는 것을. 비열하고 무능한 중생이라는 것을. 관세음보살. 우울하군. 우울해서 미안하군. 폐일언하고 이따위 구역질 나는 타령이나 이 찢어지게 달 밝은 봄밤에 짖어 대고 있는 내가 참말이지 소름 끼친다. 그렇게 살고 있지. 편지나 쓰면서. 손목 한 번이라도 잡아 볼 희망이라고는 1프로밖에 없는 년들한테 그년들을 감동시켜 그 1프로의 희망이 현실로서 성취되길 가엾게도 꿈꿔 보면서 이 긴 봄밤에 배 깔고 엎드려 편지나 쓰고 있는 거야. 스스로도 측은해서 견딜 수가 없군. 아아 다 그만두고 흔들어나 볼까. ……매일같이 열풍이 불더니 드디어 내 허리에 큼직한 손이 와 닿는다. 황홀한 지문(指紋) 골짜기로 내 땀내가 스며들자마자 쏘아라. 쏘으리로다. 나는 내 소화기관에 묵직한 총신(銃身)을 느끼고 내 다문 입에 매끈한 총구(銃口)를 느낀다. 그러더니 나는 총 쏘드키 눈을 감으며 한 방 총탄 대신에 나는 참 나의 입으로 무엇을 내어 뱉었느냐. 고독의 천재 고(故) 이상(李箱) 보살은 일찍이 '총구'라는 제목의 상기와 같은 절창(絶唱)을 남겨 외로움에 떠는 후배들을 선동하고 있는데, 그러나 그만두겠어. 나는 초식동물이잖아. 그건 자살행위야. 뭐라구. 염불처럼 자살을 얘기하는 녀석이 떡을 치게 죽기는 싫은 모양이라구. 아냐. 그게 아냐. 그런 식으로는 죽고 싶지 않은 거야. 아무튼 흔들지는 않겠어. 그 서러운 작업은 자지를 짤라 버리는 한이 있어도 안 할 참이야. 그건 그렇고, 비가 오는군. 육덕 좋은 계집년의 오줌줄기처럼 직절(直截)하게 쏟아지는군. 이렇게 비 쏟아지는 밤이면 걱정이 돼. 두견이 말야. 그들은 어디서 자나. 그들에게도 번뇌가 있을까. 있을 거야. 왜냐하면 새들에게도 태어나고 죽는다는 피할 수 없는 법칙이 있기 때문이지. 무릇 생명이 있는 것들은 다 나름대로의 사회를 형성하고 있을 터이며 따라서 질서와 도덕과 혁명이 있는 거지. 기존의 도덕과 질서에 안주하여 무난히 한 세상 보내는 축도 있고 뛰어넘기 위하여 도전하고 투쟁하다 좌절하는 축도 있으며 또 뛰어넘어 구원을 받는 극소수의 천재도 있는 거겠지. 얘기가 이상해졌군. 늘 이런 식이야. 중구난방, 횡설수설, 요령부득…… 논리와는 원수지. 따지고 증명하고 결론 맺는 건 질색이야. 빗줄기가 약해졌어. 다시 두견이가 울고. 지긋지긋해. 뭐 환장하게 재미있는 거 없나. 거울 보고 노는 것도 시들하고. 밤낮 봐야 숙명적으로 생겨 처먹은 낯짝. 우울하기 위하여, 절망하기 위하여 태어난 새끼. 또 편지나 쓸까. 입술은 고사하고 손목 한 번 잡아 보지 못한 년들한테 '사랑한다'고 편지나 쓸까. 그년들도 진절머리 날 거야. 언제나 암울하고 절망적인 상판때기로 죽음의 이야기 아니면 똥 같은 종교 얘기뿐이니까 말야. 그년들도 덩달아서 암울해져서 드디어는 세상이 시시해졌다, 죽고 싶어졌다는 내용의 답장을 보내오는데 그쯤 되면 난 발을 쏙 빼버리지. 인생을 아름다운 것이라고 생각하고 있는 쓸개 빠진 년들에게 생의 허망하고 추악함을 똑똑히 인식케 해주고 그리하여 절망이라는 최고의 예술을 맛보게 해주는 것까지가 내가 의도한 바니까. 그 이상은 몰라. 내 담당 구역이 아니야. 내가 아는 어떤 새끼는 계집년들에겐 무조건 '사랑한다'고 편지질을 한다구. 앉아서 오줌 누는 동물들에게 종교를 얘기하겠는가 철학을 얘기하겠는가 예술을 얘기하겠는가. 사랑한다는 말밖에 무슨 말을 하겠는가, 라고 사랑한다는 예의 편지에 대한 당위성을 역설하는데 나는 안 돼. 죽어도 그런 갈보 같은 소리는 안 나와. 나는 사랑을 몰라. 아니야, 알아. 사랑이라는 것을. 아아 사랑이란 사기라는 것을. 뭐가 어쩌고 어째. 이 한심한 중생아. 흐흐. 이 세상에 한심하지 않은 중생이 과연 몇이나 될까. 나도 한심하고 너도 한심하고 우리 모두 에브리바디 한심이스트. 그런데 오줌은 왜 이리 자주 마렵다지. 금방 눴는데 또 마렵군. 아아 배암이라도 잡아먹을까. 좋은 밤이야.

나는 아들 따위를 만들지 않겠다. 아들 따위를 만들어서 이 고통을 세습시키고 싶지 않다. 성불시킬 수 있는 자신이 없는 한.

열아홉 살. 내 사랑의 상한 연령은 열아홉 살이다. 아무리 절세미인이라도 열아홉 살 넘었다면 관심 밖이다. 내가 소녀를 좋아하는 것은 내가 변태여서가 아니라 소녀에게는 사바의 풍진에 오염되지 않은 꿈이 있기 때문이다. 가을하늘처럼, 고추잠자리의 날개처럼, 투명한 소줏빛 순수가 있기 때문이다. 물론 소녀들은 세상을 모르고 세상의 사내들을 모르기 때문에 내 열등한 자지로써도 안심하고 진입해 볼 수 있다는 야비한 계산이 없는 것은 아니다. 그 소녀에게 내가 최초의 사내라면 그 소녀는 성기의 우열 따위를 비교할 수 없을 테니까. 그러나 이따위 것은 극히 부수적인 것이고 진짜는 서러움이다. 그 애들의 투명한 영혼에 내 추악한 영혼을 헹궈 냄으로써 원래 내가 소유하고 있던 투명한 영혼을 회수하고 싶다는 가여운 성불 의지. 여자는 싫다. 소녀가 좋다. 열아홉 살. ……그런데 이게 또 문제더라는 말이다. 내가 첫 사내이리라고 굳게 믿어 의심치 않고 안심하고 진입했던 소녀들 중에는 뜻밖에도 내가 두 번째, 세 번째 사내였다는 사실. 물론 그 애들은 필사적으로 내가 첫 사내임을 주장했지만 그런 것쯤 모를 내가 아닌 이상 속을 리가 만무다. 다만 속는 체해 줄 뿐이다. 그리고 필사적으로 과장해서 통증을 호소해 오는 소녀의 하얀 배 위에서 나는 씁쓸하게 관세음보살을 부른다는 얘기다. 그래서 요즘 나는 내 사랑의 상한 연령을 열다섯 살쯤으로 인하할 것을 심각하게 고려하고 있다. 관세음보살, 아주 열 살 이하로 내려 버릴까.

석가는 스물아홉 살에 중이 되었다. 29년 동안 풍진 세상의 오욕락(五欲樂)과 신산(辛酸)을 두루 섭렵한 끝에 중이 되었기에 세상사의 허망함을 익히 알고 끌림이 없이 수도에 매진할 수 있었는지 모르지만, 열아홉 살에 중이 되어 세상 돌아가는 이

치를 모르는 나는 끌림이 많아 수도에 매진할 수 없는 것인가.

불타여.

우리가 운명적인, 그리고 어떤 의미에서는 불행하기 짝이 없
는 조우를 했던 날이야. 오늘이. 그때는 나팔 소리가 들렸지.
앞으로 앞으로. 그 소리를 따라 노래를 부르며 휘파람을 날리
며 산문엘 들어섰지. 나도 당신처럼 되어 보자는 철면피한 희
망을 품고 말이야. 그러나 그것은 참으로 황당무계하기 짝이
없는 환상이었어. 희망처럼 인간을 타락시키는 게 또 있을까.
요컨대 나라는 중생은 이 세상에서 말하는 소위 정상적인 삶
을 영위하기에는 애당초 글러먹은 인종이라는 얘기야. 이런 비
참한 자기 인식 앞에 당신의 이름을 놓아두는 것을 용서해. 하
지만 어쩌겠어. 나는 이 세상의 햇빛과 바람과 물에는 견디지
못하고 시들어 버리는 가을 들판의 갈대인 것을. 그래. 끈기 없
고 철저하지 못하고 사납지 못하고 부도덕을 가장할 뿐 진실로
부도덕하지도 못하고. 입으로는 밤낮 독해져야지 독해져야지
너는 독하지 못해서 아무것도 못할 인간이니 제발 좀 독해지라
고 하면서. 그러나 한 번도 독해 보지 못한 여린 풀. 이것이 나
의 얼굴이야. 절망주의자. 아침부터 소주 깠어. 바닷가의 돌맹
이 위에 쭈그리고 앉아서. 깡통과 비닐 조각과 폐유 덩이가 떠
있는 더러운 바다를 향해. 아니지. 스스로에게 욕설을 퍼부으

254

면서 나는 살아야겠다고, 누가 죽으라고 하는 것도 아닌데 다짐하는 것이었지. 자살이란 진실로 자기의 삶을 투철하게 사랑했어야 명분이 서는 건데 생각하니 나는 가짜였거든. 가짜의 삶을 진짜라고 착각하고 있었던 거야. 그것은 참으로 중대한 오류였어. 고백하자면 죽음이란 대(對) 소녀용 성냥 같은 것이었지. 그 애들의 모성 본능에 불을 질러 나의 시린 영혼을 쪼여 보자는 구상유취(口尙乳臭)한 수작이었던 거야. 이제 나는 알아. 그따위 어린애 장난 같은 수작으로는 삶의 입술은 고사하고 손목 한 번 잡아 보지 못한 채 패배만 할 뿐이라는 것을. 나도 한번 승자가 되어 보고 싶어. 진실로 단 1초 동안이라도. 일체를 버려야 일체를 얻게 된다고 당신은 말했지. 그런데 아무 것도 가진 것이 없으면서 왜 이렇게 아깝고 미진한 것들이 많은지. 부끄러워. 지금까지의 가장된 진실과 감정의 허영을 버리고 이제부터라도 정말 진실해짐으로써 속죄받아야지. 열심히 살아야지. 진실에 튼튼한 뿌리를 내리고 순수의 줄기를 뻗쳐 구원의 열매를 맺어야지. 우선 내가 해야 될 것은 타성과 권태로부터의 일탈이야. 그러기 위해서는 고통의 제일 친우가 되어야지. 고통의 극점(極點)까지 육신을 몰아붙여야지. 부패한 살과 뼈와 피를 제거하고 원형의 백골만 남겨야지. 그리하여 싱싱한 피와 살과 뼈를 입혀야지. 정말 처음부터 다시 시작해야지. 처음 당신과 조우했을 때의 정신으로 돌아가야지. 그러기 위해서는 우선 술과 살의 유혹에서 벗어나야지. 아니지. 진짜 술과 살의 진면목을 알아야지. 이 세상에서 그것들을 여의고 무엇을 할 수 있겠어. 술과 여자. 바꿔 말해서 번뇌는 바로 중생의 얼굴이야. 무섭다고 회피해서는 안 되지. 온몸으로 태클해서 뛰어넘어야지. 당신은 일체를 수용하는 바다가 아니겠어. 청정한 물만이 아니라 썩어서 냄새나는 더러운 물도 한가지로 용납한다는 데 당신의 위대성이 있는 거지. 당신을 만나고 싶어. 미안해. 너절한 사제(私製) 타령이 되어 버려서. 자, 기분을 전환하고 건배. 오늘은 당신과의 역사적인 조우일이야. 소주지만 샴페인이라고 생각하며 터뜨리자고.

서울.

이 거대한 괴물 같은 도시는 언제나 타인이다. 도저히 살을 섞을 수 없는 오만한 계집이다. 축원(祝願) 카드를 화투장처럼 조이고 있는 사내들. 그 사내들의 눈짓에 따라 달라지는 목탁의 리듬.

부처를 만나면 부처를 죽이고 조사(祖師)를 만나면 조사를 죽여라. 그리고 중을 만나면 중을 죽일진저. 할(喝).

모두들 등 만들기에 정신이 없다. 주름등, 수박등, 팔모등, 토시등, 연등…… 오색 꽃수술이 현란하게 휘날리는 등의 퍼레이드. 아름다운 풍경이다. 그러나 그 등이 등급이 매겨져 매매되는 초파일 풍경을 떠올리면 우울하다. 우리들의 위대한 선배불(先輩佛)인 샤카의 탄생을 봉축(奉祝)하고 우리도 우리의 마음을 밝혀 하루빨리 성불하자는 채찍의 의미로 밝혀야 될 등이 언제부터인가 사찰에서 1년 중 최고의 수입을 올리는 날로, 그런 의미에서 승려들의 가슴을 설레게 하는 날로 변질되어 버렸고, 스스로 정성껏 만들어 각자의 집에 달아 각성의 촛불을 밝혀야 할 신도들 또한 아무런 회의 없이 등을 사며, 그리고 타인보다 비싼 등을 샀다는 걸로 치사한 우월감을 만족시키는 그런 날로 변질되어 버렸기 때문에. 등 장수로 전락한 승려들. 원가의 수백 수천 배의 이윤을 시주 또는 신심이라는 미명하에 수탈하는 악덕 상인. 전국적으로 수십 억이 넘을 등값. 그 돈의 용도가 궁금한 것은 나 혼자뿐일까. 중을 사서 내 발이나 씻기겠다고 통절한 애정을 보인 어떤 시인에게 합장.

방생(放生)도 만원사례. 줄줄이 늘어서서 차례를 기다리는 '방생꾼'들의 저 탐욕스러워 보이는 얼굴들. 그 여자들의 손이 날렵하게 치마 속을 왕래한다. 낙엽처럼 날리는 지폐. 지폐. 그 지폐를 줍는 사내들. 그 지폐는 권 보살과 삼칠제. 왈, 목탁 노동자라. 그러나 욕하지 마라. 우리는 그 지폐로 간짜장을 사 먹고 빼갈을 빨고 그리고 영등포 역전으로 영자를 만나러 간다.

서울에는 참으로 절이 많았다. 제법 번듯한 와가(瓦家)로부터 슬레이트, 함석, 루핑집에 이르기까지 10미터 간격으로 골짜기를 꽉 메우고 있는 것이었는데 참 재주들 용타고 나는 감탄했다. 동업자는 많고 앞으로도 증가되면 되었지 감소될 전망은 보이지 않으며 고객은 한정되어 있을 테니 이 불교를 빙자한 장사도 경쟁이 치열할 수밖에 없는 것이겠고 적자생존(適者生存)의 법칙은 이런 경우에도 어김없이 적용될 터이니 그 밥 먹고 사는 재주들에 감탄 아니할 수 없는 것이었다. 그러나 그들의 생존을 걱정할 형편이 못 되었다. 나는 그런 그들의 피고용인으로 목탁 하나 밑천으로 취직을 하려는 입장이니까. 하지만 보살 절, 무당 절이라고 만만히 봤던 게 실수였다. 조악한 석고 불상 하나 모셔 놓은 판잣집에도 어김없이 중 하나씩은 박혀 있었고 그들은 그 자리를 천직(天職)으로 여겨 아주 그곳에서 뼈를 묻을 작정을 한 듯 요지부동이었다. 요컨대 빈자리가 없다는, 티오가 꽉 찼다는 얘기다. 예쁜 딸 있는 집은 고사하고 늙어 쭈그러져 북망(北邙)이 낼모레인 여자들도 데릴사위는 고사하고 한 끼 요기도 시켜 주지 않는 것이었으니 딸 운운 농담할 형편이 못 되었다. 땀을 뻘뻘 흘리며 이를 박박 갈아붙이며 결국은 나 자신에게로 환원되고 마는 분노에 치를 떨며 몇 시간 동안 골짜기를 헤맸지만 내가 몸을 의탁할 곳은 없었다. 최후로 들렀던 보살 절에서 만나 본 승려의 다음과 같은 말은 참으로 뼛골이 쑤시게 감동적인 것이어서 수중에 돈이 있다면 소주라도 한잔 받아 주고 싶을 지경이었다.

"말도 마쇼. 난 꼬박 한 달을 헤맸소. 부전(佛殿)*으로 취직해 보려고 보살 절 무당 절로 서울 시내 샅샅이 뒤져 한 달을 뛰었다는 얘기요. 봐허니 구직운동 초행인 듯한테 맘 독하게 자슈. 옛날관 달라요. 무당 절 부전 자리도 프리미엄 줘야 잡을 수 있다구요. 그나마도 자리가 있는 줄 아슈. 나도 예 있던 중이 군대 가는 바람에 간신히 뚫고 들어왔시다."

그렇게 말하는 그 승려의 얼굴에는 치열한 경쟁의 와중을 뚫고 직장을 잡은 자 특유의 자부가 흐르고 있었다.

비 퍼부어 내리는 저녁 무허가 여인숙에서 나보다 더 많이 절망하는 것 같은 비와 함께 흐느낍니다. 어머니. 남은 것은 아아 빛바랜 가사 한 장. 6년 방황 끝에 싯다르타는 지구 최후의 인간이 되었건만. 그물도 치지 않고 고기를 잡으려 몸부림친 10년 세월…….

어머니.

나처럼 파계하고 제적당한 떠돌이 개새끼나 한 마리 때려잡아 안주도 하고 보신도 했으면 좋겠다고, 이 세상은 모두가 재

---

* 불당을 맡아서 관리하는 사람. 청소를 하고 향이나 등 따위에 관한 일을 맡아본다. 현재 표준어의 한자 표기는 副殿이다.

미없는 것들로 충만되어 있지만 죽으면 더 재미없으니 어쨌든 살기는 살아야겠다고. 비 퍼부어 내리는 밤의 완강한 고독을 소주로 장송하면서 생각하고 있습니다.

회수할 길 없는 청춘, 굶주린 영혼에 대한 견딜 수 없는 갈증으로 미친개처럼 불볕의 황야(荒野)를 헤매면서, 헤매면서 야윈 어깨로 비겁하게 살아 숨 쉬면서, 부단히 터져 나오는 기침, 그러나 부패한 가래를 뱉을 한 치의 정토(淨土)도 용납받지 못한 천형(天刑)의 수인(囚人)으로서, 나를 무기력하고 비열하게 만드는 상황에, 그 막강한 허무에 절망하면서, 하루에도 팔만 사천 번씩 절망하면서 나는 숨 쉬고 있습니다.

황야.

하지만 타고 질주할 말도 권총도 없는 공수(空手)의 건맨.

이 원한의 여름에 나를 사랑해 주는 것은 모기떼밖에 없는가.

어지러워라. 하늘이, 땅이, 술병이, 내가 빙빙 돌아간다. 소주. 소주 주시오. 내가 이 세상에서 제일로 사랑하는 색깔. 일점 티끌도 없는 완벽한 순수. 순수를 마신다. 이 고독한 순수의 액체를 마시며 나는 왜 우는가. 목이 찢어져라 무논에서 개구리가 울더니, 욕정처럼 끈끈한 비가 내리고…… 아아 인간이 그리워. 어머니. 어머니. 그날 밤 당신의 자궁은 아팠습니까. 참혹하다. 산다는 것이. 살아 있다는 것이. 술을 마시고 여자의 깊은 살에 내 거친 살을 비벼 넣어 봐도 조금도 즐겁지가 않아요. 어지러워라. 눕고 싶어라. 방. 나 혼자 배고픔을 극명하게 인식할 수 있는 공간. 나 혼자 고독할 수 있고 나 혼자 절망할 수 있는 자유가 보장된 내 몸에 꼭 맞는 공간은 어디에 있는가. 목탁 소리가 들린다. 종소리도 들린다. 내 마음 울려 주네. 황색 대가사(大袈裟). 오줌이 마려워요. 어머니.

시를 써보고 싶다. 그러나 단 한 줄도 써지지 않는다. 참말로 시인이 쓴 시라면 전율이어야 하고 자살의 충동쯤은 받을 수 있어야 한다. 참말로 시인이라면 적어도 부처의 발가락 한 개쯤은 잡은 자여야 한다.

절이 낡고 선방이 부족해서 불교가 부패하는 것이라면 얼마든지 선방을 짓고 절을 복원해라. 그러나 절이 너무 많아서 불교가 부패하고 있는 것이라면 지나친 역설일까. 진실로 바람직한 불교가 되려면 우선 사찰을 정리해야 된다. 역사적인 전거(典據)나 전통 있는 사찰, 그리고 불교 본래의 사명을 다하고 있는 곳이 아닌 유명무실한 사찰들을 폐사시켜라. 그러면 승려의 옥석은 저절로 가려질 것이다. 진실로 구도하기 위하여 발심출

261

가한 자가 아니라면 자연히 승복을 벗게 될 테니까. 그리하여 살아남은 승려들을 이판(理判)과 사판(事判), 즉 순수 수도승과 행정 교화승으로 분리하라. 각자의 능력에 따라 수도에만 전념할 승려와 행정과 교화를 담당할 승려로 명백히 구분하자는 것이다. 그리고 출가의 자격 문제는 어떤 제약도 둘 필요가 없다. 단, 심신장애자와 타인에게 혐오감을 줄 정도로 추면인 자를 제외하고 뜻이 있는 자는 누구든지 받아들여라. 일정한 기간이 경과하면 수행의 어려움을 견디지 못해 스스로 물러나는 축과 이기고 살아남는 축으로 구분될 테니까. 입학은 쉽게 졸업은 어렵게 하자는 것이다. 그리고 처음 입산한 자는 세간과의 접촉을 일체 단절시키고 지정된 수도원에서 소정의 수행을 시켜라. 그 기간은 6년 정도가 적당하겠다. 소정의 과정을 이수한 자에 한해 비로소 비구의 자격을 부여하고 계속 수도할 자와 행정 교화를 담당할 자로 나누어라. 그리고 사부대중으로 사찰관리위원회 같은 기구를 만들어 사찰의 재산과 행정, 기타 모든 물리적인 것을 전담케 하고, 수행과 덕망을 겸전한 중견 이상의 비구 가운데서 주지를 선임하라. 그러면 주지직을 무슨 맨션아파트의 입주권으로 알고 각축하는 작금의 추태는 없어질 것이다. 이렇게만 된다면 사이비 승려, 저질 승려 문제로 고민할 필요도 없고 재산 때문에 이전구투(泥田狗鬪)할 필요도 없으며, 그리하여 진실로 세인의 존경을 받는 승가, 고뇌하는 자의 귀의처로서의 승가, 역사와 민중의 향도로서의 승가가 될 수 있을 것이다. 그러나 이것은 꿈이다. 사찰의 재산이 조금이라도 남아 있는 한, 아니 사찰이라는 물리적인 재화 가치가 존재하는 한 이전구투는 끊어지지 않을 것이다. 인간이라는 동물이 지구 위에 존재하는 한 평화가 올 수 없듯이 승려가 사찰에 존재하는 한 비리는 존속될 것이다. 그리하여 옥석혼효(玉石混淆)의 카오스는 영원히 지속될 것이다.

"지산당, 승적을 살려야지. 이제 곧 승군단(僧軍團)이 발족되는데 승군단 카드에서 누락되는 자는 승려로 인정을 못 받게돼. 따라서 객승이란 게 아주 없어지게 되는 거지. 이젠 절집도 옛날과 달라. 질서가 잡혀서 유랑잡승이 용납 안 된다구"

그럴까. 나는 씁쓸하게 웃었다. 그리고 말했다.

"그렇게 되면 나 같은 놈은 절집에서 발붙일 곳이 없겠지. 당연히 그렇게 되어야지. 그래서 진실로 존경받는 승가가 되어야지. 하지만 꿈같은 얘기야. 나는 내가 절집에서 쫓겨나 양아치가 되더라도 좋으니 나를 위시한 모든 가짜 중놈들이 절집에서 축출되고 진짜 스님들만 남아 여법(如法)한 수행을 하는 승가가 되어 세인들의 귀의처가 될 수 있기를 진실로 바래. 하지만 그것은 꿈이야. 중생들이 언제나 헛되이 품어 보는 망상일 뿐이야"

263

"아냐. 이번엔 달라. 정부에서 절집을 정화한다는 얘기가 있어. 부패한 불교계를 정리하는 기초 사업으로 승군단이 발족된다는 거야. 승려들의 신상명세서가 승군단 카드에 자세히 기록되고 그것을 자료로 해서 사이비 승려를 제거한다는 거야. 그리고 앞으론 승려들에게 소속 사찰을 배정해 줘서 자유로운 이동이나 행각을 엄격히 통제한다는 얘기야."

"제발 그렇게 되었으면 고맙겠군. 억지로라도 안정 좀 하게."

그러나 나는 속으로 웃고 있었다. 아무리 불교계가 부패했고 무질서해서 세인들의 지탄을 받고 있다지만 정치권력으로 불교계를 정화한다는 것은 어불성설이다. 부패한 것은 관료승려이지 수도승이 아니다. 장문인(掌門人)이 칼을 맞고 도호법(都護法)이 교도소에 가는 오늘의 불교지만 그들은 권승(權僧)이지 수도승은 아니다. 물론 많은 승려들이 돈과 여자와 권력에 탐닉되어 부패해 버렸다. 그러나 인적 없는 산중에서 피나게 수행하고 있는 눈 푸른 납자들이 있다. 한국 불교의 맥을 이을 동량은 그들이지 장문인이나 도호법 또는 주지들이 아니다. 납자들은 그리고 생리적으로 구속을 싫어한다. 자고로 거승(巨僧)은 집착 없이 떠돌며 수행하는 운수(雲水) 가운데서 나왔다. 원효가 그랬고 경허가 그랬으며 대야승 진묵이 그랬다. 납자들은 방황한다. 그러나 그것은 깨달음을 얻기 위한 방황이다. 방황하지 않고 깨달음을 얻은 자가 있을까. 깨달음을 얻기 위한

264

자에게 있어 방황이란 그리하여 곧 수행인 것이다. 한 절에서 5년, 10년 주지 하면서 나날이 불어나는 저금통장의 액수를 헤아리는 재미로 사는 자들에게 객승의 존재는 세리(稅吏) 이상으로 귀찮다. 그래서 그들은 승려들이 돌아다니지 말고 죽을 때까지 한 절에만 붙어 있었으면 좋겠다. 불교란 무엇인가. 깨달음을 얻기 위한 종교다. 그렇다면 깨달음을 얻어서 무엇에 쓰자는 것인가. 깨달음을 얻어서 여하히 중생을 위해 베풀겠다는 투철한 의식 없이 불교를 믿는다면 애당초 불교를 모르고 땀 흘려 밥 벌어 사는 쪽이 훨씬 더 불교적이다. 또 깨달음만 얻고 실행이 없다면 깨닫지 못한 자보다 나을 게 뭐 있는가. 구체적인 실행이 없이 사변적인 이론이나 씹고 있는 게 불교라면 그런 불교는 무당만도 못하다. 인간의 이야기다. 인간이 인간답게 살 수 있는 방법을 얘기한 게 불교다. 지옥이니 극락이니 하는 것은 문제 밖의 잡담이다. 숨 쉬고 살아 있는 동안 여하히 가장 인간답게 살다 죽을 수 있느냐가 문제다. 베풂 없는 깨달음이라면 굴속의 원숭이도 할 수 있다. 오늘날 불교계가 부패했다지만 비단 오늘뿐일까. 어느 시대 어느 사회이든 인간들이 사는 땅은 마찬가지가 아닐까. 불교가 가장 발흥했었다는 신라시대라고 해서 전부 훌륭한 승려들만 있었던 것은 아닐게다. 그때도 가짜는 있었고 뜻있는 자들의 입에서는 부패했다는 개탄의 소리가 나왔으리라. 말세는 인간이 지상에 존재하는 한 언제나 말세인 것이다. 한 명의 진승을 만들기 위해서는 천 명, 만 명의 가승도 필요한 것이다. 방황하는 객승을 욕하지 말라. 그들로 하여금 멋대로 방황하게 하라. 진주를 만들기 위한 조개의 진통처럼 방황을 딛고 피안에 오르는 자도 있고 그 아픔을 못 이겨 부서지는 자도 있는 것이니까. 물리적인 힘으로 규제한다고 청정한 승가가 될 수 있다면 원자탄이라도 터뜨려라. 객승을 박멸해서 불교계를 정화할 수 있다면 객승은 아무나 때려죽여도 상관없다는 긴급조치라도 발동시켜라. 그러나 정말 정치권력에서 불교에 애정이 있다면 사이비 주지와 관료승려들의 예금통장을 몰수해서 병원이라도 지을 일이다.

10년 세월 동안 산에서 내가 한 것이 무엇일까. 보다도 스스로 택한 길에서 방황하는 까닭은 무엇 때문인가. 나의 입산은 철없는 소년의 감상이고 객기였을까. 아무리 생각해도 내가 방황하는 이유는 신심의 결여 때문인 것 같다. 사람이 사람답게 살 수 있는 방법을 가르쳐 주는 것을 구경의 목적으로 하는 것이 종교일진대, 어떤 시련이나 외적인 악조건에도 굴하지 않고 꿋꿋이 견딜 수 있는 신심의 뿌리가 튼튼하게 밑받침되어야 하는 것인데. 아무래도 나에게는 그 신심의 뿌리가 허약했던 것 같다. 어쩌면 나에게는 그 신심이란 것이 처음부터 없었던 것인지도 모른다. 나는 보편적인 진리만을 믿고 너무 쉽게 뛰어

들었던 것은 아니었을까. 어떤 의미에서 종교라는 것은 차라리 맹목적인 신심이 보편적인 진리에 우선하는 것인데, 신심은 없이 보편적인 진리만을 믿고 달려들어 능력의 한계에 부닥치게 되었을 때, 방황이란 그리하여 필연적인 귀결이 아닐까.

다른 이들의 비리나 상황의 부조리가 어쨌단 말인가. 그들의 비리에 대하여 알레르기성 반응을 표출시키는 저변에는 내 무능을 호도해 보자는 비열한 잔꾀가 은닉되어 있는 것은 아닐까. 비리의 벽이 너무 두껍고 완강해서 무너뜨릴 수 없는 것이라면 나 혼자만이라도 올바른 길을 걷는 것만이 그 비리를 척결할 수 있는 초석(礎石)이 될 수 있는 것인데, 이 자명한 이치를 모르지 않는 내가 누구를 비난하고 무엇에 분노한다는 말인가. 비겁한 자의 자기기만일 뿐이다. 무능한 자의 열등의식일 뿐이다.

어떤 파렴치한 수작도 부리지 않고 다만 육체, 쓰다듬으면 쓰다듬은 것만큼 정직하게 흥분하고 정직하게 발기하여 타인을 우리로 만들어 주는 창녀야말로 이 세상을 가장 진실하게 사는 인간이 아닐까. 창녀 앞에 세상의 모든 가짜들은 합장배례할 일이다.

해맑은 형광등의 불빛이 창백하게 부서지고 있는 지하의 시

267

체실은 깊은 바다 밑처럼 적요하다. 어디서인가 개 짖는 소리가 그 적요를 베며 들려오고 있어 더욱 쓸쓸한 느낌이다. 시체 특유의 야릇한 냄새가 코에 감긴다. 죽은 자에게서는 왜 냄새가 나는 것일까.

시체가 들어 있는 잿빛의 벽이 비현실적인 느낌으로 눈에 들어온다. 검은 페인트칠을 한 정사각형의 철문에는 자물쇠가 채워져 있고 망자(亡者)의 이름이 적힌 종이쪽지가 붙어 있다. 생전에 불리었던 성명 삼 자 위에 고(故) 자를 관(冠)처럼 쓰고서. 시체실의 공기는 흐르지 않고 정지해 있는 것 같다. 촛불도 향연(香煙)도 딱딱하게 응고되어 있다. 죽음은 모든 것을 정지시키는 것일까.

나는 살아 있는 것일까. 목탁을 두드리며 나무아미타불을 부르면서도 살아 있다는 실감이 나지 않는다. 저 어두운 벽 속에 누워 있는 영혼 떠난 육체들이 내 염불 소리를 듣고 있을까.

유족들이 제상(祭床) 앞에 엎드려 울고 있다. 저들의 울음소리가 비현실적으로 들리는 것은 어째서일까. 저 사람들은 진실로 죽은 자를 위하여 슬퍼하는 것일까. 죽음이라는 완벽한 단절 앞에 눈물이 무슨 의미가 있을까.

젊은 여인이 엎드려 있다. 좁은 어깨가 간간이 흔들리는 것으로 보아 오열을 삼키고 있는 것 같다. 저 여인은 그러나 살아갈 것이다. 인간에게는 망각이라는 편리한 기능이 있으니까.

또 한 떼의 유족이 들어온다. 향을 꽂고, 절을 하고, 잠시 엎드려 있더니 둘러앉는다. 고소, 합의, 위자료 등의 단어들이 간간이 들려온다. 시체실 관리인에게 들은 얘기가 생각난다. 교통사고 등으로 사망했을 경우 위자료 문제로 며칠이고 장례가 지연되는 게 예사라는 것이다. 한 푼이라도 더 받아 내려는 유족과 한 푼이라도 덜 주려는 가해자 측 사이에서 말 못하는 시체는 부패해 간다는 것이다. 위자료의 분배를 둘러싸고 유족끼리 시체 앞에서 주먹다짐을 벌이기도 한다는 것이다. 말소리가 들린다. 얼마 주겠대? 이백오십 이상은 안 되겠다는데. 무슨 소리야. 삼백 이하는 안 된다구. 하지만 장례를 모셔야지. 벌써 사흘이 지났잖아. 안 돼, 삼백 내놓을 때까진. 하지만 날씨가 더워서 시신이…… 망인께서두 용서하시겠지. 자식들이 잘되길 바라실 테니까. 인간의 욕망이란 도대체 어디에 그 끝을 감추고 있는 것일까.

철문 열리는 소리가 들리고, 입에 마스크를 한 사내들이 들것을 들고 들어온다. 시트를 걷어 내자 앨범 속의 묵은 사진처럼 빛바랜 시체의 얼굴이 드러난다. 관세음보살. 저것이 나와 똑같이 숨을 쉬고 밥을 먹고, 그리고 그리워하고 슬퍼하고 분노하던 인간이었을까. 안경 낀 의사가 감정이 배제된 얼굴로 잠깐 시체를 살피더니 마스크의 사내들에게 손짓하자 다시 시트가 덮이고, 벽의 자물쇠가 열린다. 그들은 익숙한 솜씨로 들것에서 시체를 내리더니 동굴처럼 시커먼 아가리를 벌리고 있는 벽 속으로 시체를 밀어 넣는다. 다시 자물쇠가 채워지고 고 ○○○의 쪽지가 붙여진다.

목탁 노동자가 들어온다. 그에게 목탁을 인계하고 시체실을 나온다. 오랜 자맥질 끝에 물을 벗어난 잠수부처럼 나는 길게 숨을 내쉰다. 그리고 허파 가득히 공기를 채운다. 멀리서 자동차 구르는 소리가 들려오고 깜깜한 하늘에는 별빛이 선명하다.

유족 대기실로 들어간다. 아무렇게나 쓰러져 자고 있는 사람들이 시체처럼 보인다. 그곳을 나와 옥상으로 가는 계단을 오른다. 유족으로 보이는 사내들이 계단에 쭈그리고 앉아 핏발 선 눈으로 화투장을 조이고 있다. 대사, 곡차 한잔 하겠수. 나는 못 들은 체 그들의 사이를 빠져 하나, 둘, 숫자를 세며 계단을 오른다. 일흔아홉, 여든, 여든하나까지 셈했을 때 갑자기 넓은 공터가 나타난다. 피로하다. 옥상까지 올라가서 잠든 도시의 모습을 보아 주려던 애초의 생각을 단념하고 베란다의 끝으로 간다. 두 손으로 난간을 짚으며 아래를 내려다본다. 그러자 정권으로 안면을 강타당했을 때처럼 핑 하는 현기증이 전신에 퍼지며 발바닥이 간지러워진다. 나에게는 이상한 버릇이 있다. 고층 건물의 꼭대기에서 지상을 내려다볼 때나 푸른 강물이 넘실대는 다리 위를 지날 때 또는 파도가 흰 이빨을 드러내고 울부짖는 바다 위를 지날 때면 뛰어내리고 싶은 충동을 받고는 한다. 아찔한 전율과 진저리 쳐지는 쾌감이 반반인 그 야릇한 기분은 뭐라고 말할 수 없는 황홀감을 안겨 주는 것이어서 거의 사정(射精)을 할 때와도 같은 절정감을 맛보게 되는 것이다. 내가 만약 자살하게 된다면 투신(投身)이 될 것이다.

소등을 하지 않은 방이 있다. 간호원 숙사로 보이는 앞 건물인데 내부가 환히 보인다. 정면으로 화장대가 보이고 그 옆으로는 1인용 침대가 보인다. 문이 열리며 머리에 수건을 동인 젊은 여자가 들어온다. 그 여자는 거울 앞에 앉더니 화장대 위에 팔꿈치를 세우고 두 손으로 턱을 받친다. 저 여자는 무엇을 생각하고 있는 것일까. 잠시 후 여자는 턱에서 손을 떼더니 화장을 시작한다. 바르고 문지르고 두드리고, 그리고 또 바르고 문지르고 두드리는 일련의 행위를 일사불란하게 계속한다. 모두 잠든 깊은 밤에 홀로 거울 앞에 앉아 화장을 하고 있는 여자의 모습은 아주 진지해 보여서 마치 의식을 집전하고 있는 승려처럼 엄숙해 보인다. 그 여자의 둥근 어깨를 바라보며 나는 어쩌면 저 여자는 자살을 하려는 게 아닐까 생각한다. 영육을 던져 사랑했던 남자가 이승을 떠났거나 그리고 어쩌면 그 남자로부터 버림을 받았기 때문에 자살하려는 게 아닐까. 그래서 모두 잠든 깊은 밤에 홀로 깨어나 최후의 화장을 하고 있는 게 아닐까. 여자가 몸을 일으킨다. 드디어 그 최후의 화장이 끝난 것인가. 나는 침을 삼키며 여자를 주시한다. 그런 나의 기대는 그러나 여자가 한쪽 다리를 화장대 위에 척 올려놓음으로써 무참하게 깨어진다. 그 여자는 그리고 잠옷 자락을 걷어 올린다. 눈부시게 흰 넓적다리와 풍만한 둔부가 눈에 들어온다. 여자는 두 손바닥으로 장딴지를 문지르기 시작한다. 다리를 바꿔 가며 열심히 그리고 진지하게 문지른다. 여자가 다리를 문지를 때마다 가는 허리와 둥글고 팽팽한 둔부가 어지럽게 율동한다. 나는 어떤 배신감을 맛본다. 그리고 까닭 모를 화가 치민다. 이윽고 다리 문지르기를 끝낸 여자가 옷을 벗는다. 선홍의 얇은 잠옷이 침대에 던져지고 브래지어와 팬티만 남게 된 여자의 육체는 야생마의 둔부처럼 탄력이 넘치고 불빛을 받아 번쩍거린다. 나는 가만히 바지 속에 손을 집어넣는다. 서러움의 덩어리가 밍클 쥐어진다. 조그맣게 위축된 고깃덩어리는 그러나 미동도 하지 않는다. 이래선 안 되는데, 이래선 안 되는 건데…… 나는 거의 울고 싶은 심정으로 필사적인 손놀림을 한다. 하지만 내가 아무리 손을 움직여도 고깃덩어리는 침묵하고 나는 힘없이 손을 뺀다. 여자가 두 손을 척 허리에 대더니 빙글 한 바퀴 돈다. 그리고 팔다리를 번쩍번쩍 쳐들며 몸뚱이를 요리조리 회전시킨다. 여자의 그런 행동은 지극히 색정적인 것이어서 사내들의 욕정을 도발시키기에 알맞은 것이었는데 이상하게도 내겐 비현실적인 풍경으로 보이는 것이어서 일말의 욕정도 일어나지 않고 차라리 쓸쓸하고 슬픈 느낌이 든다. 죽은 자의 얼굴을 보았기 때문일까.

우리 목탁 노동자들이 교대로 쉬기 위해 잡아 놓은 여관으로 간다. 자고 있는 노동자를 깨워 시체실로 보내고 나는 실신하듯 쓰러진다. 눈을 감자 벌거벗은 여자의 몸뚱이와 앨범 속의 묵은 사진처럼 빛바랜 시체의 얼굴이 오버랩되어 어른거린다. 빠개질 듯 머리가 아파 온다.

잿빛 연기가 피어오르고 있는 화장터는 순번을 기다리는 시체들로 만원이다. 그들은 살아 있을 때도 기다렸고 죽어서도 기다린다. 아아 인간에게 주어진 것은 오직 기다림, 기다림뿐인가.

수십 개의 화구(火口)가 잇대어 있는 원형의 복도에서 서성거리고 있는 산 사람들의 얼굴 위로 끈적끈적한 땀이 피곤하고 짜증스럽게 흐른다. 모두들 어서 빨리 이 어둡고 우울한 작업을 끝내고 '방'으로 돌아가고 싶어 한다.

드디어 화구가 열리고 하얗게 소진된 뼈다귀가 쓰레받기처럼 생긴 양철통에 담겨진다. 제주(祭酒)를 얻어 마셔 얼굴이 벌건 화부(火夫)들이 그것을 쇠절구에 넣고 망치로 두들긴다. 뼈다귀는 잠시 후 가루가 되어 상자에 담긴다. 흰 천으로 띠를 맨 그 상자를 목에 건 상주가 영구차에 오르는 것을 끝으로 산 자가 죽은 자에게 베푸는 마지막 의식이 끝난다.

이제는 뼛가루를 허공에 뿌리는 일만 남았으며 그리고 허공을 사랑할 일만 남았다. 우리도 그리고 허공이 될 테니까.

　부처보다 먼저 술을 알았기에 세상이 참 시시하구나.

　백날을 피땀으로 설쳐 봐도 열아홉 가시내의 음부, 그 구멍
의 깊이만도 못한 생의 거리들인데…….
　뉘라서 알까. 견성한 후에도 스스로 미쳐 산야를 헤매었던
옛 중의 마음을.

　아아 다시 인간으로 태어나게 되는 불행이 만약 내게 주어진
다면 나는 울지 않고 웃으면서 어머니의 자궁을 빠져나오리라.

　늦잠에서 깨어 보니 마당에 눈이 두 자 가까이 쌓여 있었다.
그때까지 지산은 돌아오지 않고 있었다. 정말로 몽땅 마셔 버
리는 모양이었다. 나는 지산과의 암자 생활을 끝내야겠다고 생
각하며 눈을 치우기 시작하였다. 나는 땀을 뻘뻘 흘리며 마을
이 보이는 언덕까지 내려갔다. 백설에 덮여 있는 마을은 몹시
평화스러워 보였다.
　나는 천천히 눈 속으로 삽자루를 밀어 넣었다. 그리고 손에
힘을 주어 밀었다. 그때 뭉툭 하고 무엇이 삽 끝에 걸렸다. 나

는 삽을 빼고, 손으로 눈을 헤쳐 보았다.

거기에는 무릎을 꿇고 두 손을 모아 합장한 승복의 사내가 언덕을 오르는 자세로 엎드려 있었는데, 지산이었다. 그의 등에는 아무것도 들어 있지 않은 빈 바랑이 찰싹 달라붙어 있었다.

나는 두 손으로 그의 고개를 받쳐 들고 얼굴에 묻어 있는 눈을 털어 냈다. 그는 두 눈을 꼭 감고 있어서 자기의 눈에 점안을 했는지 못했는지 나로서는 알아낼 도리가 없었다.

8

　나는 지산의 시체를 등에 업었다. 뜻밖에도 시체는 가벼웠
다. 영혼으로만 살다가 죽은 사람의 육체는 무게가 없다던 말
이 생각났다. 알 수 없는 일이었다. 지산은 영혼보다는 육체의
욕망에 멱살을 잡혀 몸부림치던 파계승이 아니었던가.

　언덕은 미끄러웠다. 나는 몇 번씩이나 지산의 시체와 함께
뒹굴고는 했다. 암자에 도착했을 때 내 몸은 땀으로 멱을 감고
있었다.

　나는 우선 시신에 묻은 눈을 대강 털어 내고 방으로 옮겼다.
무섭다는 생각은 조금도 일어나지 않았다. 그렇다고 슬픈 감정
이 일어나는 것도 아니었다. 그저 당연한 일상의 행위로 느껴질
뿐이었다. 유독 겁이 많은 나로서는 참으로 뜻밖의 일이었다.

　나는 결국 나 혼자의 힘으로 지산의 시신을 다비(茶毘)*하기

로 작정했다. 특별히 연락할 곳도 없었지만 연락한다고 해서 승적도 없는 유랑잡승의 시신을 다비해 주러 눈길을 뚫고 달려와 줄 사람이 있을 것 같지도 않았다. 나는 잠시 내가 아는 승려들과 지산의 옛 도반들을 떠올려 보다가 고개를 흔들었다. 겨울이어서 부패할 염려는 없었지만 지산의 시체를 홀로 남겨두고 잠시라도 암자를 비울 수는 없다고 생각했다. 무엇보다도 영혼이 떠나간 육신을 한시라도 이승에 방치해 둬서는 안 된다는 생각이었다.

나는 서둘러 지산의 등에 붙어 있는 바랑을 벗겨 냈다. 저승까지 지고 갈 짐이 있어서는 안 될 것이었다. 거기다가 내 소지품들을 챙겨 넣었다. 그리고 지산의 바랑과 함께 밖으로 옮겼다. 지산의 대가사를 꺼내 들고 방으로 들어갔다. 방바닥에 쫙 펼쳤다. 시체를 그 위에 눕혔다. 지산은 두 다리를 가슴께로 바짝 오그려 붙이고 두 손 또한 가슴께로 모아 합장한 자세로 누워 있었는데, 마치 팔다리를 잔뜩 옹송그리고 누워 울면서 엄마를 찾는 아기처럼 보였다. 나는 오그리고 있는 무릎을 손으로 눌렀다. 갑자기 지산이 상체를 벌떡 일으키며 이마로 내 얼굴을 들이받았다. 나는 기겁을 하게 놀라며 손을 떼었다. 지산은 다시 아까와 같은 자세로 돌아갔다. 시체는 오래된 떡덩어

---

* 불에 태운다는 뜻으로, 시체를 화장(火葬)하는 일을 이르는 말. 육신을 원래 이루어진 곳으로 돌려보낸다는 의미가 있다.

277

리처럼 딱딱하게 경직되어 있었다. 나는 잠시 시체를 내려다보다가 무릎으로 허리께를 눌렀다. 그리고 두 손으로 시체의 무릎을 눌렀다. 우드득 하고 탈골(脫骨)되는 소리가 났다. 나는 얼른 손을 떼었다. 잠시 망설이다가 눈을 감았다. 그리고 천천히 힘을 주어 눌렀다. 탈골되는 소리가 점점 약해지더니 이윽고 무릎이 반듯해졌다. 나는 저고리 소매로 이마의 땀을 닦았다. 이번에는 합장하고 있는 두 손을 떼어 낼 차례였다. 합장은 완강해서 좀처럼 떨어지지 않았다. 나는 땀을 뻘뻘 흘리며 마주 붙은 손바닥과 씨름을 하다가 마침내 포기해 버렸다. 억지로 잡아떼면 떨어지지 않을 것도 아니었지만 구태여 합장을 해제시킬 필요가 있는가 하는 생각이 들었기 때문이었다. 대가사는 지산을 세 번이나 두르고도 얼마쯤 남았다. 나는 장삼끈을 세 토막으로 잘랐다. 가사를 단단히 조이고 나서 하단, 중단, 상단의 순으로 묶었다. 이제 지산은 목만 내놓고 전신이 가사에 둘러싸여 있었다. 그는 두 눈을 꼭 감고 있었는데 입술이 약간 비틀려 있었다. 마지막까지 그는 잘못된 세상과 잘못된 자기 자신을 비웃고 있었던 것일까. 나는 조심스럽게 지산의 비틀린 입술을 바로잡았다. 얼굴빛은 평소처럼 창백해서 특별히 사자(死者)의 얼굴이라는 느낌이 들지 않았다.

희끗희끗 눈발이 흩날렸다. 하늘은 잔뜩 찌푸려 있었다. 나는 서둘러 장작을 날라 방에 쌓았다. 공양간을 뒤져 보니 장명

278

등에 넣으려고 준비해 둔 석유가 반 초롱쯤 남아 있었다. 장작더미에 골고루 석유를 뿌렸다. 그리고 그 위에 지산을 눕혔다. 방 안을 둘러보았다. 특별히 챙겨야 할 물건은 없었다. 이제 다비를 위한 준비는 모두 끝난 셈이었다.

나는 마지막으로 지산의 얼굴을 들여다보았다. 시반(屍斑) 현상이 일어나고 있었다. 동전 크기의 청홍색 반점들이 군데군데 깔려 있었다. 붉고 푸른 그 얼룩점들로 해서 지산의 얼굴은 꽃이 핀 것 같았다. 나는 웃음이 나왔다. 드디어 죽었군. 드디어 죽어서 최초이자 최후로 한번 혈색 좋은 얼굴이 되었군. 중얼거리며 나는 성냥불을 던졌다. 확 불길이 솟았다. 석유 먹은 마른 장작더미는 배암의 혀처럼 불꽃을 떨며 황홀하게 타올랐다.

나는 밖으로 나와 바랑을 깔고 앉았다. 그리고 지산의 바랑을 뒤져 잡기장을 꺼냈다. 어젯밤 읽다 만 부분이 있었다.

문득 뭉클 하고 만져지는 내 것이 아닌 살덩이의 감촉에 나는 흠칠 몸을 떨었다. 극심한 조갈증으로 목 안이 타는 것 같았다. 고개를 흔들어 보았다. 휑휑 골 흔들리는 소리가 들리며 관자놀이께가 빠개질 듯 욱신거렸다. 아, 여기가 어딘가.

나는 벌떡 상체를 일으켰다. 저고리 고름도 풀지 않은 채였

279

다. 주전자에는 한 방울의 물도 없었다. 군데군데 얼룩진 천장 위에서는 쥐 울음소리가 들렸다. 주먹만 한 구멍이 뚫려 있는 벽의 상단에 매달린 전구가 양쪽 방에 불빛을 나눠 주고 있었다. 얼룩점이 많은 캐시밀론 이불에서는 비린내가 났다. 머리맡에는 2홉들이 소주병 두 개가 쓰러져 있고 그 옆으로 새우깡 부스러기와 일회용 휴지가 놓여 있었다.

관세음보살. 나는 버릇처럼 관세음보살을 불렀다. 비구승 10년에 남은 것은 탄식 같은 관세음보살뿐인가. 담배는 들어 있지 않았다. 나는 빈 곽을 구겨 버리고 재떨이를 뒤져 꽁초를 입에 물었다. 연기를 들이마시자 울컥 구역질이 올라왔다. 칼로 도려내는 듯 속이 쓰렸다. 아아. 나는 베개에 이마를 박았다.

……초파일 아침은 찬란했다. 모두들 바쁘게 움직였다. 말끔히 청소된 도량에는 갖가지 모양의 크고 작은 등이 내걸렸다. 바람 한 점 없는 하늘은 쾌청했다. 주지는 흡족한 표정으로 이것저것 지시하고 있었다. 이상하게도 초파일날에는 바람이 많이 불어서 등을 켜는 데 애를 먹고는 했는데 오늘은 날씨가 좋았다. 하기야 이 절은 전기로 불을 켜니까 폭풍이 불어도 상관없지만. 오늘은 부처님이 오실 것이었다. 찬란한 금빛 가사를 어깨에 드리우고, 순백의 연꽃 위에 좌정하신 부처님께서, 예토(穢土)의 중생들을 건지시러 오실 것이었다. 아침 공양을 마치고 나는 슬그머니 절을 빠져나왔다. 바위틈에는 한 무더기의

280

축원 카드가 쌓여 있었다. 나는 카드 속에 감춰 둔 소주병을 꺼내 들고 바위 위에 올라가 가부좌를 틀고 앉았다. 저 아래로 절이 한눈에 들어왔다. 바쁘게 움직이는 승복들이 개미처럼 보였다. 내걸린 등이 꽃밭 같았다. 이제 사람들이 몰려올 것이었다. 이제 장안의 부자들이, 그 부자의 안귀들이 몰려올 것이었다. 뒷좌석 위에 크리넥스 통이 놓여진 승용차를 타고, 더 큰 부귀와 영화를 달라고 엎드려 빌고자, 달려올 것이었다. 옆사람이 얼마짜리 등을 사는지 곁눈질을 하며 그 여자들은 경쟁적으로 더 비싼 등을 살 것이었다. 그러나 품귀 현상은 결코 일어나지 않을 것이다. 상인은 고객의 취향과 심리를 익히 알고 있으니까. 승려들은 목이 찢어지라고 염불을 할 것이었다. 단상에는 지폐가 쌓여 갈 것이고, 그 지폐를 둘러싼 노아벽치(努牙劈齒)*는 끊어지지 않을 것이었다. 승용차들이 절 마당으로 모여들고 있었다. 주지의 일그러진 얼굴이 보이는 듯했다. 건명(乾命)·곤명(坤命)을 잃어버린 여자들의 아우성 소리가 들리는 듯했다. 아아, 나는 지금 무엇을 하고 있는가. 이것은 또 얼마나 못난 짓인가. 나는 비틀거리며 산을 내려오는 것이었다.

여자가 뭐라고 잠꼬대를 하더니 내 목을 끌어안았다. 그 여자의 입에서는 심한 악취가 풍겼다. 나는 여자의 손을 뿌리쳤

---

* 개들이 싸우면서 물고 뜯는 모양. 심하게 싸우는 것을 이른다.

다. 그 바람에 여자가 눈을 떴다. 나는 루주가 벗겨져 균열이 보이는 여자의 입술에 피우고 있던 꽁초를 물려 줬다. 그 여자는 길게 한 모금 빨아들이고 나서 천천히 연기를 토해 내더니 이윽고 찢어지게 입을 벌리며 하품을 했다. 눈물 한 점이 눈꼬리에 매달렸다가 볼을 타고 떨어졌다. 물기가 지나간 눈 밑에 얼룩점이 만들어졌다. 웃을 기분이 아니었는데 나는 쿡쿡 웃음을 깨물었다. 필터만 남은 꽁초를 재떨이에 비비면서 그 여자는 눈을 흘겼는데 아마 애교로 보여졌다.

"만땅꼬로 취하셨어. 자꾸 술 더 사오라고 소리 지르던 기억 안 나요?"

여자가 다시 찢어지게 입을 벌리며 하품을 하더니 머리까지 이불을 뒤집어썼다. 그리고 이내 코를 골았다. 자동차 바퀴 구르는 소리가 먼 땅 밑을 흘러가는 물소리처럼 아득하게 들려왔다. 저잣거리에는 새벽이 왔을 것이었다. 이제 태양이 떠오르고, 또 다른 하루가 시작될 것이었다. 사람들은 왜 새벽을 기다리는 것일까. 기적 소리가 들렸다.

……그래. 나는 저 소리를 따라 정거장으로 가는 것이었지. 새벽차 시간을 확인하고, 표를 끊었지. 남쪽 끝의 항구였지. 그래. 다시 섬으로 가자. 인간들의 발길이 닿지 않는 절해고도로 가자. 부처가 되는 거야. 인간의 시조가 되는 거야. 아아, 나는 처음 머리를 깎던 날처럼 갈비가 뒤틀리는 것이었지. 대합실을

282

나와 광장의 벤치에 앉았지. 도시는 죽음을 향해 달려가고 있었지. 하늘에는 별이 보이지 않았지. 나는 벤치에서 일어나 옷소매에 두 팔을 맞찌르고 광장을 빙빙 돌았지. 어머니를 불렀지. 노래를 불렀지. 염불을 했지. 눈물이 나올 것 같은 기분이었지. 그때 어떤 중늙은이 여자가 내게로 다가왔지. 부대하게 풍신 좋은 그 여자는 아주 다정한 목소리로 속삭이듯 말하는 것이었지. 쉬었다 가시우. 다순 방 있수. 그리고 그 여자는 어머니처럼 내 등을 껴안는 것이었지. 어여 갑시다. 어여. 그때 나는 아주 행복했지. 먼 여행에서 돌아와 이제 막 기차에서 내린 나는, 마중 나온 어머니의 손을 잡고, 가족들의 환한 웃음과 다순 영접이 기다리고 있는 아랫목 따뜻한 우리집을 향하여 휙휙 휘파람을 날리며 씩씩하게 걸어가는 것이었지. 가족들에게 줄 선물이 없는 게 미안했지만, 오랜 여행에서 보고 듣고 느꼈던 흥미진진한 이야기가 무진장으로 있는 것이어서, 나는 당당한 걸음으로 걸어가는 것이었지. 그러나 아무도 다숩게 영접해주지 않았고, 방은 썰렁했으며, 어머니라고 생각했던 그 여자는 빼앗듯이 내게서 돈을 받아 들더니, 문을 탁 닫고, 잘 자라는 말 한마디 없이 방을 나가는 것이었지. 잠시 후 한 손에 소주병과 새우깡, 또 한 손에 일회용 휴지를 든 늙고 못생긴 여자가 입가에 주름을 모아 웃으며 들어오는 것이었지. 나는 참담하게 웃으며 소주를 마셨고, 그 여자는 번개처럼 새우깡을 입으로 가져가는 것이었지. 술병은 금방 바닥이 났고, 나는 쓰러질 것 같았지. 내 앞에 쭈그리고 앉아서 늙은 말처럼 힝힝 웃으며 새우깡을 주워 먹던 그 여자가 치마를 벗었지. 그리고 나보고 옷을 벗으라고 재촉하는 것이었지. 나는 팬티를 벗는 그 여자의 손을 잡고 악을 썼지. 나는 술이 필요할 뿐이다. 다만 술이 필요할 뿐이다, 라고.

기적 소리가 들렸다. 날카로운 연장으로 후벼 내는 것처럼 속이 쓰렸는데, 정거장에서 목장우유 한 병 사 마시면 될 것이었다. 내가 서둘러 몸을 일으키는 바람에 여자가 잠을 깼다. 그 여자는 손등으로 눈을 문질렀다.

"왜, 가겠수?"

나는 고개를 끄덕여 주었다. 그리고 서둘러 바랑을 등에 졌다. 그때 이불이 흔들리면서 부스럭거리는 소리가 났다. 여자가 빤히 나를 올려다보았다.

"올라와요."

나는 어이가 없어서 웃음이 나올 지경이었다.

"당신…… 무슨 소리야?"

여자의 입술이 묘하게 비틀렸다.

"대금을 치렀음, 물건을 가져가야지."

"……?"

여자가 단호하게 말했다.

"공돈은 싫다구요."

나는 쫓기듯 방을 나왔다. 그 여자의 비웃음 소리가 뒤통수를 때렸다.

"야야, 웃기지 말라구. 이거 왜 이래. 난 적어도 정직하게 사는 인간이다 이거야. 치사하게 사기 치거나 도적질하지 않았다구. 내 밥만큼은 적어도 내 힘으로 벌어먹는다 이거야. 이거 왜 이래."

부끄럽습니다, 어머니. 공연히 수도합네 하는 핑계로 세상을 속이고 나를 속이고 저잣거리의 중생들이 땀 흘려 벌어 공양드린 시주물을 도금한 등상불(等像佛) 앞에 위선의 가부좌를 틀고 앉아 넙죽넙죽 받아먹으면서 텅 빈 허공에 부처를 그리려 하고 있으니…….

10년이 지나갔습니다. 나도 부처가 될 수 있다는 기대와 희망으로 터질 것 같은 가슴을 달래며 머리를 깎던 게 엊그제 같은데 벌써 10년이 지나갔어요. 처음에는 잘나갔지요. 금방이라도 부처는 내 손아귀에 잡힐 것 같았습니다. 3년이 지나고부터 초조해지기 시작했고 6년이 지나고 나자 막막한 절망감에 몸을 떨어야 했습니다. 그러다가 여자를 만난 거예요. 이층을 했습니다. 분리의 것으로 믿고 있던 존재와 세계가 합일되는 쾌감을 느꼈습니다. 그러나 이층을 해제하는 순간 쾌감은 사라졌

285

고, 존재와 세계는 다시 평행선이 되고 마는 것이었습니다. 쾌감은 순간이었지만 그 쾌감의 대가는 컸습니다. 승적을 박탈당한 거예요. 떠돌이 유랑잡승이 된 것입니다.

그때부터 방황이 시작되었습니다. 술을 마셨습니다. 담배를 피웠습니다. 어육(魚肉)을 먹고 여자를 찾았습니다. 허무했습니다. 나는 또 허무를 잊기 위하여 술을 마시고 여자를 찾는 것이었습니다. 그러다가도 무슨 발작처럼 가부좌를 틀고 화두와 씨름해 보는 것이었습니다. 절망. 절망. 나는 또 독한 막소주를 바리때로 퍼마시며 진저리를 치는 것이었습니다. 모든 것의 끝으로 가고 싶었습니다. 그 끝의 끝에 서보고 싶었습니다. 준수했던 낯짝은 쭈그러들고 맑던 눈빛은 탁해져 갔습니다. 자살에 탐닉했습니다. 참으로 싸가지 없고 한심한 생각이었지요. 하지만 당신은 모릅니다. 잿빛 승복 속에 은닉되어 출구를 찾지 못하는 펄떡이는 피의 고뇌를. 새벽마다 힘차게 발기하는 성기와도 같은 젊은 비구승의 번뇌를. 아아, 잠 못 이루는 밤마다 내 몸뚱이를 물어뜯던 그 이상한 고독을. 자살. 뒤집어서 말하면 자살이야말로 나의 허약한 삶을 지탱시켜 주는 기둥이었는지도 모릅니다. 죄송합니다. 나는 또 감정의 허영을 부리고 있는 것 같아요. 돼먹지 않은 분칠은 때려치우고 바로 말해 버리겠습니다. 자살에 멱살을 잡혔다는 것은 살고 싶어 몸부림쳤다는 얘깁니다. 그래요. 나는 살고 싶어요. 살아도 뻑적지근하게

286

온몸으로 살고 싶어요. 그런데 방법을 알 수 없는 거예요. 어떻게 사는 것이 최선의 삶인지, 어떻게 사는 것이 과연 전신으로 사는 삶인지, 알 수가 없는 거예요.

그렇게 몸서리를 치다가 한 생각을 얻었는데, 엉뚱하게 문학이라는 것이었습니다. 그렇다. 나도 문학을 해보자. 잠들어 있는 중생들의 영혼을 각성시켜 줄 수 있는 저 새벽의 종소리 같은 소설을 써보자. 하지만 그것은 참으로 웃기는 얘기였어요. 생각해 보세요. 각성되지 못한 자가 쓴 소설이 어떻게 중생들의 영혼을 각성시켜 줄 수 있겠는가를. 대저 소설이란 각성된 자가 각성된 눈으로 바라본 인간들의 이야기를 쓰는 것일진대, 칼날처럼 명징(明澄)하고도 준열한 산문(散文)일 것입니다. 1밀리의 감상(感傷)이나 사기가 용납되지 않는 냉혹한 승부일 것입니다. 세상에는 자기의 성명 삼 자 위에 작가니 시인이니 하는 관사를 붙이고 휴지 같은 쪼가리 글로 사기를 치는 자들도 있는 모양입니다만, 작가나 시인이라는 관사가 어찌 자랑이며 영광이 될 수 있겠습니까. 더구나 이 척박한 시대의 척박한 땅 위에서 말입니다. 그것은 고통이며 형벌일 것입니다.

그 무렵 내가 머물던 절에 관광을 왔던 인연으로 알게 된 어떤 대학교수가 있었습니다. 그는 여러 권의 저서를 내고 신문 잡지에 자주 이름이 오르내리는 소위 유명 교수였습니다. 그는 부당하게 배고프고 부당하게 핍박받는 이 시대 민중들의 인간다운 삶의 회복을 위하여 글을 쓴다고 했습니다. 그의 의식은 투철했고 논리는 명쾌했으며 문장은 힘이 넘쳤습니다. 나는 그의 글을 구해 밤새워 읽으며 무거운 감동을 받았으며 마침내 깊이 존경하게끔 되었습니다.

그의 집에 초대를 받았던 적이 있습니다. 그는 광활하고 호화스러운 맨션아파트에 살고 있었습니다. 절에 왔을 때 내게서 막소주 대접을 받은 바 있는 그는 우아하게 아름다운 부인을 시켜 술상을 보게 했습니다. 잔을 건네며 교수가 말했습니다.

"대사, 이게 무슨 술인지 아시오?"

산속에서 목탁이나 두드리던 내가 지렁이 기어가는 것 같은 꼬부랑 글자를 알 리가 없었지요. 교수는 카카카 하고 유쾌하게 웃었습니다.

"이태리산 니로카마요 니로카마. 양주야 니로카마가 최고지. 카카카."

도토리 껍질만 한 앙증스러운 잔에 담긴 핏빛 액체를 혀끝으로 핥으며 교수는 몹시 흡족해했습니다. 나는 손바닥 속으로 들어오는 잔을 들어 단숨에 털어 넣었습니다. 과연 최고급의 양주답게 목젖이 달보드레한 게 여간 향기롭지 않았습니다. 카아! 하고 후렴처럼 뱉을 필요가 없었습니다. 저 음습한 산사의 뒷방에서 나는 얼마나 많은 밤을 카아, 카아, 신음처럼 내뱉어야 했던지…… 나는 아양을 떨었습니다.

"과연 훌륭한 술입니다. 목젖이 간질간질해지는데요."

"천천히 들어요. 안주도 좀 집어 가며."

나는 무엇보다도 궁금한 게 있었습니다.

"값은…… 얼마나 합니까?"

"양키 아줌마가 대주는데, 한 병에 100불이오. 단골이니 그렇지 돈 있어두 못 삽니다."

"되게 비싼 술이군요. 우리 돈으로 치면 5만 원 아닙니까."

미제 치즈 조각을 입으로 가져가던 교수는 손을 내저었습니다.

"웬걸…… 10만 원 한 장은 줘얍니다. 한국 돈이 어디 돈 가치가 있나요."

아, 하고 나는 입을 벌렸습니다. 10만 원. 상표 없는 막소주 한 되에 300원이니 10만 원이면 어림잡아도 300병이 넘는 게 아닌가…… 입안이 깔깔해 왔습니다. 나는 급하게 잔을 뒤집었습니다. 교수는 나의 폭주를 걱정해 줬습니다.

"생각보다 독한 술입니다. 천천히 들어요."

나는 껄껄 웃었습니다.

"이래 봬도 막소주로 단련된 육신입니다. 이까짓 설탕물 같은 양주쯤이야."

"카카카. 대사의 주량은 내 잘 알지. 하지만 여긴 속세요. 공기가 탁하고 물이 더러워 취기가 빨리 올 거외다."

"걱정 마시고 잔이나 좀 큰 걸루 주세요. 이거야 어디 간지러워서."

"카카카. 대사의 그 호연지기가 좋다니까. 여보, 여기 글라스 가져와요."

커피잔만 한 글라스로 거푸 석 잔을 마셨더니 제법 알딸딸해 왔습니다. 낙관적인 기분이 되어야 할 텐데 이상하게도 까닭 모를 울분 같은 게 치밀어 오르고 있었습니다. 꼭 누구에겐가 배신을 당한 기분이었습니다. 나는 짐짓 취한 척했습니다.

"이렇게 살아도…… 되는 겁니까?"

교수는 내 말뜻을 이해하지 못하는 듯했습니다. 나는 새겨 말했습니다.

"이 술 말씀인데요. ……부당하다고 생각지 않으십니까?"

교수는 안경테를 밀어 올렸습니다. 미간에 주름이 모아지는 것으로 봐서 기분을 상한 듯했습니다. 그러나 말만은 교육받은 사람답게 점잖았습니다.

"나는 정당하게 노력했어요."

"정당하게 노력하고도 소주도 못 마시는 사람들이 있습니다."

"그거야 자본주의 사회의 구조적인 모순이지요."

"모순은 시정되어야 하는 것 아닙니까?"

"그거야 정치가들의 소관이지요."

"우리는…… 똑같은 인간입니다."

"분명 똑같은 인간이지만 평등하진 못해요. 아니, 평등할 수가 없어요. 사람들의 삶의 방법이 다양한 만큼 삶의 수준 또한 다양할 수밖에 없으니까 말이오."

나는 말머리를 돌렸습니다.

"한국 경제의 특징은 한마디로 빈부격차의 심화이며 지엔피만의 고도성장이다, 라는 교수님의 글을 읽은 적이 있는데……무슨 뜻인지 모르겠습니다."

교수는 미간의 주름을 펴면서 양담배에 불을 붙였습니다. 그리고 카카카 하고 유쾌한 듯 웃었는데 가장된 것으로 보여졌습니다. 대강 적당히 술판을 걷고 어서 이 맹랑한 중놈을 쫓아내고 싶어 하는 눈치였습니다. 그러나 나는 진지하게 경청하겠다는 자세로 상체를 기울였습니다. 교수는 또 카카카 하고 웃었습니다.

"참선하는 대사께서 별 관심이 다 많으시오."

나는 웃지 않았습니다.

"모든 것에 관심을 가질 작정입니다. 특히 경제학을 공부해볼 작정이에요."

교수가 놀란 눈빛으로 나를 바라보았습니다.

"경제학이라…… 좋지요."

"지엔피가 성장되면 근로자들의 생활 수준도 올라가는 것 아닌가요?"

교수는 고개를 흔들었습니다.

"언뜻 그렇게들 생각하지만 사실은 그렇지가 않아요. 통계숫자의 마술이며 일종의 대중조작입니다. 단적인 예로 1972년부터 1976년까지 5년 동안 근로자의 실질임금은 매년 8.5퍼센트씩 늘어난 데 반하여 같은 기간에 지엔피는 11퍼센트씩 증가했습니다. 이것은 근로자들의 노동 성과가 점차 더 낮게 평가되고 있음을 가리키는 증거예요. 다시 말해서 근로자들은 더 오랜 시간을 노동하여 더 많은 양의 물자를 생산해 냈음에도 불구하고 임금은 떨어지고 있다는 얘깁니다."

"그렇다면 8.5퍼센트와 11퍼센트의 간격, 그 이윤은 어디로 간 것입니까?"

"말할 것도 없이 몇몇 특정 독점자본의 주머니 속으로 들어간 거지요. 근로자들에게 정당한 임금을 지불하여 사람답게 살 수 있는 최소한의 환경을 만들어 주지 않음으로써 얻어진 이익으로 독점자본들은 중소기업을 병탄하고, 빌딩을 올리고, 에스컬레이터 풀장이 달린 아방궁을 짓고, 탤런트와의 하룻밤 정사에 아파트 한 채씩을 사주고 있다는 얘깁니다."

자기보다 잘사는 부자를 매도할 때 사람들은 신이 나는 것일까요. 교수의 어조는 열을 띠고 있었습니다.

"지금 한국 땅에서 경제를 좌지우지하는 자들이 어떻게 재벌이 된 줄 아십니까? 근검절약, 자수성가는 요순시대 얘기예요. 하기야 소부(小富)는 스스로의 노력으로 이룰 수 있지만 대부(大富)는 하늘이 낸다 했으니 재벌들은 하늘이 낸 사람들이라고도 할 수 있겠습니다만."

교수는 끌끌 혀를 찼습니다.

"하지만 한국의 경제구조에서 하늘이란 바로 은행이고 외국차관이란 데 문제가 있어요. 융자나 차관은 결국 국민들이 낸세금으로 충당되는 것일진대, 하늘이란 바로 정부를 뜻한다고할 수 있어요. 그래서 국민을 잘살게 해주겠다는 정부가 국민들로부터 각종 세금을 쥐어짜서 특정 재벌들을 살찌게 해준다는 아이러니가 성립되는 거예요."

교수는 열을 내어 한국 경제구조의 모순을 질타하면서 술잔을 찔끔거렸습니다. 나는 목마른 사람처럼 잔을 뒤집었습니다. 교수는 이제 나의 폭주를 제지하지 않았습니다. 병은 반 넘어줄어들고 있었습니다. 교수가 말했습니다.

"문제가 심각해요. 다수의 근로자들은 최저생계비에도 미달되는 임금을 받고 열악한 노동조건 아래서 혹사당하고 있는데 소수의 자본가들은 근로자들이 피땀으로 생산해 낸 물자를 팔아 치부를 하고 있으니…… 사회정의의 마멸, 도덕의 타락 등이 다 어디로부터 연유된 것입니까? 모두가 분배의 불균형, 심화되는 빈부의 격차에서 오는 거예요. 인간은 누구나 남보다 잘살고자 하는 욕망이 있습니다. 정당한 노력으로 이 욕망이 충족될 수 없다고 깨달았을 때 사람들은 절망하고 타락하게 되는 거예요. 노동으로 밥을 먹을 수 없게 되니까 도적이 되고 창부가 되는 거예요."

정말 심각한 얘기를 하는 교수의 얼굴은 그러나 조금도 심각해 보이지 않았습니다. 아니, 처음부터 심각할 필요가 없을 것이었습니다. 그것은 자기 자신의 절박한 문제가 아니니까요. 언어라는 것은, 그리고 문자라는 것은 얼마나 무책임한 것인지 모릅니다. 정신은 말짱했는데 머리통의 무게가 주체스럽게 느껴졌습니다. 교수는 하품을 하고 있었습니다. 나는 자리에서 일어섰습니다.

"왜…… 가시려오?"

문간에서 나는 교수에게 말했습니다.

"다시는 선생의 글을 읽지 않겠습니다."

맨션 단지의 광장은 황량했습니다. 매운바람이 볼을 때리며 지나갔습니다. 나는 금방이라도 쓰러질 듯 높이 솟아 있는 아파트의 밀림을 바라보았습니다. 환한 불이 밝혀져 있는 창들마다에선 행복한 웃음소리가 흘러나오고 있었습니다. 저 웃음의 뒤쪽, 저 밝은 불빛의 뒤쪽은 승복빛 어둠일 것이었습니다. 나는 그 어둠 속으로 걸음을 재촉했습니다.

어머니, 부끄럽습니다. 지금까지 나는 생활이라는 것을 모르고 살아왔던 것 같아요. 알았다고 하더라도 내 손으로 내 밥을 벌어 보지 않았으니 그것은 관념일 것입니다. 누구의 말대로 관념은 행위의 어머니임이 분명하지만, 행위가 수반되지 않는 관념이란 또 얼마나 감상적인 것인지…… 감상적인 기분으로는 생활이라는 것의 그림자도 잡을 수 없을 것입니다. 어머니, 도시의 저 불빛을 보십시오. 성처럼 높은 담을 치고 도둑처럼 웅크리고 있는 부자들의 안방, 그 어두운 밀실에서 저질러지고 있는 수많은 죄악들…… 현란하게 춤추는 도시의 저 불빛들은 그리하여 빈자(貧者)들의 피이며 땀일 것입니다.

사람들은 겁도 없이 사랑을 말합니다. 그 교수도 책에서 사랑을 얘기했습니다. 사랑…… 좋은 말이지요. 그러나 저 호화로운 맨션아파트에서, 몸뚱이가 파묻히는 그 안락한 소파에 앉아서, 한 병에 10만 원짜리 술을 마시면서, 그 술값의 반도 못 되는 노임으로 개처럼 살아가는 사람들을 과연 사랑할 수 있을까요? 그것은 악랄한 사기일 것입니다. 도대체 양주 마시고 앉아서 개처럼 사는 근로자들의 고통에 동참한다는 이야기를 할 수 있다고 생각한다면 그것은 넋 빠진 자의 헛소리일 것입니다. 차라리 자작자수(自作自受)니 자업자득(自業自得)이니 하는 따위의 불교 문자를 동원하는 쪽이 훨씬 양심적이겠지요. 업(業)이니 복(福)이니 하는 말이 원래의 뜻과는 달리 현실의 부조리를 호도하고 지배를 정당화하기 위하여 지배자들이

즐겨 써온 지배자의 논리이기 때문입니다.

어머니, 나는 최근에 어떤 짤막한 글을 읽고 많은 것을 생각해 보게 되었습니다. 그 글은 다음과 같습니다.

기가 막힐 노릇이다. 우리 공장 주인은 불과 7년 전에 평화시장에서 메리야스 가게를 하다가 미싱 몇 대를 놓고 제품일을 시작했는데 이삼 년 만에 크게 돈을 벌어 현재의 공장을 차리고 신당동에 2층 양옥을 한 채 사고 다른 곳에도 집을 한 채 더 샀을 뿐만 아니라 말죽거리에는 땅도 많이 가지고 있다는 것이다. 그 모든 것이 자기들 말로는 자기들이 번 돈으로 산 것이라고 하겠지만 따지고 보면 우리 노동자들의 수고 없이 그 돈이 어디서 생겼겠는가. 우리들에게 일한 대가를 정당하게 지불해 주었다면 어째서 그토록 크게 치부할 수 있었겠느냐 말이다. 우리들이 밤늦게까지 혹사당하고 생계를 꾸려 가지 못할 정도의 저임금으로 착취당한 그 대가로 저들은 잘 먹고 잘 입고 좋은 집을 사고 땅까지 사두는 것이 아닌가. 그리고 우리들이 배우지 못하고 건강을 송두리째 잃어 가면서 일할 때 저들의 아들딸들은 학교에 다녀서 곧 우리들의 상전으로 나타나 또다시 우리를 혹사하고 학대하고 착취하는 것이 아닌가. 원통한 일이다.

어머니, 참으로 기가 막힐 일이 아닙니까. 이 글은 계층 간의 대립을 다룬 어떤 장편소설보다도, 생산과 분배의 모순을 다룬 경제학 박사의 어떤 논문보다도 인간사회의 구조적 모순을 첨예하게 보여 주고 있는 것입니다. 어머니, 저는 여태 모르고 있었습니다. 능금빛 볼에 모가지가 소줏빛인 소녀가 그 화사한 손가락으로 피아노의 건반을 두드리며 살아 있음을 즐거워하고 있을 때, 수많은 소녀들이 저 어두운 골방에서 새벽부터 밤늦게까지 미싱틀을 돌리며 살아 있음을 절망하고 있다는 것을. 햇빛을 볼 기회가 너무 적은 그 애들의 살결은 희다 못해 누렇게 뜨고, 허리는 노파처럼 구부정하며, 부었다가 빠지기를 되풀이하는 다리통은 새처럼 가늘다는 것을. 철딱서니없는 아이들이 제 아비 어미가 도적질한 돈으로 퍼마신 맥주에 취해 흐느적거리고 있을 때, 잠을 쫓기 위해 핏발 선 눈을 부릅뜨며 각성제를 먹고 있는 아이들이 있다는 것을. 호텔방에서 여관방에서 요정에서 교외의 으슥한 방갈로에서 산장에서 그리고 도시의 저 숱한 밀실과 밀실에서 살찐 엉덩이들이 쾌락의 춤을 추고 있을 때 그 애들과 그리고 수많은 빈중(貧衆)들은 탄식처럼 부르짖고 있을 것입니다. 아아, 어째서 이렇게 살기가 고달프냐! 그들은 또 부르짖을 것입니다. 나는 가난하다. 나의 아버지도 가난했다. 나의 아버지의 아버지도 가난했다. 어머니, 나는 윤회(輪廻)를 생각했습니다. 그리고 불타의 성불론(成佛論)

을 떠올렸습니다. 인간은 누구나 깨달음을 얻으면 부처가 될
수 있다고 했습니다. 이 말은 결국 평등일 것입니다. 불타께서
45년간 타는 갈증으로 외쳤던 저 항하사수(恒河沙數)*의 설법
들 또한 평등 두 글자로 집약될 수 있을 것입니다. 이 말을 뒤
집으면 인간의 역사는 불평등, 곧 수탈의 역사였음을 알 수 있
습니다. 어떤 넋 빠진 놈이 인간은 태어날 때부터 평등하다고
짖어 댔는지 모르겠습니다. 생각해 보세요. 종합병원의 호화판
특실에서 태어나는 아이와 10만 원짜리 무허가 판잣집 전세방
에서 태어나는 아이가 어찌 똑같을 수 있겠는가를. 살아 있는
동안 인간은 절대로 평등하지 못하고, 죽음 앞에서 비로소 최
초이자 최후로 한 번 평등해질 수 있을 뿐인 것입니다.

어머니, 나는 노동을 하지 않았습니다. 부처를 찾는다는 명
분으로 손끝 하나 까딱하지 않고 밥을 먹었습니다. 반찬이 없
다고 짜증을 부렸습니다. 얼마나 가소로운 짓거리였던지……
내가 먹은 밥은 누가 주었습니까. 신도들의 시주물입니다. 신
도들은 왜 시주를 할까요. 중들이 예뻐서? 천만에요. 물론 일
체의 세속적인 욕망을 끊고 깊은 산속에서 상구보리(上求菩提)
하화중생(下化衆生)**의 대원력을 세우고 피나는 수도를 하는

---

* 항하사(恒河沙) : 갠지스 강의 모래라는 뜻으로, 무한히 많은 것 또는 그런 수량을
  비유적으로 이르는 말.
** 상구보리 하화중생 : 위로는 깨달음을 구하고, 아래로는 중생을 교화하는 것.

스님네의 뒷바라지를 한다는 데 시주의 참뜻이 있습니다. 그러나 진실로 부끄러움 없이 그 시주물을 받을 승려가 몇이나 될 것이며 또 진실로 그런 마음으로 시주를 하는 신도는 몇이나 될는지요. 절을 찾는 신도의 90퍼센트 이상이 단지 복을 받기 원해서 시주를 하는 것이라면 지나친 말일까요. 복. 생각하면 이 복이라는, 참말로 복 받을 말 속에는 얼마나 추악한 이기주의가 숨어 있는 것인지 모릅니다. 사람들이 저마다 내 한 몸, 내 한 가정에만 복을 받기 바란다면, 나 이외의 사람들은 아무렇게나 되어도 좋다는 말인가요. 물론 쌀되를 머리에 이고 몇십 리 산길을 허위허위 올라와 불상 앞에 엎드려 손주새끼들의 건강과 무병장수를 비는 늙은 여자의 굽은 허리는 아름답습니다. 그러나 법당 앞까지 자가용을 타고 와서 빳빳한 지폐와 백일기도를 맞바꾸는 유두분면(油頭粉面)한 여자의 살찐 허리는 추악합니다. 아, 여자들의 그 무지한 욕망이라니…… 불상이 복을 주는가요. 촛불을 켜고 향을 사른다고 복을 주는가요. 앞사람이 촛불을 켜고 돌아서기 바쁘게 그 촛불을 꺼버리고 자기의 초에 불을 밝히는 여자들인 것이었습니다. 그 여자들이 시주라는 이름으로 절에 들이미는 그 숱한 돈들은 결국 저 새처럼 가는 다리로 미싱틀을 돌리는 어린 여자아이들의 피와 땀일 것입니다. 나는 공범자였습니다. 산과 거리는 얼마나 멀며, 선실(禪室)과 저 평화시장의 골방과는 또 얼마나 먼 것인지. 그리고 내 통통한 다리와 미싱틀을 돌리는 저 새처럼 가녀린 다리와의 사이는 무엇으로 메꾸어질 수 있을 것인지······.

부끄럽습니다, 어머니. 그때는 철이 없어서 대체로 아름답고 고상한 이야기를 쓰면 문학이 되는 것으로 알았습니다. 그런데 무슨 얘기를 써야 그 아름답고 고상한 것이 되는 것인지 도무지 땅띔*도 할 수 없는 것이었습니다. 문학이란 것을 나는 그때 얼마나 한심스럽게 인식하고 있었는지······ 그러나 정작 문제는 방법론에 있는 게 아니라 당위성의 발견에 있었습니다. 중이 문학을 한다. 문학을 참말 하려는 생각이라면 승복을 벗고 해라. 그것이 떳떳지 않은가. 문학은 세상의 작가·시인들에게 맡겨 두고 너는 수도에나 매진해라. 사람에겐 제각기 자기의 분야가 있는 게야. 그것을 버리고 다른 것을 기웃거리다간 나도 죽고 남도 죽게 돼. 이것도 아니고 저것도 아니고, 그리하여 깜깜한 어둠 속을 헤매게 되는 거지. 중노릇도 제대로 못하는 놈이 무슨 놈의 문학이야, 문학이. 소 뒷다리 치기로 어쩌다 뭐가 됐다 한들 그게 제대로 된 문학일까. 종교와 문학의 양립? 뭐, 진실과 진리의 추구라는 대명제하에서 종교와 문학은 동일하다고? 귀신 방귀에 쌈 싸먹는 소리 하고 있네. 회의와 번민의 악순환은 또 자살을 불렀습니다. 나는 방문을 안으로 잠

---

* 땅띔 : 무거운 물건을 들어 땅에서 뜨게 하는 일.
  땅띔(도) 못하다 : 조금도 알아내지 못하다.

갔습니다. 그리고 엎드려 써보았습니다. 읽어 보고 나서 나는 절망했습니다. 이것이 문학이 될 수 있을까. 이것이, 지금 내가 쓰고 있는 이것이 과연 잠들어 있는 중생들의 영혼을 깨울 수 있는 소설이 될 수 있을까. 밤새워 끙끙 앓으면서 썼다가 아침이면 아궁이 앞에 쭈그리고 앉아 태워 버리면서 나는 울었습니다. 그리고 차라리 소주를 마시며 참담한 절망감에 치를 떨다가 밤이 깊어지면 다시 써보고 이튿날이면 또 태워 버리는 것이었습니다. 그런 밤마다 산골짜기에서는 승냥이가 울부짖었습니다. 나는 승냥이가 되고 싶었습니다. 사나운 승냥이가 되어 잘못된 세상을 물어뜯고 싶었습니다. 세상사의 이치를 모르는 자가 어찌 소설을 쓸 수 있겠습니까. 부끄럽게도 나는 그 명백한 이치를 몰랐던 것입니다. 세상사의 이치를 안다는 것은 또 무엇이겠습니까. 그것은 견성일 것입니다. 견성이며 성불일 것입니다. 그렇다면 나는 결국 문학이란 것도 못하고 말 것 같습니다. 아닙니다. 해야지요. 해내야지요. 하지만 세상사의 이치를 알게 된다면 세상에서 해야 할 일은 문학 말고도 많이 있을 것이라고 믿습니다. 급하고 급한 일들이 널려 있을 것이라고 믿습니다.

어느 날 밤 나는 장삼끈으로 올가미를 만들어 대들보에 걸었습니다. 그 방은 천장이 얕아서 목침을 딛고 발돋움을 하면 모가지를 올가미에 넣을 수 있었습니다. 나는 올가미에 모가지를 들이밀고 올무를 조였습니다. 이제 발끝으로 목침만 차면 될 것이었습니다. ……아아 나는 튼튼한 사내가 되고 싶었습니다.

밤이 깊었습니다. 결단은 빠를수록 좋겠지요. 제게 용기를 주십시오. 처음부터 다시 시작할 수 있는 용기를.

나는 중이 싫습니다. 그러나 나는 중입니다. 어머니.

"바보!"

소리치며 나는 잡기장을 던졌다. 잡기장은 새의 날개처럼 몸을 파닥이며 타오르는 불꽃 속으로 빨려들어 갔다. 소용돌이치며 흩어지고 있는 연기의 밑으로 투명하게 반짝이는 불의 혀가 보였다. 피처럼 붉었다. 푸른빛이었다. 소주처럼 희디흰 순수의 색깔이었다. 그 황홀한 빛의 제단 위에 지산은 혼자 누워 있을 것이었다.

"비겁자!"

칫솔을 던졌다.

수건을 던졌다.

몇 점의 낡은 내복을 던졌다.

앨범을 던졌다.

조그만 목각 불상이 손에 잡혔다. 불길을 향해 그것을 던지

302

려다 말고 궁둥이 밑의 바랑 속에 쑤셔 넣었다.

마지막으로 지산의 빈 바랑을 집어던졌다.

이제 던질 것은 남아 있지 않았다. 염불이라도 몇 마디 던져
야 할 것이었다.

옴 미기미기 야야미기 사바하

옴 미기미기 야야미기 사바하

옴 미기미기 야야미기 사바하

원왕생 원왕생 원생극락견미타 획몽마정수기별

원왕생 원왕생 원재미타회중좌 수집향화상공양

원왕생 원왕생 원생화장연화계……

불길은 이윽고 천장과 벽으로 옮겨붙고 있었다. 날카로운 파
열음이 귀를 때렸다. 나무토막이 튀어 올랐다. 불티가 날아와
얼굴을 할퀴었다. 매운 연기가 눈을 찔렀다. 눈물이 쏟아졌다.
나는 바랑을 지고 일어섰다. 합장을 했다.

……지산 화상이여, 어디로 가시는가? 이 뜨겁고 괴로운 삼
계(三界)의 업화(業火)를 마다하고 어디로 가시는가? 도솔천(兜
率天)으로 가시는가, 고독지옥(孤獨地獄)으로 가시는가? 사대
(四大)*가 인연 따라 왔다가 인연 따라 흩어지며 본래 한 물건

〔一物도 없다 했거늘 화상은 어디로부터 왔으며 이제 어디를 향해 가시는가? 사는 것도 한 마당 꿈이요 죽는 것 또한 한 마당 꿈이며, 산하대지(山河大地) 일월성신(日月星辰) 두두물물(頭頭物物)이 다 부처 아닌 것이 없고, 산마다 물마다 모두 다 몸이요 풀마다 꽃마다 다 마음이라 했거늘, 무엇을 일러 화상의 본래면목이라 하겠는가. 석가세존께서 마갈타(摩竭陀)에서 관문(關門)을 닫으시고, 영산회상(靈山會上)에서 꽃을 들어 보이시고, 달마존자께서 소림굴에서 면벽구년(面壁九年)을 하셨으며 총령(蔥嶺) 고갯길에서 신 한 짝을 들고 가신 도리를 아시는가? 아시는가 화상이여. 불법(佛法)을 의지하여 도를 닦는 자는 불국토(佛國土)에 태어나고, 십선(十善)으로 복을 짓는 자는 천상(天上)에 태어나고, 인과(因果)를 믿는 자는 인간에 태어나고, 성내는 업이 무거운 자는 지옥에 떨어지고, 탐내는 업이 무거운 자는 아귀도(餓鬼道)에 떨어지며, 어리석은 업이 무거운 자는 축생(畜生)으로 태어난다 했거늘…… 화상의 낙처(落處)는 과연 어느 곳인가? 어느 땅에 그 몸뚱이를 나타낼 것인가? 대답하라 화상이여! 한마디 일러라, 화상이여!

뜨거운 눈물이 볼을 타고 흘러내렸다. 불길은 이제 맹렬한

---

* 불교 용어로, 세상 만물을 구성하는 땅, 물, 불, 바람의 네 가지 요소. 여기서는 네 요소로 이루어진 사람의 몸을 가리킨다.

속도로 솟아오르고 있었다. 한 칸 암자는 그대로 한 송이의 만개한 꽃송이였다. 눈부시게 아름다운 정토만다라(淨土曼陀羅)였다. 일체가 타고 있었다. 빛〔眼〕이, 소리〔耳〕가, 냄새〔鼻〕가, 맛〔舌〕이, 느낌〔身〕이, 마음〔意〕이…… 욕정〔地〕이 타고 있었다. 슬픔〔水〕이 타고 있었다. 분노〔火〕가 타고 있었다. 그리움〔風〕이 타고 있었다. 아아 팔만사천 번뇌가 타고 있었다.

어느새 굵어진 눈발이 소낙비처럼 퍼부어 내리고 있었다. 눈송이는 타오르는 불꽃 위에서 부르르 부르르 진저리를 치다가 흔적도 없이 이내 사라지고 있었다. 흘러내리는 눈물은 뜨거운 불길에 닿아 이내 말라 버리고 있었다. 서걱거리는 소금기 위로 또다시 눈물이 흘러내리고 있었다.

……화상이여, 서방정토(西方淨土)로 가시는가? 오탁예토(汚濁穢土) 버리고 니르바나의 정토로 가시는가? ……부디 다시 태어나시라. 사바탁세(娑婆濁世)에 사람의 아들로 태어나시라. 출격대장부(出格大丈夫)가 되시라. 그리하여 사람의 아버지가 되시라.

순간, 나는 불더미 속으로부터 어떤 물체가 튀어나오는 것을 보았다. 그것은 한 마리의 조그만 새였다. 몸뚱이는 새의 그것이었는데 이상하게도 머리는 사람의 형상을 하고 있었다. 그

기이한 인두조(人頭鳥)는 불꽃 위에 앉았다. 나래가 활처럼 부풀어 올랐다. 팽팽하게 힘준 두 다리가 꼿꼿하게 일어섰다. 깃을 치는 소리가 들렸다. 이윽고 새는 독수리처럼 날카로운 발톱으로 불꽃을 긁으며 힘차게 날아올랐다. 맑고 투명한 한소리 장음(長音)이 허공을 찢었다. 찬란하게 빛나는 황금빛 나래를 펄럭이며, 시간을 가르고 공간을 뛰어넘어, 영원을 향하여, 새는 하늘 높이 날아오르고 있었다. 아아, 나는 물 묻은 손으로 전기를 만졌을 때처럼 오구구 몸뚱이가 졸아들고 입술이 갈라지는 떨림을 맛보았다. 됐어. 나는 부르짖었다. 이제 됐어. 그러나 말이 되어 나오지 않고 입안에서 뱅뱅 돌았다. 나는 생침을 꿀꺽 삼켰다. 수족이 뒤틀리며 가슴이 고동쳤다. 견딜 수 없는 팽만감이 하복부를 압박했다. 나는 불끈 힘을 주면서 눈을 감았다. 별이 쏟아졌다. 몸뚱이가 붕 떠올랐다. 넓적다리께가 끈적거렸다. 아아, 그것은 언제나 날 줄 모르고 한군데 못 박힌 듯 앉아서 끄윽끄윽 음산하고도 절망적인 울음을 울던 '병 속의 새'였다.

갑자기 벼락 치는 소리가 났다. 나는 환상에서 깨어나 현실로 돌아왔다. 불기둥이 쓰러지고 있었다.

아아, 그것은 결국 환영(幻影)이었던가. 마구 달리는 내 얼굴 위로 뜨거운 것이 흐르고 있었다.

문득 차가운 물방울이 얼굴을 때렸다. 비가 쏟아지고 있었다. 천둥소리와 함께 날카로운 불빛이 하늘을 찢었다. 비는 억수로 쏟아졌다.

나는 걸음을 멈추고 돌아섰다. 불기둥은 마지막 불꽃을 떨고 있었다. 불꽃은 그리고 점점 가늘어지더니, 이윽고 힘없이 꺼져 버렸다. 한 줄기 가느다란 연기가 피어올랐다.

9

새는 여전히 움직이지 않는다. 영원히 날지 않을 것처럼 두 다리를 굳건히 딛고 서서, 시간과 공간을 외면한 채, 날개를 파닥이기를 거부하는 완강한 부동의 자세로, 날아야 한다는 자신의 의무를 포기하고 있는 것 같다. 이따금 살아 있음을 확인하듯 *끄윽끄윽* 음산하고도 절망적인 울음소리를 낼 뿐.

나는 흠뻑 젖어서 무주사로 갔다. 사형은 끌끌 혀를 차면서 방을 치워 주었다. 겨울비를 맞은 때문인지 이마가 불덩어리였다. 나는 헛소리를 하면서 심하게 앓았다.

허무와의 피나는 싸움 끝에 쓰러진 사내…… 그 사내의 얼굴을 떠올리면 우울하다. 우울하다는 감정에는 99퍼센트가 질투 섞인 부러움이고 나머지 1퍼센트만이 슬픔이다. 당당하게 싸우다 장렬하게 옥쇄(玉碎)한 그를 생각하면 정면 대결을 회피하고 비실비실 외곽으로 돌며 비겁하게 살아 있는 나는 부끄럽다. 살아 있다는 것은 자랑이 아니고 치욕이다. 결국 그는 죽었다. 그렇게도 아파하고 그렇게도 못 견뎌 발광하면서 무슨 염불처럼 죽음을 되뇌더니. 천불(千佛)이 출세(出世)해도 제도받지 못할 중생이라고 모든 사람들이 타기(唾棄)하던* 지산을 내가 가까이했던 이유는 어디에 있는 것일까. 모든 사람들이 조소와 비난을 던지는 인간을 나 혼자 이해하고 옹호한다는 식의 젖내 나는 감상이었을까. 아니면 그의 절망과 방황을 목격함으로써 나는 아직 덜 절망하고 덜 방황하고 있다는 사실을 확인하고 싶다는, 그래서 위안받고 싶다는 치졸한 감정의 허영이었을까. 그랬는지도 모른다. 그러나 꼭 그런 것만은 아니다. 내 의식의 밑바닥을 좀 더 천착해 보면 일종의 도박 심리가 깔려 있었다고 할 수 있다. 무절제한 생활과 반승려적인 행위의 치마 속에 속살처럼 다순 인간성을 은닉하고 있는 그가 싸늘한 냉소를 따뜻한 미소로 바꾸고, 절망에만 부여했던 뜨거운 열정을 희망으로 바꿔서, 스스로 패배했다고 믿고 있는 생(生)과의 재회가 이루어질 수 있기를 바라는, 막연하지만 그런 간절한 기대가 있기 때문이었다. 그 기대가 충족되었을 때 나 또

---

* 업신여기거나 아주 더럽게 생각하여 돌아보지 않고 버림. 침을 뱉듯이 버린다는 뜻에서 나왔다.

한 치사한 열성(劣性)과 구린내 나는 자기애(自己愛)와 이기(利己)의 벽을 뛰어넘어 보살이 될 수 있으리라는 믿음과, 그렇지 못할 때 나는 여전히 중생일 수밖에 없으리라는 그런 신앙 같은 믿음에 사로잡혀 있었던 때문이었다.

한 줄기 밝고 따스한 햇살이 문틈을 비집고 들어와 이마를 때린다. 나는 방문을 열었다. 대웅전 처마 끝의 금박 단청이 눈부시다. 부처님의 머리통처럼 크고 둥그스름한 불두화 꽃나무가 보인다. 그 탐스럽게 입 벌린 꽃송이 위에 나비 한 마리가 앉아 있다. 겨울이 가고 봄이 온 것이었다.

"법운 수좌 떠나고 금방 왔던 거야."

사형이 편지 한 통을 내밀었다. 보리에게서 온 것이었다. 이상하게 아무런 느낌도 일어나지 않았다. 나는 방문을 닫고 봉투째 잘게 찢어 휴지통에 던졌다. 그리고 서둘러 바랑을 챙겼다.

……미친개처럼 돌아다녔다. 도무지 마음이 잡히지 않았다. 괴로울 땐 술을 마시라던 지산의 말이 떠올랐다. 술을 마셨다. 그러나 괴로움은 소멸되지 않았고, 더욱더 심화될 뿐이었다. 봄이 가고 여름이 왔다.

지산의 죽음이 내게 준 충격은 컸다. 어떤 힘이 필요했다. 어떤 커다란 힘이 흔들리고 있는 나를 붙잡아 줘야 했다. 나는 비로소 내가 얼마나 무력하고 나약한 존재인가를 깨닫게 되었다. 지독히도 외로웠다.

……마침내 나는 결정을 내렸다. 노사를 만나기로. 노사를 만나서 내 흔들림의 근원을 규명해 보기로. 매스컴에서는 종단의 장로인 지암 선사가 해를 거듭하며 심화되고 있는 종단 분규의 수습을 위해 서울에 머물고 있음을 알려 주었다. 내가 처음 머리를 깎았던 절의 주지로부터 노사의 거처를 알아냈다. 시내 중심가의 어떤 호텔이었다. 나는 언뜻 노사도 지산처럼 당신의 몸에 꼭 맞는 공간이 필요했던 것일까, 하고 생각했다.

호텔방에는 노사를 중심으로 댓 명의 종단 간부승려들이 앉아 있었다. 그들은 긴요한 이야기를 나누고 있는 듯, 무거운 분위기였다. 나는 노사에게 삼배를 드리고 그들과 조금 떨어진 곳에 앉았다. 노사는 두어 번 고개를 끄덕여 내 인사를 받고 나서 시선을 거두었다. 그리고 승려들과의 대화를 계속했다. 그들은 심각한 얼굴로 많은 이야기를 나누고 있었는데 내 귀에는 한 마디도 들어오지 않았다.

……계절병처럼 되풀이되는 노아벽치. 장삼 자락을 휘날리며 각목을 휘두르는 일부 관료승려들의 그 처절하리만큼 무서운 집념. 그들은 과연 누구를 위하여, 그리고 무엇을 얻기 위하여 그토록 피나는 싸움을 벌이고 있는 것일까. 지산의 말처럼 사찰의 재산이 조금이라도 남아 있는 한, 아니 사찰이라는 물

리적인 재화 가치가 존재하는 한 노아벽치는 끊어지지 않을 것인가. 인간이라는 동물이 지구 위에 존재하는 한 평화가 올 수 없듯이 승려가 사찰에 존재하는 한 허명(虛名)과 재물과 직위를 얻기 위한 진흙밭의 개싸움은 계속될 것인가. 나는 고개를 흔들었다. 노사가 비록 덕망이 높은 대덕(大德)이라고는 하나 더 어지럽게 돌아가고 있는 종단의 분규를 해결할 수는 없을 것이었다. 불타께서 다시 이 땅에 온다 해도 마찬가지일 것이었다. 그것은 스스로 깨달아 부처를 이뤄야 할 개체의 문제이기 때문이었다. 무엇보다도 시급한 것은 나 자신의 문제였다.

나의 존재는 노사로부터 잊혀지고 있었다.

"스님! 저를 잡아 주십시오. 저는 흔들리고 있습니다. 저를 잡아 주세요!"

그러나 나는 소리를 내어 말을 하지는 않았다. 노사는 이미 알고 있어야 했다. 입을 열어 말을 하기 전에 노사는 이미 흔들리고 있는 내 마음을 알고 있어야 했다. 그리하여 잡아 줄 수 있어야 했다. 늑골 사이로 바람이 지나가고 있었다.

나는 노사의 얼굴을 찬찬히 살펴보았다.

내 것의 두 배는 되는 백설처럼 흰 눈썹은 여전했지만 눈에 정기가 죽었고 어쩐지 초췌해 보였는데, 산사가 아니고 저잣거리의 호텔방이라는 선입견 때문일까. 찬바람이 일게 빳빳하던 척추도 그래서 그런지 무력하게 휘어 보였다.

승려들이 방을 나갔다. 노사가 내 쪽으로 시선을 던졌다.

"그동안 어디 있었는고?"

나는 노사의 시선을 마주 받았다.

"돌아다녔습니다. 여기저기……."

노사가 두어 번 고개를 끄덕였다.

"그래, 화두는 순일(純一)한고?"

나는 안타깝게 노사의 얼굴을 바라보았다. 묵지근한 고통이 밀려왔다.

"괴롭습니다…… 스님."

"무엇이 괴로운고?"

"마음이…… 마음이 괴롭습니다."

"마음이 어디 있는고?"

나는 세차게 머리를 흔들었다.

"모릅니다."

노사가 딱, 소리가 나게 부채를 접었다.

"한 생각이 본래 없는 게야. 본래 없는 한 생각이 어디로부터 일어나기에 마음이 괴롭단 말인가?"

나는 똑바로 고개를 들었다.

"한 생각이란 게 본래 없다면, 괴로움은 어디로부터 일어나는 겁니까?"

노사는 다시 천천히 부채질을 하기 시작했다.

"확철(確徹)히 깨달아야지. 한 생각이 본래 없다는 것을 확철히 깨달아야 비로소 괴로움이 일어나지 않는 게야."

"……"

"모든 게 마음으로써 마음을 헤아리고자 하는 망상 때문이야. 공부인(工夫人)이 망상을 일으키면 삼세의 악귀가 달려드는 법…… 그저 일념(一念)으로 지어 나가야지. 공부인이 하라는 공부는 아니하고 나태심을 내는 까닭에 괴로움이 오는 거야. 나태심은 그래서 업의 뿌리가 되느니……"

"시간은 자꾸 가고…… 죽음은 가까워 옵니다."

"여유를 갖게. 짧은 한평생을 위하여 하는 세속의 학문도 반평생을 허비해야 하거늘, 항차 불법일까. 미래세(未來世)가 다함이 없는 열반을 증득(證得)하려는 수도인이 어찌 시간을 다투겠는가. 그저 일념을 지어 나가야지."

"괴롭고…… 외롭습니다."

"대중(大衆)에 처(處)해서 살아야지. 대중에 처해서 공부를 지어 나가지 않고 혼자서 떠돌아다니니까 외로움이 일어나는 게야. 중으로서 외롭다는 고독심이 일어나거나 슬픔과 한이 남아 있다면 게서 더 부끄러울 일이 없느니. 토굴이나 독살이로 다니지 말고 대중에 처해 살게. 대중 시봉이 곧 부처님 시봉이니……"

나는 침묵하였고 노사가 다시 말했다.

"중노릇이 그렇게 쉬운 줄 알았던고? 낳고 길러 주신 부모의 은혜, 모든 것을 보호해 주는 나라의 은혜, 미렴시수(米鹽柴水)로 외호(外護)해 주는 시주의 은혜, 정법(正法)을 가르쳐 주는 스승의 은혜, 서로 탁마(琢磨)하는 대중의 은혜를 한시도 잊지 말고 처음 출가할 때 먹었던 그 마음으로 주린 아이 젖 찾듯이, 닭이 알 품듯이, 고양이가 쥐 잡듯이, 모든 시비 한화잡담(閑話雜談) 물리치고 자나 깨나 앉으나 서나 화두 하나 성성(惺惺)하여 매(昧)하지 않아 시기인연(時機因緣)이 도래하면, 타파칠통(打破漆桶), 마음자리 깨달아 부처를 이룰 것인즉…… 행주좌와어묵동정(行住坐臥語默動靜)에 모든 망상이 적적(寂寂)한 가운데 화두가 홀로 성성하여 들지 않아도 스스로 들림이 물 흐르듯 끊어짐이 없이 타성일편(打成一片)에 이를 것 같으면, 홀연히 망상 구름이 흩어지고 마음달(心月)이 홀로 드러나 삼천대천세계(三千大千世界)를 비출 것인즉, 이 광명은 삼천대천세계가 없어져도 영원히 멸하지 아니할 것이니……."

노사는 자상하게 법문을 들려주고 있었는데, 나는 싫었다. 천편일률적인 그 언어, 그 공소한 언어가 싫었다. 그것은 내게 아무런 힘도 되어 주지 못하는 죽은 언어였다. 나는 속으로 부르짖었다. 살아 있는 언어, 펄떡펄떡 피가 뛰는 저 새벽의 성욕 같은 언어, 그리하여 쓰러지려는 몸뚱이를 튼튼하게 세워 줄 수 있는 그런 언어는 없습니까? ……나는 무엇을 바라는가. 허공장경(虛空藏經)*에 이르지 않았던가. 언어나 문자는 마업(魔業)이라고. 심지어 부처님의 저 팔만사천 법문까지도 마업이라고. 나는 몰랐던가. 언어나 문자 그리고 형상으로써는 진리에 이를 수 없다는 것을. 아아 인간은 혼자 서야 한다는 것을.

노사가 말했다.

"선원사(禪元寺)로 가기로 했네. 선원사는 구산선문(九山禪門)의 하나인데 도량이 아주 그만이야."

바깥은 불볕이 퍼부어 내리고 있었지만 에어컨이 쾌적한 바람을 공급해 주고 있는 방 안은 더위를 느낄 수 없이 서늘했는데, 노사는 부채질을 멈추지 않았다.

"언제쯤 가시겠습니까?"

"종단 문제도 곧 원만하게 해결될 것 같고…… 곧 가야지."

노사는 피로한 듯 눈을 감았다. 순간 나는 노사가 몹시 쓸쓸해 보인다고 생각했다.

"작금의 불교계가 세인의 지탄을 받게끔 타락한 것도 모두 다 선(禪)을 안 하기 때문이야. 자기 제도도 못한 주제에 남을 제도하겠다고 설쳐 대는 때문이지. 예전에는 저자의 부녀자도 불법을 아는 이가 있어 종종 중을 저울질하는 일이 있었건만, 지금은 민중을 교화해서 바른 길로 이끌어 가야 할 책무가 있

---

* 허공장보살경. 불교 대승경전의 하나.

는 중이 도리어 불법을 모르고 삿된 소견으로 설쳐 대니 어찌 통탄하지 않겠나? 중이 이렇고 시대가 이렇게 캄캄하니 민중이 어찌 도탄에 빠지지 않으리오."

뜻밖에도 노사는 비감 어린 목소리로 말하는 것이었다. 노사는 다시 피로한 기색으로 눈을 감았다.

"법운 수좌도 선원사로 가자구. 한 생각이 본래 없는 게야. 한 생각 방하착(放下着)*하고 공부해 보자구."

그때 일단의 승려들이 들어왔다. 노사는 내게서 시선을 거두고, 그들과 이야기를 나누기 시작했다.

나는 감정의 혼란을 느꼈다. 전의 노사는 이렇지 않았다. 노인이지만 젊은이 못지않게 풀기 빳빳한 패기로 하루 종일 가부좌를 풀지 않고 버팀으로써 젊은 수좌들을 기죽게 하는 힘이 넘쳤으며, 무엇보다도 말이 많지 않았다. 쏘는 듯 형형한 눈빛 하나로 언어를 대신했으며, 입을 열면 마주 앉은 수좌의 가사 섶을 흔들리게 하는 사자후(獅子吼)**가 있었다. 확실히 노사는 변모했다. 에어컨이 쾌적한 바람을 공급해 주고 있는 서늘한 방 안이었는데도 연신 부채질을 해대는 노사의 모습은 마치 노쇠한 사자를 연상케 했다. 이빨과 발톱이 빠져서 사냥을 못하게 된 한 마리의 늙은 사자. 무엇이 노사를 무력한 사자로 만

---

* 내려놓음.
** 부처의 설법을 사자의 포효에 비유한 것.

든 것일까.

노사는 여전히 승려들과 심각한 표정으로 이야기를 나누고 있었다. 때때로 언성이 높아지기도 했다.

무엇이라고 딱 짚어서 표현할 수는 없지만 확실히 노사는 왕년의 그 노사다움을 상실하고 있는 것 같다. 6년의 연륜이 추가됐다는 점을 감안하더라도 내가 진저리 쳐지는 감동과 충격을 받았던 아름다움도, 청솔 위에 올올히 좌정한 학의 고고함도 보이지 않는다. 왕년의 노사를 추측케 하는 미(美)의 잔해가 노기(老妓)의 그것처럼 쓸쓸히 잔류하고 있을 뿐. 아아 노사 역시 이룰 수 없는 욕망에 뒷덜미를 잡히고 있는 것일까. 실행이 수반되지 않는 관념의 공허함에 괴로워하고 있는 것일까. 그리하여 번민하고 있는 것일까. 아니야. 그럴 리가 없어. 이것은 다만 방황하는 중생의 안목이 빚은 오류일 거야. 내 저열한 질투일 거야. 그런데 참으로 이상한 일이었다. 노사 역시 나처럼 중생스러운 발상으로 번민하고 있는 것이라는 불경스러운 생각을 떨쳐 버릴 수가 없는 것이니. 그리고 비(非) 중생스러운 포즈로 '병 속의 새' 이야기를 해주던 때의 노사보다 오뉴월에도 서리가 내릴 듯 완강한 수직이 고수되던 척추를 숙이고 또 나를 부끄럽게 하고 나를 절망케 하던 그 형형한 광채가 사라진 눈을 자주 깜박이며 탁면(濁面)의 승려들과 무릎을 맞대고 있는 현재의 노사에게서 따뜻한 친화감과 더불어 육친적인 애정이 느껴지는 것이니. 왕년의 노사에게 매료되어 그 아름다운 얼굴에 함몰되기는 했지만 인간적인 애정을 교감하지는 못했다. 그런데 지금의 노사에게서 나는 늑골과 늑골이 부딪치는 빽적지근한 애정을 느끼는 것이다. 나 혼자서 불행하고 싶지 않고 나 혼자서 중생이고 싶지 않다는 비열한 이기심의 발로일까. 사냥을 할 용맹을 상실한 늙은 사자처럼 초췌해 보이는 노사에게서 나는 차라리 연민이라고 해야 마땅할 진한 애정을 느끼는 것이었다. 그리고 이제는 도달하고 극복할 목표를 상실한 자의 쓸쓸함과 맥 빠지는 허탈감에 젖어 드는 것이었다. 사력을 다하여 선주자(先走者)를 따라잡았는데 그러나 그 선주자가 달릴 것을 포기하고 쓰러져 있는 모습을 발견했을 때 후주자가 맛보게 되는 고독감 같은 것이 순간 나를 엄습하는 것이었다.

나는 슬그머니 호텔방을 나왔다. 내 흔들림의 근원은 규명되지 않았다. 고독은 풍선처럼 부풀어 올랐다.

……마침내 나는 두 번째의 결정을 내렸다. 그 여자를 만나기로. 그 여자를 만나서 내 외로움의 근원을 규명해 보기로.

찰칵, 하고 동전이 떨어지면서 윙 하는 바람 소리가 귀를 때렸다. 나는 심호흡을 한번 하고 나서 다이얼을 돌리기 시작했다. ……마지막 번호에 끼우고 있던 손가락을 놓았다. 풀벌레

의 울음소리 같은 신호음이 길게 울렸다. ……세 번째 신호가
갔을 때,

"가회동입니다."

하는 중년 여인의 목소리가 들려왔다. 그 여자였다. 송수화기
를 잡은 손이 가늘게 흔들리면서 가슴이 고동쳤다. 나는 단전
에 힘을 주었다. 다시 여자의 목소리가 들려왔다.

"여보세요?"

나는 다시 한 번 단전에 힘을 주었다. 그리고 감정을 넣지 않
은 사무적인 음성으로 짧게 말했다.

"병진입니다."

"누구시라구요?"

그 여자는 못 알아들은 모양이었다. 나는 다시 한 번, 이번
에는 한 자 한 자 끊어서 천천히 말했다.

"병 진 이 에 요. 김 병 진."

흑, 하고 급하게 숨을 삼키는 소리가 났다. 허공을 할퀴며
지나가는 바람 소리가 길게 이어지고 있었다. 나는 기다렸다.
……이윽고 바람이 멎었다.

"웬일이냐?"

어느 정도 감정이 정돈된 듯 차분한 음성이었다.

"만나고 싶습니다."

"시방…… 어디에 있어?"

"조계사 앞 보리수라는 다방입니다."

잠시 침묵이 흘렀다. 다시 말소리가 들려왔다.

"곧 가마."

나는 잠시 전화기 앞에 서 있다가 자리에 와 앉았다. 다시 마음이 흔들렸다. 괜한 짓을 하고 있다는 생각이 들었다. 그 여자를 만난다고 해서 내 외로움의 근원이 규명될 수 있을 것인지, 도무지 자신이 없었다. 하지만 주사위는 이미 던져진 터이었다. 나는 두 손을 마주 잡았다.

"차 뭐 드시겠어요?"

다탁 위에 엽차잔을 놓으며 레지가 물었다. 나는 주먹을 오그려 손마디를 꺾었다.

"여기…… 술 같은 거는 안 팝니까?"

레지가 놀란 눈으로 내 얼굴을 빤히 바라보았다.

"위스키는 있는데……."

나는 다시 손마디를 꺾었다.

"그거 한 잔 줘요."

레지는 손으로 입을 가리며 킥, 하고 웃었다. 나는 덧붙여 말했다.

"그걸 엽차잔에 담아다 줘요."

레지는 여전히 손으로 입을 가린 채 고개를 끄덕였는데, 당신도 그렇고 그런 땡추로군, 하는 경멸의 뜻으로 받아들여졌다.

나는 바랑을 무릎 위에 올려놓고 두 손으로 힘껏 끌어안았다.

엽차잔에는 핏빛의 액체가 반쯤 들어 있었다. 나는 그것을 단숨에 마셔 버렸다. 그리고 다시 두 잔을 더 청해 마셨다.

"석 잔 이상은 규정상 못 팔게 되어 있습니다."

빈 잔을 거두어 가며 레지가 말했다. 나는 고개를 끄덕여 주었다. 하오의 다방은 많은 손님들로 붐비고 있어서 내 앞자리에도 합석 손님이 앉아 있었는데, 아무도 나를 주목하지 않았다. 누가 자기의 뺨이라도 갈기지 않는 이상은 타인에게 관심을 갖지 않는, 요컨대 서울인 것이었다. 거푸 마신 석 잔의 위스키는 뜨거운 피가 되어 혈관 속을 헤엄치고 있었다. 마음이 가라앉았고, 모든 일이 다 잘될 것 같다는 낙관적인 기분이 되었다. 나는 여유 있는 마음으로 의자에 등을 붙였다.

……잠 못 이루는 밤마다 나는 그 여자의 얼굴을 그리는 것이었다. 담배 연기 같은, 안개 같은, 영혼 같은, 바람 같은, 아아 무변허공(無邊虛空) 같은 그 여자의 얼굴을 뿌리 깊은 원한으로 그리는 것이었다. 그러나 아무리 내가 밤마다 끝없는 절망과 번뇌를 거듭하며 그 여자를 그린다고 해도 결코 그려지지 않는 것이었다. 겁(劫)으로 이어진 칠흑의 어둠 속에서 차라리 수천 수만 송이의 만다라로 피어 흩어지던 그 여자의 얼굴을 그릴 수는 결코 없는 것이었다.

……자꾸 몸을 뒤채던 그 여자는 끝내 자리에서 몸을 일으

키더니 램프의 심지를 올리고 포옥 하고 한숨을 내뿜으며 면경
(面鏡) 앞에 다가앉는 것이었다. 가늘게 경련하던 불빛이 그 여
자의 좁은 어깨를 뱀의 혀처럼 핥았다. 가늘어졌다가 갑자기
둥글고 넓게 퍼져 나간 그림자가 벽 위에서 엷은 무늬를 이루
며 흔들리고 있었다. 그 여자는 통소 소리를 따라갈 것이었다.
통소 소리가 끝나는 곳에 아버지는 있을 것이었다. 예쁘게 밤
화장을 끝낸 그 여자는 장롱 속에 간직했던 녹의홍상(綠衣紅
裳)*을 꺼내 입고, 귀신도 홀릴 것 같은 황홀하게 아름다운 모
습으로 방을 나설 것이었다. 발정한 배암들이 울부짖는, 키를
넘는 마당의 잡초를 헤치고 통소 소리를 따라갈 것이었다. 그
러나 아무리 그 여자가 밤새도록 찾아 헤매어도 통소 소리가
끝나는 곳은 없을 것이었다. 이윽고 달이 이울고 또 닭이 울면,
그리하여 오늘 밤에도 아버지를 만나지 못한 그 여자는 밤이
슬에 젖어 축축해진 몸뚱이를 실신하듯 쓰러뜨리며 끊어져라
내 모가지를 끌어당길 것이었다. 그리하여 나는 밤마다 내 옷
자락에 그 여자의 저고리 고름을 꼭 붙잡아 매고서야 안심하
고 잠이 드는 것이었다. 그런 어느 날 아침 내가 잠에서 깨었을
때, 그 여자는 없었다. 싹둑 가위로 잘려진 그 여자의 저고리
고름만이 내 옷자락에 대롱대롱 매달려 있을 뿐. 그때부터 나

---

* 연두저고리와 다홍치마. 곱게 차려입은 젊은 여자의 옷차림을 이른다.

는 배가 고파지는 것이었다. 배가 고파지면 그 여자 생각이 났고, 그 여자 생각이 나면 또 배가 고파지는 것이었다.

……두루마기 자락을 새의 날개처럼 펄럭이며 사립문을 나선 아버지는 그날 밤 집에 돌아오지 않았다. 아버지는 영원히 돌아오지 않았다. 나는 또 아버지의 얼굴을 그려 보는 것이었다. 아버지는 언제나 바람 부는 벌판에 홀로 서 있었다. 들개 떼가 울부짖었다. 갈가리 찢겨진 옷자락 사이로 낭자한 선혈이 흘러내렸다. 뚫어지게 허공을 응시하고 있는 아버지의 얼굴은 그리고 그려지지 않았다. 아아, 나는 결국 누구의 얼굴도 그리지 못한 채 붓을 집어던지는 것이었다. 마르크시즘을 포기하고 데모크라시즘을 옹호한다는 전향서에 서명만 하면 최소한 죽음만은 면할 수 있었던 마지막 기회까지 거부하고 참혹한 처형 쪽을 택한 한 사나이의 장부다운 기개와 신념을 나는 존경한다. 하지만 죽음을 걸 만큼 그 이즘이란 것이 그렇게 절대한 가치였었는지를 나는 회의하지 않을 수 없다. 스스로 택한 신념과 사상을 죽음을 걸고 옹호하는 것도 좋겠지만 자기가 보호하고 행복하게 해줘야 할 사람들을 평생 불행케 만들 이즘이고 신념이라면 깨끗이 버리고 차라리 필부가 되어 한세상 이름 없이 사는 쪽이 훨씬 더 인간적이고 또 장부다운 기개가 아닐까. 어쩌면 장렬하기까지 한 한 사나이의 비극적인 종말. 비극은 그러나 그 다음부터였다. 당대로서 마감되는 비극이라면

이미 비극의 실격이라는 것을 우리는 역사라는 이름의 비정한 강물에서 눈이 빠지게 보아 왔으니까. 불교의 인과율(因果律)과 윤회론(輪廻論)은 그리하여 진리일 것이었다.

레지가 내 쪽으로 다가왔다.

"전화 받으세요."

나는 의자에서 등을 떼었다.

"나 말입니까?"

레지가 고개를 끄덕였다.

"나를 찾았어요?"

레지는 신경질을 냈다.

"그렇다니까요. 이 집에 승려는 댁에밖에 없잖아요."

"미안합니다."

나는 카운터로 갔다.

"여보세요?"

"내다."

그 여자였다. 그때서야 나는 그 여자와의 약속을 생각해 냈다. 다시 망설임이 왔다.

"그냥…… 갈까요?"

"거긴 시끄러울 듯해서 다른 집에 와 있어. 이리루 오련?"

나는 그 여자의 말을 잘랐다.

"그냥 가겠습니다."

그 여자는 다급하게 소리쳤다.

"병진아!"

나는 대답하지 않았다.

"내 꼭…… 할 말이 있어."

"얘기하세요."

"부탁이다. 꼭 좀 만나 다오."

나는 발치에 시선을 던졌다. 검정 고무신의 코가 눈에 들어
왔다.

"듣고 있니? 병진아."

나는 고개를 들었다.

"듣고 있습니다."

"게서 나오면 오른쪽으로 첫째 골목이 있지. 거기루 쭉 들어
오다 보면 왼편으루 탑이라는 살롱이 있어. 그리루 오면 안내
를 해줄 게야."

"……."

"기다리마. 만나서 얘기하자."

많은 사람들이 저마다 바쁜 걸음으로 오가고 있었다. 그들
은 내게 일별도 던지지 않고 다 제 갈 길로 가고 있었다. 새삼
스럽게 나는 혼자라는 생각이 들었다. 도대체 외로움은 어디에
그 뿌리를 두고 있는 것일까. 눈앞에 '탑'이라고 쓰인 목제 간판
이 보였다. 나는 바랑을 한번 추스르고 나서, 문을 밀었다.

"이리로 오시죠. 기다리고 계십니다."

흰 와이셔츠에 나비넥타이를 맨 장발의 청년이 앞장을 섰다. 테이블 사이를 지나 구석진 곳에 이르렀을 때 청년이 벽 쪽에 붙은 문을 가리켰다.

"들어가시죠."

갑자기 가슴이 고동치면서 눈앞이 흐려 왔다. 나는 바랑끈을 쥔 손에 힘을 주며 문을 열었다.

"병진아!"

한복 차림의 중늙은이 여자가 벌떡 일어서며 낮게 부르짖었다. 나는 가만히 서 있었다. 그 여자는 단거리 선수처럼 허리를 숙이고 두 손을 내뻗어 나를 끌어안을 듯한 자세로 잠시 서 있더니,

"앉거라."

하고 흥분을 억누른 음성으로 말하며 먼저 자리에 앉았다. 나는 그 여자의 맞은편에 다탁을 마주하고 앉았다.

"출가했다는 소식은 네 누이한테 들었다. 그래…… 건강은 괜찮고?"

나는 가만히 있었다. 할 말이 산처럼 많을 것 같았는데 이상하게도 말이 되어 나오지 않았다.

"무거울 텐데…… 좀 벗어."

나는 바랑도 벗지 않고 있었다.

"이까짓 건 하나도 무겁지 않아요. 무거운 건 업이에요."

나는 바랑을 벗어 옆에 놓았다.

"할 말이 없구나. 죄 많은 여자라서……."

"죄 없는 인간은 없어요."

"날 미워하지 말라는 말은 않겠다. 다만, 다만 말이다."

그 여자는 잠시 말을 끊었다. 나는 똑바로 그 여자의 얼굴을 바라보았다. 눈 가득히 그렁그렁 눈물이 맺혀 있었다. 잔주름이 덮여 쭈그러져 가는 얼굴이었다. 깊은 밤 벌떡 일어나 퉁소 소리를 찾아 나서던 때의 팽팽한 살이 아니었다.

"이해는…… 이해는 해줄 수 있지 않겠니?"

"이해요? 이해는 사랑을 전제로 가능한 거예요."

"지금도 날 미워하는구나…… 물론 욕심인 줄 알어."

"방법이 나빠요. 꼭 그런 식으로 떠나야 했나요?"

"죄가 많다. 변명은 안 하마."

"왜 대답을 회피하세요?"

"피가…… 다 피가 뜨거웠던 탓인데…… 무슨 대답을 하겠니."

맷돌을 올려놓은 것처럼 가슴이 묵지근해 왔다. 나는 알고 있다. 이 여자를 다그칠 권리가 내게 없다는 것을. 그러나 그런 마음과는 달리 내 입에서는 독한 말이 튀어나왔다.

"인간의 욕정은 그렇게 참기 어려운 것일까요?"

"어쩌면…… 그런 말을."

그 여자의 손이 가늘게 흔들리고 있었다.

"왜요? 좀 고상한 표현으로 얘기할까요?"

"그만, 그만둬."

갑자기 얼굴이 허물어지면서 그 여자는 두 손으로 다탁을 끌어안았다. 탄력을 상실한 얇은 어깨가 잔물결처럼 가늘게 흔들리고 있었다. 나는 시선을 천장으로 던졌다. 마음이 약해져서는 안 된다고 생각했다. 하지만 그런 결심과는 상관없이 명치끝이 타는 것 같아 자꾸 마른침을 삼켜야 했다. 그 여자가 고개를 들었다. 눈이 충혈되어 있었다.

"더 심한 얘길 해다오. 그래서 네 마음이 편해지겠다면…… 얼마든지 더 해다오."

"됐어요. 이젠 가겠습니다."

나는 바랑끈에 손을 댔다. 그 여자가 상체를 기울이더니 내 손을 잡았다. 따뜻했다. 나는 가만히 있었다. 그 여자가 말했다. 목소리가 젖어 있었다.

"목련존자(目連尊者)는 지옥에 떨어진 어미를 위해 일곱 번씩이나 지옥엘 들어갔다지 않든…… 죄 많은 여자를 제도해 다오."

나는 처음으로 웃음을 보였다.

"목련존자야 보살이니까 그랬겠죠. 전 형편없는 땡추예요."

그 여자도 희미하게 미소 지었다.

"누구든 처음부터 보살이라든. 기왕에 출가를 했으니…… 훌륭한 스님이 되어야지. 그래서 죄 많은 중생들을 제도해 줘야지."

나는 바랑을 등에 메었다.

"그만 가겠어요."

그 여자의 목소리가 다시 젖었다.

"그래…… 고맙구나. 이렇게 찾아와 줘서…… 잡는다고 있지두 않겠지만…… 다 팔자소관이려니 하고 그저 염불이나 모시며 산다."

그 여자는 손수건으로 눈께를 눌렀다.

"네가 출가했다는 얘기 듣구 부처님 신봉허기루 했어…… 그저 염불이나 모시는 신봉이긴 하지만."

"결국 다 마찬가지예요. 뭐든지 한마음으로 지극히 사무치면 되는 거예요."

그 여자가 다시 내 손을 잡았다.

"어딜 가 있든 몸 상하지 않도록 조심하구…… 가끔 얼굴이라도 보도록 하구…… 누이하고도 연락 좀 하구……."

나는 슬그머니 잡힌 손을 빼내었다.

"안녕히 계세요."

그 여자는 잠시 허공에서 흔들리고 있는 자기의 두 손을 바라보더니 이윽고 가슴께로 끌어당겼다. 그리고 두 손바닥을 마주 붙여 합장을 하면서 허리를 숙였다.

"성불…… 하세요."

나는 급하게 문을 밀고 밖으로 나왔다. 곡명을 알 수 없는 서양 음악이 절규하듯 높아졌다가 갑자기 낮아지고 있었다.

나는 벌써부터 그 여자를 용서하고 있었는지도 모른다. 그 여자의 늙어 쭈그러진 얼굴을 보았을 때, 아니 그 여자를 만나야겠다고 생각했을 때, 아니다. 수천 수만 송이의 만다라로 피어 흩어지던 얼굴을 그리노라 잠 못 이루던 밤마다 이미 나는 그 여자를 용서하고 있었는지도…… 인간이 늙는다는 것, 늙고 병들어 결국 죽는다는 것은 하나의 구원이 아닐까. 늙지 않고 병들지 않고 죽지 않고 언제까지나 팽팽한 젊음 그대로 있다면 저 산 같고 바다 같고 하늘 같은 사랑과 미움과 원한과 그리고 저 욕정을 다 어쩌겠는가. 이것은 그 여자가 날 이 세상에 태어나게 해줬다는 피의 인연이나 나를 방기(放棄)하고 도주했었다는 사적(私的) 분노 따위를 뛰어넘는 좀 더 근원적인 인간의 문제이기 때문이다. 그리하여 그 여자에게 던지는 사랑은 던지는 무게만큼 내게로 반송될 것이었다. 그 여자의 얼굴에 분가루가 남아 있고 사내들에게 던질 눈웃음 따위가 아직 남아 있는 탱탱한 살집이었다면 나는 결코 뿌리 깊은 증오를 해제할 수 없었으리라.

나는 공중전화 박스를 나와 대합실로 들어갔다. 대합실은 장터처럼 붐볐다. 어디로 갈까…… 나는 시간표가 적힌 게시판을 올려다보다가 밖으로 나왔다. 나는 유리창 앞에 붙어 섰다. 갑자기 낯선 사내가 나타났다. 그 사내는 배코를 친 머리에 잿빛 승복을 걸치고 있었는데 몹시 초라한 몰골이었다. 아, 이게 누구인가. ……히히. 난 또 누구라고. 나로구나. 네가 바로 나로구나. 갑자기 모든 게 부질없다는 생각이 들었다. 지금 내게 중요한 것은 무엇일까. 보다도 무엇을 해야 할 것인가. …… 외로웠다. 고독은 치사한 것이었다. 누군가 숨 쉬는 동물이 내 옆에 있어야 했다. 사람들은 많았다. 그러나 모두가 타인이었다. 흙이라도 파먹고 싶었다. 나는 내가 아는 얼굴들을 떠올리다가 마침내 보리를 생각해 냈다. 그 아이의 편지를 찢어 버렸던 일이 생각났다. 하지만 내 외로움과는 상관없는 일이었다. 나는 결국 보리에게 전화를 하고 마는 것이었다. 그러나 그 아이를 만나서 무엇을 어쩌겠다는 것인지 그것은 나도 모를 일이었다. 한 가지 분명한 것은 누군가에게 위로를 받고 싶다는 유아 본능일 것이었다. 그리고 그것은 반드시 그 아이가 아니라도 상관없는 일일 것이었다. 가슴에 두 개의 다순 젖무덤과 밀가루처럼 부드러운 육(肉)을 소유하고 있는 사람이라면 그 사람의 성명 삼 자 따위는 아무래도 좋을 일이었다. 그러나 그것은 내가 남에게 사랑을 베풀지 않고 사랑을 기대하는 것처럼 가망 없는 일이었다. 나는 내 철면피한 이기(利己)가 구역질이 나서 침을 뱉었다. 노사를 만났다. 그리고 그 여자를 만났다. 오랫동안 벼르고 별렀던 커다란 일을 마침내 해치워 버린 기분이다. 그런데 여전히 마음이 괴롭다. 돌멩이라도 깨물어 먹고 싶을 만큼 외롭다. 근원은 규명되지 않고 더욱더 심화될 뿐이다. 새는 아직도 움직이지 않고, 사실은 어느 것 한 가지도 해결된 일이 없는 것이었다. 다만 그들을 만남으로써 두 가지의 사실을 확인했을 뿐이었다. 혼자 서야 한다는 것. 그리고 사랑해야 한다는 것. 내가 지금 흔들리고 있는 것이라면 그 흔들림을 잡아 줄 수 있는 사람은 나 자신밖에 없으며, 사람들이 내게 사랑을 베풀어 주기를 바랄 것이 아니라 내가 먼저 사람들에게 사랑을 베풀어 줘야 한다는 것. 확인. 사람이 산다는 것은 결국 확인인가. 나는 지금 분명히 살아 숨 쉬고 있지만, 그러나 최선의 삶이 아니라는 확인. 어떻게 사는 것이 최선의 삶인지 알 수 없다는 확인. 아니다. 분명히 알고 있지만 실행할 용기가 없다는 확인. 두려움의 확인. 두려움은 회의를 낳고 회의는 방황을 낳고 방황은 절망을 낳고 절망은 허무를 낳고…… 그리하여 남자와 여자는 이층을 하는가. 살에 살을 비벼 넣음으로써 살아 있음을 확인하기 위하여 밤마다 이층을 하는가.

그때 누가 "스님!" 하고 큰 소리로 불렀다. 나는 유리창으로부터 돌아섰다.

어떤 아가씨가 금방 울 듯한 얼굴로 내 팔을 잡는 것이었는데, 보리였다. 그 아이는 내가 벽운사에서 보았던 흰 칼라에 단발머리, 그리고 모가지가 코스모스 같던 '소녀'가 아니었다. 나도 그때의 눈이 맑던 '스님'이 아니었다. 나는 시선을 발치로 떨어뜨렸다.

"어디로 가는 길이세요?"

잡고 있던 내 팔로부터 손을 떼며 보리가 물어 왔다. 나는 조그맣게 말했다.

"모르겠어."

잠시 침묵이 흘렀다. 보리는 뭔가를 생각하는 표정이더니, 이윽고 결심한 듯 내 소맷자락을 잡았다.

"스님, 어디 다방에라도 들어가요."

나는 어색하게 웃었다.

"됐어. 이제 가야지."

"모르겠다고 하셨잖아요?"

보리가 살짝 웃었다. 나는 또 시선을 떨어뜨렸다.

"아냐. 이제 알 것 같애."

"법운 스님 참 이상하시다. 그러지 말고 저기로 가요."

그 아이는 내 소맷자락을 끌었다. 나는 강아지처럼 따라갔다.

"얼굴이 많이 상하셨군요."

광장을 가로질러 지하 다방의 구석진 자리에 마주 앉았을 때, 보리가 말했다. 문득 그 아이가 누님처럼 생각되었다. 갑자기 갈증이 왔다. 나는 염낭 속에서 담배를 꺼내어 입에 물었다. 보리가 놀란 눈으로 나를 바라보았다.

"많이 변하셨군요."

나는 성냥통을 끌어당겼다. 첫 번째의 성냥개비는 부러졌다. 나는 맹렬하게 화를 내면서 성냥을 긁었다. 불꽃이 솟아올랐다. 나는 급하게 연기를 빨아들였다.

"발전을 얘기하는 거겠지, 변한다는 것은……."

보리는 고개를 흔들었다.

"아녜요. 얼굴이 까매지구…… 눈빛이 흐려졌어요."

나는 묵묵히 담배만 피웠다. 보리도 말이 없었다. 우리는 마치 싸우고 난 연인들처럼 그렇게 말없이 앉아 있었다. 기묘한 대치를 하고 있는 우리의 테이블로 레지가 다가왔다.

"차 주문하세요."

그 여자는 호기심이 가득 찬 눈길로 나와 보리의 얼굴을 살폈다.

"커피 주세요."

라고 보리가 말했다. 나는 위스키를 달라고 할까 하다가 귀찮다는 생각이 들어 그만두고 "같은 걸로" 하고 말했다.

"모르겠어요. 그렇게 착실하던 스님이…… 담배를 다 피우고……."

내가 커피를 한 모금 마시고 두 개째의 담배에 불을 붙였을 때 보리가 혼잣말처럼 말했다. 나는 웃음이 나왔다.

"술도 마시지."

보리는 커피를 마시지 않았다. 몹시 소중한 물건처럼 두 손으로 찻잔을 감싸 쥔 채 눈길을 찻잔 위에 고정시키고 있었다.

내가 말했다.

"지산 스님 알지?"

"네?"

"어떻게 생각하지?"

보리가 나를 바라보았다.

"뭘요?"

"파계승이고…… 단지 구제 불가능한 땡추라고만 생각하나?"

"모르겠어요. 뭔가 있는 스님 같기도 하지만…… 그런 식의 생활 태도는 옳지 않다고 생각해요."

나는 지산의 죽음을 얘기해 주려던 생각을 바꿨다.

"지산 스님이 한소식을 했어."

"한소식이라뇨?"

"견성을 했다는 얘기야."

보리는 찻잔에서 손을 떼며 놀란 눈빛을 했다.

"어떻게 생각해?"

"……."

"통쾌하지 않아? 모든 사람들이 형편없는 땡추라고 멸시하던 그가 견성을 했다는 게…… 실제로 그는 땡추가 아니었고, 따라서 그를 비난했던 사람들은 속물이었다는 얘기야."

보리는 다시 두 손으로 찻잔을 감싸 쥐었다.

"지산 스님이 견성을 하셨다면…… 법운 스님도 할 수 있겠네요."

나는 담배를 비벼 껐다.

"어째서?"

"가능성이 있잖아요. 담배를 피우고 술을 마시고…… 여자는 가까이하지 않으세요?"

갑자기 보리가 몹시 아름다워 보였다. 결코 미모라고는 할 수 없는 그 아이의 얼굴이 아름다워 보이는 까닭은 무엇 때문일까. 나는 거침없이 말했다.

"그럴 작정이야. 지금부터. 그러기 위해선 우선 술을 마셔야 돼. 술 좀 사다오."

뜻밖에도 그 아이가 "좋아요"라고 말하며 자리에서 일어났다.

우리는 눈에 보이는 중국집으로 들어갔다. 불행하게도 독방은 없었다. 칸막이를 튼 넓은 방에는 여러 패의 손님들이 식사를 하고 있었는데 그들은 이상한 눈으로 우리를 바라보았다. 우리는 구석자리에서 탁자를 사이에 두고 마주 앉았다. 나는 짜장면 두 그릇과 고량주 한 병을 시켰다. 주문한 것이 올 때까지 우리는 아무 말도 나누지 않았다.

짜장면과 고량주가 왔다. 나는 우선 넘치게 한 잔 부어서 단숨에 마셨다.

"먹어."

나는 다꾸앙 한 쪽을 씹으면서 보리에게 짜장면을 먹으라고 했다. 그 아이는 고개를 흔들었다. 그리고 탁자 위에 팔꿈치를 세우더니 두 손으로 턱을 받치고, 술 마시는 내 얼굴을 뚫어지게 바라보는 것이었다. 빌어먹을. 나는 스스로에게 화를 내며 다시 술을 따랐다. 옆자리의 사람들이 따가운 시선을 던져 오고 있었다. 나는 이마가 뜨거웠는데 그 아이는 태연했다. 마치 자기 집의 책상 앞에 앉아 있는 것 같았다.

"스님."

하고 보리가 나를 불렀다. 나는 잔을 쥔 채 그 아이를 바라보았다.

"제로에서부터 다시 시작하세요."

나는 단숨에 잔을 비웠다. 그리고 병을 기울여 잔을 채웠다.

"자기 자신의 문제가 아닐 때 사람들은 흔히 그런 말을 하더군."

나는 잔을 비웠다.

"하지만 그건 참 무책임한 말이야."

보리가 말했다.

"자기 자신의 문제가 아니기 때문에 얘기할 수 있는 게 아닐까요? 자기 자신의 문제라면 얘기할 필요도 없죠. 스스로 결행하면 되니까요."

옆자리의 손님들이 나가고 다시 새로운 손님들이 들어왔다. 문이 여닫힐 때마다 이마가 뜨거워져서 나는 불덩어리 같은 고량주를 급하게 급하게 털어 넣는 것이었는데, 보리는 여전히 두 손으로 턱을 괸 자세로 술 마시는 내 얼굴만 뚫어지게 바라보면서 미동도 하지 않는 것이었다. 보리가 말했다.

"저 졸업하면 절에 갈 거예요."

"중 되려구?"

"아뇨."

"좀 더 스님의 세계를 알고 싶어요."

"나 말인가? 아니면 승려들의 세계……?"

"둘 다요."

짜장면은 아무도 먹지 않은 채 딱딱하게 응고되어 있었다. 보리는 이따금 엽차잔에 입술을 대고 천천히 음미하듯 조금씩 물을 마셨고 나는 술 마시는 간간이 달콤하고 찝찔한 다꾸앙쪽을 베어 먹었다. 술병이 바닥났다. 얼굴이 뜨겁게 달아오르고 어찔어찔 현기증이 일어났다.

"집에 가봐야지. 걱정 안 하시겠어?"

"좀 늦을지 모른다고 했어요."

"아까 전화받은 분이 어머님이신가?"

"네."

"뭐라고 안 하셔?"

"엄마도 아세요. 법운 스님 편지 보여 드렸거든요."

순간 나는 얼굴이 뜨거워져서 급하게 병을 기울였다. 그러나 술은 한 방울도 남아 있지 않았다. 나는 얼른 엽차를 털어넣었다. 보리가 말했다.

"엄마두 열렬한 불교 신도세요."

"그래. 그렇다면 더욱 잘 아시겠군."

"뭘요?"

"이 사악하고 가증스러운 위선자의 세계를."

"싫어요. 자꾸 그런 식으로 말하심."

"어쩔 수 없지. 어쩔 수 없는 실상이니까."

"전 믿어요. 그리고 알고 있어요."

"……?"

"스님의 이런 모든 행동이나 언어가 진리를 추구하고 진실을 찾기 위한 몸부림이란 것을…… 그리고 위악이란 것도……."

나는 바랑을 끌어당겼다.

"날 욕보이지 마."

"위악은 위선보다 나빠요."

"그럴까?"

나는 바랑을 어깨에 꿰며 일어섰다. 보리도 따라 일어섰다.

"왜 좀 더 스스로를 사랑하지 못하세요?"

나는 바랑을 추슬러 등을 편하게 했다.

"좀 알려 줘. 어떻게 하면 될까? 어떻게 하면 스스로를 사랑할 수 있게 될까?"

밖은 어둠이었다. 네온사인이 갖가지의 글자와 형상을 만들며 재빠르게 돌아가고 있었다. 밤이 되었다는 사실이 나를 다소 안심시켰다.

"어디로 가실 거예요?"

나는 잠깐 정거장 쪽을 바라보았다.

"산으로 가야지."

"어느 산으로 가실 거예요?"

"산은 많아."

"잘 생각하셨어요. 산으로 가세요. 그리고 시내에 나오지 마세요. 스님은 산에서 만나야 해요. 그게 진짜예요."

"욕심이 많군."

"아녜요. 길거리에서 스님들을 뵈면…… 기분이 이상해져요."

"버려. 그건 추악한 이기주의야."

"지산 스님이 견성하셨다면 법운 스님이라고 못할 것 없잖아
요. ……전 늘 이런 생각을 하곤 했어요. 성불하신 스님의 발치
에 엎드려 법문을 듣고 싶다는……."

"누군가 그랬더군. 진실에 이를 수 있는 방법이기에 거짓말
은 사랑할 만한 것이라고."

"무슨 뜻이죠?"

"뜻? 뜻은 없어. 말이란 것은 본래 아무런 의미도 없는 거야.
바람 같은 거지."

"……."

보리는 가만히 서 있었다. 바람 한 줄기가 지나갔다. 그 아이
의 머리칼이 엷게 일렁였다. 비누 내음 같은 미묘한 방향(芳香)
이 코끝에 와 감겼다. 나는 단전에 힘을 주었다.

"그만 집으로 가라."

갑자기 보리가 내 팔소매를 잡았다.

"우리…… 조금 걸어요."

손을 맞잡거나 팔짱을 낀 젊은 남녀들이 큰 소리로 웃고 떠
들며 지나가고 있었다. 그들은 힐끗힐끗 우리를 바라보며 뭐라
고 수군거렸다.

"창피하지 않을까?"

"자학하지 마세요."

"스스로를 사랑하나?"

"노력해요."

"우리…… 우리란 말은 무얼 의미하지?"

"뜻은 없어요. 바람 같은 거예요."

"그런가."

나는 실소를 터뜨렸다. 유리창의 불빛에 비친 그 아이의 옆얼굴이 붉었다.

"인간은 철저하게 홀수야. 홀수이기 때문에 외롭고 아프고 괴로운 거지. 우리라는 겹수를 쓸 수는 없어. 우리라는 무서운 말을 쓸 수 있는 사람은 깨달은 사람이야."

나는 갑자기 다변해졌다.

"깨닫는다는 것은 결국 무엇일까. 내가 우리가 되는 게 아닐까. 예수와 부처가 부르짖은 사랑과 자비란 것도 결국 이런 게 아닐까. 나를 뛰어넘어 우리가 되는 것. 하지만 이것은 깨달음이 아니야. 깨닫는다는 것은, 불교에서 말하는 견성성불이라는 것은, 말이나 이론이 아니야. 실행이야. 입으로 백년을 관세음보살을 부르고 백년 동안 불상 앞에 절을 해서 무릎이 전부 닳아 없어진다 해도 단 1초 동안의 실행보다 못해."

"모르겠어요. 뭐가 뭔지 하나도 모르겠어요."

"사실은 나도 몰라. 뭐가 뭔지 나도 몰라. 그래서 괴로워. 그래서 이렇게 술을 마시고 밤거리를 헤매는 거야."

나는 걸음을 멈추었다.

"그만 집으로 가라."

보리는 두어 번 고개를 끄덕였는데, 그러나 여전히 내게서 떨어지지 않았다. 노상에서 울고 있는 미아(迷兒)를 만난 어떤 어머니처럼 그 아이는 나 혼자만을 길거리에 방치하고 돌아설 수도 없고 그렇다고 끝까지 동반해 줄 수도 없는 안타까움으로 망설이고 있는 것 같았다. 그것은 차라리 동정일 것이었다. 동정이란 그러나 괄시보다 나쁜 게 아닐까. 동정이란 자기의 행복을 확인하고 즐기기 위하여 자기보다 불행한 처지에 있는 자에게 던져 주는 과자 부스러기 같은 게 아닐까.

네온사인이 미친 듯이 돌아가고 있었다. 행복여관, 관여복행, 행복여관, 관여복행…… 나는 한 손으로 그곳을 가리켰다.

"난 저곳에서 잘 거야."

보리가 뚫어져라 나를 바라보았다. 몹시 춥다고 느끼면서 나는 "잘 가"라고 빠르게 말했다. 그리고 뛰듯이 여관으로 들어갔다.

종업원 소년의 뒤를 따라 계단을 오르는데 다리가 휘청거렸다. 3층으로 오르는 층계에서 발을 헛딛고 넘어질 뻔했다. 비상금을 꺼내어 여관비를 치르고 소주 한 병을 시켰다.

나는 바랑 속에 간직했던 불상을 꺼내어 손바닥에 올려놓았다. 세상의 온갖 번뇌와 망상에 시달려 이지러질 대로 이지러진 인간의 얼굴이 거기 있었다. 찰나의 순간에도 얼굴은 쉬지 않고 변화하고 있었다. 꿈과 현실, 욕망과 좌절, 환희와 비탄, 선성(善性)과 마성(魔性), 암흑과 광명, 극락과 지옥, 불안, 초조, 회의, 방황, 절망, 허무…… 시작과 끝을 알 수 없는 윤무(輪舞)는 끝없이 이어져 돌아가고 있었다. 부처님, 하고 나는 조그맣게 불러 보았다. 인불(人佛)의 입술이 비틀거리면서 기분 나쁜 조소가 흘러나왔다. 그대는 아직 멀었어. 이제 갓 출발한 신인(新人)이 뭘 그래. 방황에도 급수가 있다구. 내가 유단자라면 그대는 18급이야. 나는 세차게 머리를 흔들었다. 나는 나야. 나는 당신의 아류가 아니라고. 나는 내 방법대로 부처를 찾겠다 이거야. 그런데 방법을 모르겠어. 그래서 괴로워. 인불의 입술이 다시 비틀렸다. 망설이는 자는 언제나 패배만 할 뿐이야. 결단을 내리라는 말인가? 어떻게? 어떤 식으로? 인불이 말했다. 몸을 바꿔. 금생엔 틀렸다구. 나는 머리카락을 쥐어뜯었다. 왜 거짓말을 했지? 자살하는 것보다는 어쨌든 살아 견디는 자가 더 위대하다고 했잖아. 견성한 자가 아니면 자살할 수도 없다고 했잖아. 그럼 당신은 견성을 했단 말인가? 그럼 난 죽을 권리도 없는 거야?

술이 왔다. 나는 전등을 껐다. 그리고 술을 마시기 시작했다. 희끄무레한 어둠 속이었지만 술병은 어김없이 입을 찾고 있었다. 술병을 거의 비웠을 때, 손기척 소리가 났다. 나는 "예" 하고 필요 이상으로 크게 대답했다. 문이 열리고 누가 방으로 들어온 것 같았는데 아무 소리도 나지 않았다.

"누구요?"

라고 외치면서 나는 전등의 스위치를 올렸다. 딸깍, 소리와 함께 방 안이 환해졌다.

"저예요."

갑자기 방 안이 환해졌으므로 나는 목소리의 임자를 얼른 알아채지 못했다. 어떤 여자가 조례 시간의 학생처럼 차렷 자세로 문 앞에 서 있었는데, 보리였다.

"웬일이지?"

나는 이건 뜻밖이라고 생각했다. 보리는 가만히 서 있었다. 어쨌든 반가웠다. 나와 똑같이 숨 쉬는 인간이 내 옆에 있다는 것은 얼마나 기분 좋은 일인가. 내가 혼자 있다는 것을 확인할 때마다 나는 견딜 수가 없었다. 그런 마음과는 달리 내 입에서 나온 말은 냉랭했다.

"나한테 할 말 있나?"

보리는 여전히 말이 없었다. 빌어먹을. 나는 방바닥에 주저앉으며 술병을 입에 넣었다. 그때 그 아이가 내 앞으로 다가와 쭈그리고 앉으며,

"불쌍해요."

라고 말했다. 나는 술병을 내려놓았다. 술은 이제 한 모금밖에

남아 있지 않았다.

"누가 불쌍하다는 건가?"

"갑자기 스님이 불쌍하다는 생각이 들었어요. 여관으로 들어가는 스님의 뒷모습이…… 그렇게 불쌍해 보일 수가 없었어요."

나는 물끄러미 보리를 바라보았다. 그 아이는 무릎을 세우고, 세운 무릎 위에 턱을 올려놓고, 그리고 두 손으로 무릎을 끌어안은 자세로 앉아 있었는데, 그런 그 아이의 이상스러운 앉음새에서는 뭐라고 표현하기 어려운 미묘한 분위기가 풍겨 나고 있었다. 세장형(細長型)의 몸뚱이에 비해 제법 불룩한 유방이 성숙한 여인을 연상케 했고, 조그만 얼굴에 비해 커 보이는 눈이 깊은 동굴 속처럼 퀭하니 뚫려 있어서 이미 이 세상의 풍진과 애환을 많이 겪고 난 미망인의 그것처럼 뭐랄까, 우수와도 같은 분위기를 짙게 풍겨 주고 있는 것이었다. 이제 잘해야 열아홉이나 스무 살이 되었을 어린 여자아이의 몸에서 이 따위 한심한 냄새가 난다는 것을 나는 이해할 수가 없었다. 나는 병을 입에 대고 힘껏 빨았다.

"그래서…… 나하고 이층이라도 짓겠다는 건가?"

보리는 대답하지 않았다.

"참, 이층이 무슨 말인지 모르겠군."

나는 적당한 표현이 생각나지 않아서 애를 먹었다.

"나한테…… 보시하겠다는 거야?"

보리는 여전히 가만히 있었다. 빌어먹을. 나는 목소리에 힘을 주어 빠르게 말해 버렸다.

"나하고 잠이라도 자겠다는 거야?"

그 아이는 고개를 흔들었다.

"그럼 뭣하러 왔지?"

그 아이가 턱을 바로 하고 나를 바라보았다.

"수도하시는 스님을 파계시키면 지옥 간대요."

나는 풀풀 웃었다.

"지옥이 그렇게 무서운가?"

그 아이는 웃지 않았다.

"스님은 안 무서우세요?"

나는 고개를 끄덕였다.

"그곳에도 인간들이 살 테니까."

어디선가 시계 치는 소리가 들려왔다. 속으로 헤아려 보니 열한 번이었다.

나는 벌떡 일어났다. 보리는 움직이지 않았다. 나는 몸을 숙여 두 손으로 그 아이의 어깨를 잡았다. 그 아이는 눈을 감았는데, 심하게 몸을 떨고 있었다.

나는 보리를 일으켜 세웠다. 그리고 불상을 손에 쥐여 주었다.

"갖고 가. 마음이 괴로울 때, 마음이 흔들릴 때 바라보도록."

나는 보리의 등을 밀었다. 그 아이는 문밖에서 잠시 나를 바라보았다.

"그건 지산 스님이 조성한 거야. 참, 지산 스님은 자살했어. 성불했는지 못했는지 그건 잘 모르겠고."

나는 문에 기대서서 멀어져 가는 보리의 발자국 소리를 듣고 있었다. 구두의 뒷굽이 시멘트 바닥에 부딪치면서 내는 날카롭고도 건조한 그 소리는 이윽고 어둠의 저쪽으로 사라졌다.

나는 방문을 닫고 바랑을 챙겼다. 인불이 빠져나간 바랑은 텅 빈 것처럼 허전했다. 이것으로 나는 지산으로부터 떨어져 독립한 것이다, 라고 생각했다. 혼자 설 수 있을 것 같았다. 나는 절박한 약속을 생각해 낸 사람처럼 급하게 여관을 빠져나왔다.

저만치 역사(驛舍)의 불빛이 보였다. 날카로운 경적 소리를 뿌리며 차량들은 전속력으로 달려가고, 사람들은 방을 찾아 잰걸음을 치고 있었다. 허공을 가로지른 고가도로 너머로 신축 중인 고층 빌딩의 형해(形骸)가 우뚝우뚝 솟아 있었다. 나는 불빛을 향하여 걸어갔다. 갑자기 쇠붙이로 철판을 긁는 것 같은 굉음과 함께 "개새끼! 뒈지고 싶어!"라고 악쓰는 소리가 들려왔다. 내 바로 앞에 대형 트럭이 정지해 있었다. 운전석의 사내가 차창 밖으로 고개를 내밀고 거친 욕지거리를 퍼부었다.

트럭의 뒤쪽으로부터 경적 소리가 요란해졌다. 사내의 옆얼굴이 빠르게 지나갔다.

대합실에는 사람들이 한 줄로 길게 늘어서 있었다. 나는 열의 후미에 붙어 서며 앞사람에게 물었다.

"이거, 어디 가는 찹니까?"

앞사람이 피곤한 음성으로 대답했다.

"피안까지 간다오."

나는 매표구로 뛰어가 창구에 돈을 디밀었다.

"피안행 한 장 주시오."

입이 찢어지게 하품을 하고 있던 하늘색 제복의 사내가 손을 내저었다. 나는 다급하게 소리쳤다.

"입석도 없습니까?"

사내가 다시 하품을 했다.

"매진입니다. 다음 차를 이용하세요."

"다음 차는 언제 있습니까?"

"공사시 사십분에 있습니다."

나는 얼른 벽시계를 바라보았다. 11시 40분이었다. 잠시 망설이다가 "주세요"라고 말했다.

표를 받아 쥐자 느긋한 기분이 되었다. 나는 벽에 등을 기대었다. 열의 길이가 점점 짧아지고 있었다. ……결국 마찬가지일 것이었다. 떠나기 위하여 머물고, 머물기 위하여 다시 떠나

350

고…… 윤회였다. 끝없이 되풀이되는 성주괴공(成住壞空)*이었
다. 이윽고 열의 마지막 사람이 개찰구 속으로 빨려들어 갔다.

갑자기 대합실이 고요해졌다. 어디선가 망치로 철판을 두드
리는 것 같은 소리가 들려왔다. 문득 그 여자의 얼굴이 떠올랐
다. 시장기가 몰려왔다. 나는 매점에서 카스텔라와 사이다를
샀다.

광장은 황량했다. 나는 의자에 앉아 카스텔라를 한 입 베
어 물었다. 역한 곰팡이 냄새와 함께 울컥 구역질이 솟았다. 나
는 입에 물었던 카스텔라를 뱉어 버리고 나머지를 발밑에 던졌
다. ……잠시 후면 불이 꺼질 것이었다. 또 태양이 뜨고, 밤이
오고, 그리하여 다시 불이 켜질 것이었다. 불 꺼진 방마다에서
는 고통을 세습시키기 위한 서러운 작업들이 끈질기게 수행되
고 있을 터이었다. 한 모금의 사이다를 마시고 하늘을 보았다.
항하사수의 별들이 사금(砂金)처럼 빛나고 있었다. 땅을 보았
다. 깜깜한 어둠이었다. 다시 한 모금의 사이다를 마시고 하늘
을 보았다. 끝. 끝은 어디인가. 언젠가 노사에게 물었다. 이 우
주는 시작과 끝이 있나요? 노사가 말했다. 무시무종(無始無終)
이니라. 나는 불만이었다. 그런 무책임한 대답이 어디 있어요?

---

* 세계가 성립되는 지극히 긴 기간인 성겁(成劫), 머무르는 기간인 주겁(住劫), 파괴되
어 가는 기간인 괴겁(壞劫), 파괴되어 아무것도 없는 상태로 지속되는 기간인 공겁
(空劫)을 말한다.

그건 회피가 아녜요? 노사는 말없이 고개를 흔들었다. 나는 또 물었다. 인간의 시작은 어떻게 된 것일까요? 이 세상은 종말이 없는 건가요? 태어나고 죽고 태어나고 죽고…… 영원히 그렇게 계속되는 건가요? 노사가 말했다. 어떤 사람이 독전(毒箭)을 맞고 명재경각(命在頃刻)에 이르렀다고 치자. 당장 급한 것은 화살을 뽑고 독을 제거하는 일이야. 그런데 독전을 쏜 사람은 누구며 왜 쐈으며 또 독전의 성분은 어떤 것인가 따위를 따지고 있다면, 그 사람은 어떻게 되겠느냐? 그건 적절치 못한 비유 같은데요. 그런 정도는 저도 알고 있어요. 인간이 죽으면 머리털과 손톱과 이빨과 가죽과 살과 힘줄과 뼈와 해골과 때 긴 것은 모두 땅으로 돌아가고 가래침과 고름과 피와 진액과 침과 눈물과 정액과 대변 소변은 모두 물로 돌아가고, 더운 기운은 불로 돌아가고, 움직이는 기운은 바람으로 돌아가서, 지수화풍(地水火風) 사대(四大)가 각각 서로 헤어진다는 것을요. 생전에 지은 바 업에 따라 사대가 모여 다시 태어나게 되고, 다시 죽고…… 그렇게 끝없이 되풀이된다는 것을요. 하지만 근본적인 의문은 풀리지가 않잖아요? 노사의 눈썹이 빳빳해졌다. 새를 꺼내고 볼 일이야. 병 속의 새를 꺼냈을 때 모든 문제는 해결되는 게야. 나는 바닥에 붙은 사이다를 마시고 땅바닥에 병을 굴렸다. 자르륵 자르륵 벌레 우는 소리를 내며 병은 어둠 속에 묻혀 버렸다. 칼로 도려내는 것처럼 속이 쓰렸고 빠개질 듯 뒷골이 아파

352

왔다. 나는 주머니 속에 손을 넣어 차표를 꽉 움켜쥐었다.

등 뒤로부터 쉰 목소리가 들려왔다.

"야통* 5분 전이우."

고개를 돌려 보니 추악하게 늙은 노파가 웃고 있었다.

"새벽차를 기다리슈?"

나는 고개를 끄덕여 주었다. 노파가 한 걸음 더 다가왔다. 입에서 썩는 냄새가 풍겼다.

"어디 가는 차유?"

"피안요."

"피안이라…… 먼 데루 가누만."

나는 대합실로 들어가려고 발을 떼었다. 노파가 나의 팔을 잡았다.

"새벽까지 기다릴 작정이우?"

나는 고개를 끄덕여 주었다.

"야기가 찬데……."

노파는 츳츳 혀를 차더니 이빨 사이로 바람이 새는 것처럼 낮은 목소리로 말했다.

"독방 안 가려우?"

---

* 야간통행금지의 약어. 우리나라의 경우 1982년 1월 5일 폐지될 때까지 총 36년 4개월 동안 실시되었다. 1961년부터는 밤 12시부터 오전 4시까지 일반인의 통행이 금지되었다.

그 말이 무엇을 뜻하는지를 나는 알고 있었다. 우울한 공상으로 잠을 설치던 밤이면 나는 문득문득 그 생각을 떠올리고는 했었다. 결행을 못한 것은 의지가 강해서라거나 비구승의 자존심 따위가 아니라 용기가 없었던 때문이었다. 나는 노파의 손을 뿌리치며 명쾌하게 말했다.

"좋아요."

잰걸음으로 앞서 달리며 노파가 말했다.

"싸게 해주게."

광장을 건너가자 까마득히 높고 화려한 빌딩들이 죽 잇대어 있었다. 재벌들의 사옥(社屋)이었는데 그 재벌의 사모님들은 사찰에서 대보살(大菩薩)로 봉존(奉尊)되는 우바이이기도 했다. 노파는 빌딩과 빌딩의 사이로 뚫린 좁고 어두운 골목으로 들어갔다. 리을 자로 이어진 골목길을 돌아 빌딩군(群)의 뒷면에 이르자, 초라하고 더러운 한옥들이 낮게 엎드려 있었다. 노파는 그중의 한 집으로 들어갔다.

대문을 들어서자 오른쪽으로 수도가 보였고 그 옆의 나일론 빨랫줄에는 갖가지 색깔의 팬티와 브래지어 등속이 현란하게 널려 있었다. 열십자로 터진 비좁은 뜰의 사방으로는 조그만 방들이 총총히 박혀 있었다. 방마다에서는 붉고 축축한 불빛이 흘러나오고 있었다.

"화대비 계산하슈."

방으로 들어갔을 때 노파가 말했다. 나는 주머니와 염낭을 뒤져 동전까지 전부 털어 주었다. 노파는 지폐와 동전을 하나하나 헤아렸다.

"기다리슈. 이쁜 애루 넣어 주께."

좁고 더러운 방바닥에는 얼룩점이 많은 요가 깔려 있었는데 장마철에 오징어 썩는 냄새가 났다. 창문 쪽으로 조그만 화장대가 놓여 있고 그 옆으로는 낡고 구식인 대형 트렁크가 엎드려 있었다. 화장대 위 벽에는 밀레의 〈만종(晩鐘)〉 모사품이 액자에 끼워져 있었는데 그림 밑에는 다음과 같은 시구(詩句)가 조악한 글씨로 적혀 있었다.

생활이 너를 속일지라도
슬퍼하거나 절망하지 말 일이다
산다는 것은 언제나 그런 것이려니
참고 기다리면 언젠가
밝은 내일이 찾아오리니……

몇 가지 되지 않는 화장품 옆에는 배터리를 뒤에 붙여 고무줄로 묶은 낡은 트랜지스터 라디오와 돼지저금통이 놓여 있었다. 라디오를 틀어 보았다. 다른 나라 사람의 노래가 악을 쓰듯 흘러나왔다. 스위치를 껐다. 저금통을 들어 보니 제법 묵직했다.

간지럼을 타는 것 같은 여자의 웃음소리가 옆방으로부터 들려왔다. 웅얼거리는 사내의 말소리도 들렸다. 숨넘어가는 것 같은 여자의 웃음소리와 부스럭거리며 옷 벗는 소리가 들렸다. 나는 마른침을 삼키며 벽에 귀를 붙였다. 풀 먹인 장삼 자락을 비벼 대는 것 같은 소리가 들려왔다. 진흙밭을 달리는 마차 소리 같기도 하고 여름날 개의 헐떡임 같기도 한 그 소리는 끊임없이 들려오고 있었다. 영주의 벌거벗은 육체가 떠올랐다. 내 목에서 침 넘어가는 소리가 내 귀에 똑똑히 들렸다. 갑자기 날카로운 여자의 목소리가 귀를 찢었다.

"세 번이나 놀았음 됐잖아. 남 졸려 죽겠다는데 자꾸 그래."

웅얼거리는 사내의 말소리가 들려왔다. 여자를 달래는 모양이었다. 여자는 여전히 날카로운 목소리로 사내의 요구를 거부하고 있었다. 갑자기 둔탁한 소리가 들려왔다. 사내가 여자를 구타하는 모양이었다. 째지는 목소리로 여자가 울부짖었다.

"왜 때려, 이 쌔꺄! 팁값도 안 내는 주제에 뭐 빨아 달라고? 그따위 소린 느이 마누라한테나 하라고!"

사내의 웅얼거림과 여자의 울부짖음이 잠시 계속되더니, 거칠게 문 여는 소리가 들렸다.

"이년아, 똥갈보면 똥갈보답게 놀아. 재수 없을라니까 별게 다 걸려 가지구 속썩여."

사내의 구둣발 소리가 멀어졌다.

내 방의 여자는 오지 않고 있었다. 나는 노파에게 속은 것 같았다.

소변을 보고 돌아오는데 옆방의 문이 열려 있었다. 나는 슬그머니 방 안을 들여다보았다. 스무 살도 채 안 되어 보이는 어린 여자아이가 팬티 바람으로 쪼그리고 앉아 담배를 피우고 있었다. 그 여자아이의 허벅지는 건강한 남자의 장딴지 정도밖에는 되지 않아 보였다.

나는 못 볼 것을 봤을 때처럼 얼른 내 방으로 들어갔다. 세차게 가슴이 뛰면서 갑자기 취기가 몰려왔다. 문득 "무서워요"라고 부르짖던 옥순이의 얼굴이 떠올랐다. 저 여자아이는 옥순이일 것이었다. 나는 견딜 수 없는 부끄러움이 복받쳐서 두 손으로 얼굴을 감싸 쥐어야 했다.

내 번뇌와 방황은 얼마나 사치스러운 것이었을까. 한 근의 고기를 사기 위하여 백 근도 못 나가는 육체를 팔아야 하는 저들에게 절망이니 방황이니 허무니 하는 고상한 수식어는 차라리 죄악일 것이었다. 성불을 위하여, 라는 아름답고 거룩한 말로써도 결코 용서받을 수 없는 죄악일 것이었다. 불교가, 승려가, 그리고 화려한 수식(修飾)으로 금박된 언어나 문자가 저들에게 과연 어떤 도움을 줄 수 있을까. 웅장한 기와집의 따뜻한 아랫목에 가부좌를 틀고 앉아 하얀 쌀밥을 먹고 있는 자들이 과연 생존을 위해 육체를 파는 저들의 고통을 알 수 있을까. 자

357

비니 보시니 나아가 견성성불이란 말까지도 차라리 경전 속의 사어(死語)일 것이었다. 내 팔만사천 번뇌 가운데 많은 부분을 차지하고 있는 여자에의 욕망 또한 참 염치없는 일이 아닐 수 없었다. 손기척 소리가 났다. 나는 벌떡 일어나 문을 열었다. 여자가 들어왔다. "미안해요"라고 말하면서 그 여자는 웃었는데, 역한 소주 냄새가 코를 찔렀다. 여자는 몸을 잘 가누지 못할 정도로 취해 있었다. 그 여자는 내 머리통을 쓰다듬으며 중얼거렸다.

"당신…… 학교에서 나왔수? 왜 머리가 없지……."

여자는 내가 승려라는 것도 알아보지 못했다. 나는 비틀거리는 여자의 허리를 부축했다. 갈비뼈가 팔뚝에 닿았다.

"난 끅…… 학교에서 나온…… 끅…… 사람이 좋드라. 우리 애인도…… 끅…… 학교에 있걸랑요……."

나는 두 팔로 여자를 들어 올렸다. 짚단을 든 것처럼 가벼웠다. 요 위에 눕혔다. 그 여자는 취중에도 습관처럼 치마를 벗으며 중얼거렸다.

"빨랑 올라오세요…… 써비스 잘해 주께……."

여자는 이내 잠이 들었다. 여자는 반쯤 입을 벌리고 있었는데 입가로 끈끈한 침이 흘러나왔다. 꺼멓게 변색된 산플라*의

---

* 산플라티나(sanplatina). 크롬을 함유하는 니켈의 합금. 색은 은백색이며, 주로 귀금속 대신 치아에 씌워 사용한다.

치(義齒)가 벌어진 입 틈으로 보였다. 여자가 코를 골 때마다 반쯤 떨어진 가짜 속눈썹 한쪽이 엷게 흔들렸다. 화장이 밀린 피부는 거칠었고 나무뿌리 같은 잔주름이 눈가에 얽혀 있었다. 서른, 어쩌면 마흔 살쯤 먹은 노창(老娼)인지도 몰랐다. 나는 여자의 벗은 하체를 바라보았다. 닭다리처럼 거칠고 메마른 육(肉)의 한가운데에 낡은 칫솔처럼 성긴 음모가 짓밟힌 풀잎으로 눕혀져 있었다.

나는 여자의 그런 참담한 모습을 망연하게 바라보다가, 순간 벼락을 맞은 것처럼 확연하게 깨달을 수 있었다. 방매(放賣)하는 시장의 가축처럼 내던져져 있는 저 여자의 모든 것이 바로 나 자신의 것이라는 것을.

나는 무너지듯 여자의 배 위에 엎드려 이층을 만들었다.

도시는 부옇게 밝아 오고 있었다. 아직 새벽이었는데도 길 위로는 많은 사람들이 바쁘게 오가고 있었다. 나는 정거장 쪽을 잠깐 바라보다가, 차표를 찢어 버렸다. 그리고 사람들 속으로 힘껏 달려갔다.

〈끝〉